KB150714

카프카 우화집

프란츠 카프카
Franz Kafka

玄 人

카프카 우화집

프란츠 카프카

목 차

3, 87, 292쪽을 제외한 모든 그림은 카프카 자필.

프란츠 카프카

1. 전령

kuriere

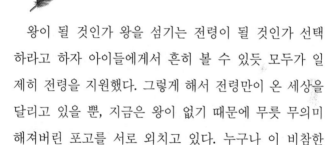

왕이 될 것인가 왕을 섬기는 전령이 될 것인가 선택하라고 하자 아이들에게서 흔히 볼 수 있듯 모두가 일제히 전령을 지원했다. 그렇게 해서 전령만이 온 세상을 달리고 있을 뿐, 지금은 왕이 없기 때문에 무릇 무의미해져버린 포고를 서로 외치고 있다. 누구나 이 비참한 생활에 종지부를 찍고 싶어 하지만 전령의 서약이 있기 때문에 달리 방법이 없다.

2. 알렉산드로스 대왕
Alexander der Große

알렉산드로스 대왕이 청년 시절의 빛나는 전과에도 불구하고, 또 자신이 기른 훌륭한 군대가 있음에도 불구하고, 게다가 자신 속에서 느끼고 있던 세계 변혁에 대한 의욕에도 불구하고, 헬레스폰토스(예로부터 동방으로 들어가는 문이라 여겨졌다. — 역주) 앞에서 멈춰서거나, 결국 거기를 건너지 않았던 것은 있을 수 있는 일이다. 그것도 두려움이나 우유부단함이나 나약한 마음 때문이 아니라 자기 몸의 무게 때문에.

3. 로빈슨 크루소
Robinson Crusoe

　로빈슨 크루소가 섬 가운데의 가장 높은 한 지점, 보다 정확히 말하자면 사방이 가장 잘 보이는 한 지점에 계속 머물렀다면―위안을 얻기 위해서든, 공포 때문이든, 무지 때문이든, 그리움 때문이든, 그 이유야 어찌 됐든― 그때 그는 훨씬 더 일찍 쓰러지고 말았을 것이다. 로빈슨 크루소는 바다를 지날지도 모르는 배나 성능이 좋지 않은 망원경에는 신경 쓰지 않고 섬의 조사에 착수했으며, 또 그것을 즐겼다. 그렇기 때문에 오랜 시간 살아남을 수 있었으며, 당연한 이성적 결과로 그가 발견된 것이다.

4. 메시아의 도래
Das Kommen des Messias

메시아는 올 것이다. 신앙에 대한 철저한 개인주의가 실현되는 날이면. 이제는 누구 하나 그 실현을 막지 않으며, 누구도 막는 것을 용서하지 않는다. 즉, 무덤이 열리는 날 찾아올 것이다. 개인주의의 표본을 실제로 내보이고, 한편으로는 개인 속의 중개자를 부활시킨다는 상징을 내보인다는 점에서, 이것은 기독교가 주장하고 있는 것이기도 할 터이다.

메시아는 올 것이다. 더는 필요가 없어졌을 때. 와야 할 날보다 하루 늦게 올 것이다. 마지막 날이 아니라, 임종 무렵에 올 것이다.

5. 산초 판사를 둘러싼 진실
Die Wahrheit über Sancho Pansa

산초 판사는 특별히 자랑스럽게 여기지도 않고 몇 년 동안이나 저녁부터 밤까지 기사도 소설이나 도적 이야기를 읽었고, 그 결과 자신 속의 악마를—후에 돈 키호테라는 이름을 주었는데— 그대로 자신의 몸에서 쫓아냈다. 그 녀석은 한심스럽기 짝이 없는 짓을 해댔지만 미리 정해두었던—즉, 산초 판사 그 자신인— 상대가 없었기 때문에 누구에게도 피해를 주지 않았다. 자유인 산초 판사는 아무렇지도 않다는 듯 돈 키호테의 시중을 들었다. 아마도 일종의 책임감이리라. 그리고 돈 키호테가 죽음의 침상에 들기까지 한없이 의미 깊은 기쁨을 맛보았다.

6. 짐승
Das Tier

　커다란 꼬리를 가진 짐승이었다. 몇 미터나 되는 여우 같은 꼬리였는데, 그것을 한번 붙잡아보고 싶다고 생각했지만 도저히 잡을 수가 없었다. 짐승은 언제나 움직이고 있으며, 쉴 새 없이 꼬리를 흔들고 있었다. 몸은 캥거루와 비슷하지만 얼굴은 타원형에 단조로운 사람의 얼굴을 꼭 닮았다. 무표정하지만 이빨을 숨기거나 드러낼 때 표정이 나타난다. 때로 그런 생각이 드는데, 이 짐승은 나를 덮치려 하고 있는 것이 아닐까? 그렇지 않고서는 내가 꼬리로 손을 뻗으면 어째서 갑자기 치켜올렸다가 다시 툭 내려서 유혹을 하고, 뒤이어 다시 휘두르는 것인지 그 이유를 알 수가 없다.

7. 아브라함
Abraham

아브라함의 마음의 가난함과 가난한 자 특유의 둔중함은 장점으로, 덕분에 하나의 일에 쉽게 집중할 수 있으니 가난함 자체가 하나의 집중 그 자체라고도 할 수 있을 것이다. 그러나 그렇기 때문에 그는 집중력을 동원하는 장점을 잃고 말았다.

아브라함은 착각에 사로잡혀 있었다. 이 세상의 단조로움을 견딜 수 없다고 생각하고 있었던 것이다. 그러나 이미 알고 있는 것처럼 이 세상은 끔찍할 정도로 다채로우며, 그저 한 줌의 현실을 보기만 해도 바로 납득할 수 있을 것이다. 그렇다면 이 세상의 단조로움에 대한 아브라함의 탄식은, 다채롭기 짝이 없는 이 세상과 충분히 깊이 어울리지 못했다는 사실에 대한 한탄에 다름 아니다.

8. 조그만 우화

Kleine Fabel

"아이고, 세상에."

라고 쥐가 말했다.

"이 세상은 날마다 좁아지고 있어. 처음에는 끝도 없이 넓어서 무서울 정도였어. 정신없이 달리다보니 어느 틈엔가 멀리 오른쪽과 왼쪽으로 벽이 보이기 시작해서 안심했지. 그런데 이 기다란 벽이 순식간에 합쳐지기 시작하더니 이제 지금은 마지막 방이고, 막다른 곳의 구석에서는 덫이 기다리고 있어. 뛰어들 수밖에 없는 꼴이 되어버리고 말았어."

"방향을 바꿔."

라고 고양이가 말하고 날래게 쥐를 낚아챘다.

9. 응석받이
Der Quälgeist

응석받이가 숲에 살고 있다. 원래는 숯을 굽는 오두막이었으나 오래전에 사람들이 버린 폐가였다. 한발 안으로 들여놓으면 곰팡내가 코를 찔렀다. 단지 그것뿐. 생쥐보다 더 작게, 눈을 가까이 들이대도 보이지 않을 정도로 움츠린 채 응석받이는 구석에 웅크리고 있다. 주위에는 아무것도 없고 뻥 뚫린 창틀을 통해서 숲의 수런거림이 들려온다. 여기는 참으로 쓸쓸한 곳이다. 너는 어째서 여기에 있는 것이냐? 너는 이 구석에서 잠을 자겠지. 어째서 숲으로 나가 시원한 공기가 흐르는 곳에서 잠을 자지 않는 거지? 여기에 둥지를 튼 것이냐, 아니면 여기가 안전하다고 생각하고 있는 것이냐? 경첩이 떨어져 문은 먼 옛날에 사라져버렸는데도 너는 여전히 문을 찾고 있는 것처럼 손을 뻗고, 그러다 천천히 잠에 든다.

10. 달려 지나가는 자들
Die Vorüberlaufenden

밤, 좁은 길을 산책하던 중에 멀리로 보이는 남자가—
그도 그럴 것이 앞쪽은 언덕길이고 밝은 보름달이 비추
고 있기에— 똑바로 달려오고 있다고 하자. 설령 그 사
람이 나약해 보이고 차림도 아주 볼품없는 사람이라 할
지라도, 또 그 뒤에서 무엇인가 외치며 달려오는 남자가
있다 할지라도 우리는 그를 멈춰 세우거나 하지는 않는
다. 달려 지나가도록 내버려둘 것이다.

왜냐하면 지금은 밤이기 때문에. 앞쪽이 언덕길의 오
르막이고 거기에 밝은 달빛이 쏟아지고 있는 것은 우리
때문이 아니다. 게다가 그 두 사람은 장난삼아서 쫓고
쫓기는 것일지도 모르기 때문. 어쩌면 두 사람 모두 제3

의 남자를 뒤쫓고 있는 것일지도 모르기 때문에. 앞쪽의
남자는 죄도 없이 쫓기고 있고 뒤쪽의 남자가 살해하려
는 것일지도 모르며, 그렇다면 내가 사건에 휩싸이게 될
지도 모르기 때문에. 어쩌면 둘 모두 상대를 전혀 모르
는 사람으로 각자가 침대로 들어가기 위해 서두르고 있
는 것뿐일지도 모르기 때문에. 어쩌면 몽유병자일지도
모르기 때문에. 어쩌면 앞쪽의 남자가 무기를 가지고 있
을지도 모르기 때문에.

　게다가 대체로 우리는 물 먹은 솜처럼 녹초가 되어
있지 않은가? 와인을 조금 지나치게 마시지는 않았을
까? 두 번째 남자도 보이지 않게 되자 가슴을 쓸어내린
다.

11. 흔히 있는 사고
Ein alltäglicher Vorfall

흔히 있는 사고, 그것을 참는 것은 나날의 영웅적 행위라고 할 수 있다.

A는 이웃 마을 H에 있는 B와 중요한 거래를 성사시킬 필요가 있었는데 사전의 협의를 위해서 H로 향했다. 가고 오는 데 각각 10분, 돌아오자마자 신속함을 자랑했다.

이튿날 최종적인 계약을 맺기 위해 다시 H로 나섰다. 일을 마무리 짓는 데 몇 시간이 걸릴 것이라 예상해서 아침 일찍 출발했다. A가 보기에 어제와 별반 차이도 없는 듯했는데 가는 데만 10시간이 걸렸다. 녹초가 되어 도착해 보니 B는 기다리다 지쳐서 30분쯤 전에 A가

사는 마을로 갔다는 것이었다. 어째서 중간에 만나지 못했던 것일까? 바로 돌아올 겁니다, 기다리십시오, 라며 붙들었으나 거래가 마음에 걸렸기에 안절부절못하고 바로 온 길을 되돌아갔다.

이때는 어떤 이유에서인지 한순간에 되돌아왔다. B는 이날 아침 일찍, A가 출발하자마자 찾아왔었다. 아니, 문가에서 마주쳤기에 B가 거래에 대한 이야기를 꺼내려 하자, 지금은 시간이 없어, 급한 일이 있거든이라고 말하고 서둘러 가버렸다는 것이었다.

그런 이해할 수 없는 행동에도 불구하고 B는 A가 돌아오기를 기다렸다. 아직 돌아오지 않았느냐고 몇 번이나 물었다고 한다. 지금도 2층에 있는 A의 방에서 기다리고 있다고 했다. A는 크게 기뻐하며 B에게 사정을 설명하기 위해서 계단을 달려 올라갔다. 막 올라선 순간 넘어지고 말았다. 다리의 근육이 잘못된 것이었다. 너무나도 고통스러운 나머지 정신이 아득해지고 목소리도 나오지 않았다. 어둠 속에서 끙끙 앓고 있자니 신경질적으로 계단을 내려가는 B의 발소리가 들려왔다. 아주 먼 곳인지, 아니면 바로 옆인지 알 수 없었다.

12. 새로운 변호사

Der neue Advokat

새로운 변호사가 왔다. 이름은 닥터 부케팔로스(알렉산드로스 대왕의 애마. — 역주). 외면적으로 마케도니아 왕 알렉산드로스의 군마였던 시절의 모습은 거의 없었다. 하지만 그 방면의 소식통들은 알아볼 수 있는 모양으로, 조금 전에도 내 자신이 정면의 바깥 계단에서 직접 목격했는데, 경마장에 뻔질나게 드나드는 어두운 얼굴의 재판소 고용인이 높다랗게 다리를 올리고 대리석에 뚜벅뚜벅 소리를 내며 올라가는 변호사를 눈을 둥그렇게 뜨고 바라보고 있었다.

변호사회는 부케팔로스의 입회를 커다란 문제없이 승인했다. 면밀하게 살펴본 뒤 서로 의견을 교환했는데,

오늘날의 사회질서 속에서 부케팔로스는 몸을 둘 곳이 없고, 그 세계사에서 차지하는 의미에서도 받아들이는 것은 당연한 일이다. 오늘날 이제—이 점에 있어서는 누구도 부정할 수 없을 것이다— 대왕 알렉산드로스는 없다. 그래, 살해 방법을 체득하고 있는 패거리에 부족함은 없고, 회식 테이블 너머에 있는 친구를 창으로 찌르는 무예도 없지는 않다. 마케도니아는 너무 작다며 부군 필리포스 2세를 욕하고 있는 무리들도 많다. 하지만 누구 하나, 참으로 누구 하나 인도로 군대를 움직이지는 못한다. 예전에 대왕이 있던 무렵에도 인도로 가는 문은 멀었다. 그러나 어쨌든 대왕의 검은 인도를 향했다. 오늘날 이제 문은 어딘가 높은 곳으로 옮겨져 누구도 인도를 가리키려 하지 않는다. 검을 가지고 있어도 그저 휘두르기만 할 뿐. 그것을 눈으로 좇으며 당황하고 있다.

따라서 부케팔로스가 한 것처럼 법률서에 빠져드는 것이 최선일지도 모르겠다. 등 위에 올라탄 사람의 발에 옆구리를 차일 우려도 없고, 한가로이 조용한 불빛 아래, 전장의 소란스러움과는 멀리 떨어진 곳에서 오래 된 책의 페이지를 넘겨가며 열중해서 읽는다.

13. 황제의 사자
Eine Kaiserliche Botschaft

전하는 바에 의하면 황제는 당신에게 ―일개 시민, 가련한 신민(臣民), 황제의 광휘 속에서는 어찌할 도리도 없이 달아나버리는 더러운 얼룩 같은 그림자, 그런 당신의 집으로 죽음의 침상에서 사자 한 명을 보냈다고 한다. 사자를 침대 옆에 무릎 꿇고 앉게 해서 그의 귀에 대고 직접 말을 전했다. 그래도 미덥지 못했던 것이리라. 다시 한 번 자신의 귀에 대고 복창하게 해서 그것을 들은 뒤 힘없이 고개를 끄덕였다. 그리고 늘어서 있는 모든 이들 앞에서―벽은 전부 제거되었으며, 높다랗게 펼쳐져 있는 회랑을 가득 메운 채 제국의 신분 높은 이들이 죽음을 지켜보고 있었다―, 그 앞에서 사자를 떠나게 했다.

사자는 달려 나갔다. 우람하고 튼튼하기 짝이 없어서 피로를 모르는 사내였다. 굳센 팔을 힘차게 흔들며 수많은 군중 속으로 길을 헤쳐 나갔다. 방해를 하려는 자가 있으면 가슴을 가리켰다. 거기서는 황제의 표식인 태양 문양이 번쩍이고 있었다. 가벼운 몸놀림으로 사자는 달려나갔다. 군중은 헤아릴 수 없이 많고 그들의 집은 끝도 없다. 널따란 벌판으로 나서면 마치 나는 듯 달릴 터이니, 당신은 곧 당신의 집 문을 두드리는 고귀한 소리를 듣게 될 듯하다.

하지만 그렇게는 되지 않을 것이다. 사자는 얼마나 허무하게 몸부림을 치고 있는지. 왕국 안 깊은 곳에 있는 방조차 아직 벗어나지 못했다. 결코 벗어나지 못할 것이다. 혹시 만약 벗어났다 할지라도 그게 무슨 소용이겠는가? 끝도 없는 계단을 내려가야만 한다. 설령 다 내려갔다 할지라도 그게 무슨 소용이겠는가? 수많은 안뜰을 가로질러야만 한다. 안뜰 끝에는 두 번째 왕궁이 똬리를 틀고 있다. 다시 계단이 있고 안뜰이 펼쳐져 있다. 그곳을 지나면 이번에도 다시 왕궁이 있다. 이렇게 해서 몇 천 년인가가 흘러간다. 설령 그가 마지막 성문에서 달려

나왔다 할지라도—그런 일은 결코, 결코 없을 테지만—
그 앞에는 거대한 제국의 수도가 펼쳐져 있다. 세계의
중심이자 커다란 먼지와도 같은 수도다. 여기를 벗어나
는 일은 결코 없을 것이다. 게다가 이미 세상을 떠나버
린 자의 사자가 되었다.

하지만 당신은 저녁이 되면 창가에 앉아 사자가 오기
를 꿈꾸고 있다.

14. 관
Ein Sarg

관 하나가 완성되었다. 관 파는 집으로 옮기기 위해 목수는 그것을 손수레에 실었다. 비가 내리는 음울한 날이었다. 골목에서 나이 든 신사가 다가와 관 앞에 서더니 지팡이로 살짝 두드렸다. 그리고 관을 파는 일에 대해서 이야기를 나누기 시작했다. 큰길 쪽에서 장바구니를 든 여자가 다가왔다. 하마터면 신사와 부딪칠 뻔했는데 낯선 사람이라는 사실을 깨닫고 여자도 발걸음을 멈췄다. 수습 목수가 작업장에서 나와 목수에게 다음 작업에 대해서 물었다. 작업장의 2층 창가로 목수의 아내가 갓난아기를 안고 모습을 드러냈다. 목수는 거리에서 아기를 어르기 시작했다. 신사와 장바구니를 든 여자도 위를 올려다보고 미소 지었다. 무엇인가 먹이를 발견한 듯한 참새가 날아와 관 위를 짹짹거리며 뛰어다녔다. 개가 킁킁 손수레 바퀴의 냄새를 맡았다.

그때 갑자기 관 안에서 뚜껑을 세게 두드리는 소리가 들려왔다. 참새가 날아올라 불안하다는 듯 손수레 위를 맴돌았다. 개가 커다랗게 짖어댔다. 가장 먼저 사태를 파악해야 할 의무가 있음에도 불구하고 멍청하게도 그것을 하지 못했다는 사실을 분하게 여기듯 개가 가장 흥분해 있었다. 신사와 장바구니를 든 여자는 옆으로 잽싸게 물러나 손을 벌린 채 우두커니 서 있었다. 수습 목수가 갑자기 결심한 듯 관 위로 뛰어 올라가 엉덩이를 찰싹 붙이고 앉았다. 뚜껑을 열고 안에서 누군가가 나오는 것보다는 이러는 편이 더 낫다는 듯한 태도였다. 그러면서도 뛰어오른 순간 섣부른 짓을 했다는 사실을 후회하는 듯했으나, 그렇다고 해서 뛰어내릴 용기도 없었기에 목수가 아무리 야단을 쳐도 엉덩이를 들지 않았다. 2층의 아내도 그 소리를 분명히 들었지만 무슨 소리인지 알지 못했고, 설마 관에서 난 소리일 것이라고는 생각지 못했으며 아래의 상황을 이해할 수 없었기에 그저 눈을 동그랗게 뜨고 지켜보기만 했다. 무슨 냄새를 맡은 것인지, 아니면 어떤 불안을 느낀 것인지 경관이 조심조심 다가왔다.

관의 뚜껑이 힘차게 튕겨 나갔기에 수습 목수는 옆으로 나뒹굴었다. 짧은 외침이 일제히 일었다. 창가에 있던 아내의 모습이 사라졌다. 틀림없이 아이를 안은 채 계단을 달려 내려오고 있는 것이리라. 관 안에 갇혀 있던 것이……

15. 포세이돈
Poseidon

바다의 신 포세이돈은 책상 앞에 앉아 계산을 하고 있었다. 모든 바다를 관리하는 것은 상당히 커다란 일로 일손이 아무리 있어도 부족할 정도였다. 실제로 수많은 자들을 부려왔으나 포세이돈은 지나치게 성실해서 모든 일을 자신이 스스로 다시 계산했기에 손을 빌리지 않은 것이나 다름없는 셈이었다.

이 일이 즐거운 것은 아니었다. 주어진 일이기에 어쩔 수 없이 의무를 다하고 있는 것일 뿐. 지금까지 몇 번인 가 본인이 말하는 '좀 더 마음이 후련해지는 일'을 찾아 보았으나, 몇몇 후보를 추려낸 순간 바로 지금까지의 직무보다 더 나은 일은 없다는 사실이 판명되곤 했다. 애초부터 다른 일을 찾는다는 건 쉬운 일이 아니었다. 어떤 해역에만 한정할 수는 없는 일이다. 그렇다고 해서 계산이 줄어드는 것도 아니고 단지 자잘한 숫자가 끝도 없이 나타날 뿐이어서 위대한 바다의 신에게는 전혀 어울리지 않는 일이 되어버린다. 그렇다면 바다 이외의 일은 어떨까? 그것을 생각하는 것만으로도 포세이돈은 기분이 나빠져서 신의 숨결이 어지러워지기 시작하고 강철 같은 가슴이 부르르 떨려오기 시작했다.

게다가 누구도 포세이돈의 불평을 진지하게 들어주지 않았다. 힘 있는 자가 고민을 하면, 도저히 어찌해볼 수 없는 일이라는 사실을 알면서도 동조하는 척할 수밖에 없다. 그 직무에서 벗어날 수 있으리라고는 누구도 진심으로 생각하고 있지 않았다. 태곳적부터 그는 바다의 커다란 신이었고 거기에 머물러 있지 않으면 안 되었다.

바다의 신 포세이돈은 삼지창을 들고 전차를 달려 바다를 순찰한다. 예로부터 고착되어온 이미지이지만 그는 이 말을 들으면 매우 화를 냈다. 직무에 불만인 것도 이와 같은 이미지가 유포된 탓이었다. 정말이지 커다란 착각으로 사실은 바다 깊은 곳에 앉아 쉴 새 없이 계산만 하고 있다. 신 주피터를 찾아갈 때가 유일하게 책상에서 벗어날 기회지만, 그것도 대부분은 머리끝까지 화가 나서 돌아오곤 한다. 바다조차 제대로 본 적이 없었다. 올림포스 산으로 서둘러 올라갈 때 얼핏 바라보는 것이 전부일 뿐, 순찰을 돈다는 것은 꿈도 꿀 수 없는 일이다. 이것은 그의 입버릇인데 세상의 종말까지 기다리기로 했다는 것이다. 그때는 틀림없이 고요한 순간이 찾아올 것이다. 그러니 세상의 종말 직전에 마지막 계산을 점검한 뒤, 서둘러 근방을 한 바퀴 둘러보고 싶다…….

포세이돈은 바다에 질려버렸다. 삼지창이 손에서 떨어졌다. 그는 해변의 바위에 가만히 앉아 있었다. 그것을 재미있게 여긴 갈매기 한 마리가 포세이돈의 머리 위에서 원을 그리며 맴돌고 있었다.

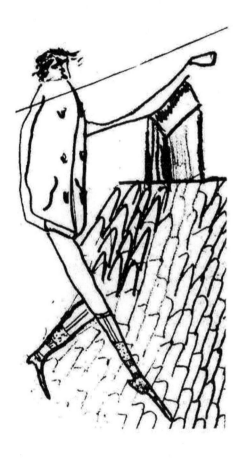

16. 이웃사람
Der Nachbar

나의 사업은 오로지 나의 두 어깨에 달려 있다. 입구의 방에 타자수 2명과 장부류, 안쪽이 나의 방으로 책상과 금고, 상담을 위한 테이블, 팔걸이의자와 전화기가 있다. 이것이 업무에 필요한 모든 것들이다. 한눈에 둘러볼 수 있으며 빠르게 처리할 수 있다. 아직 젊지만 일은 순조로워서 불평을 하거나 투덜거릴 필요는 조금도 없다. 그럴 만도 하다.

새해가 되자마자 옆의 빈 방에 젊은 남자가 들어왔다. 우물쭈물하다가 당해버리고 말았다. 같은 구조로 입구의 방과 안쪽의 방, 거기에 부엌이 딸려 있다. 입구의 방과 안쪽의 방은 쓰임새가 있었다. 타자수가 방이 좁다고 한탄하고 있었던 것이다. 그런데 나머지 부엌은 어떻게 하면 좋단 말인가? 그런 것을 생각하고 있는 사이에 그 사람이 먼저 빌려버리고 만 것이었다.

지금은 젊은 남자가 들어 있다. 이름이 하라스라는 건 알고 있으나 무엇을 하는 사람인지는 알 수 없었다. 문에는 '하라스 사무소'라고 적혀 있을 뿐이었다. 여기저기 물어본 결과 나와 비슷한 직업인 듯했다. 신용거래는 절대 경계할 것. 유망주지만 이제 막 시작한 신출내기로, 보기에는 자산도 없는 듯하니 신용거래는 아직 이르다. 아무것도 모를 때 사람들이 입에 담는 아주 흔한 정보였다.

계단에서 가끔 마주치는 적이 있는데 하라스는 언제나 굉장히 서두르고 있다. 바람처럼 달려 올라가기 때문에 한 번도 제대로 본 적이 없다. 벌써부터 손에는 사무실의 열쇠를 쥐고 있으며 문이 열리고, 쥐의 꼬리가 얼핏 보인 것처럼 다음 순간에는 이미 모습이 없다. 내 코앞에 '하라스 사무소'라는 팻말이 있을 뿐이다. 별 의미도 없는데 그것을 종종 바라보곤 했다.

사무실의 벽은 눈물이 날 정도로 얇은데 이런 종류의 벽은 제대로 된 사람의 일은 그대로 들리지만, 떳떳치 못한 일을 하는 놈들에게는 아주 좋은 가림막이 되는 법이다. 전화기는 옆 사무실과의 경계가 되는 벽에 달려 있다. 이 사실을 일부러 말하는 것은 우스운 사실을 말하기 위해서로, 설령 반대편 벽에 달아놓았다 할지라도 옆방에는 그대로 들릴 것이다. 통화 중에 고객의 이름을 말하는 것은 삼가고 있지만, 이야기의 흐름상 어쩔 수 없이 구체적인 사항을 말할 수밖에 없는데, 그것으로 상대방을 추측하는 것은 그렇게 어려운 일이 아니다. 때때로 나는 불안에 사로잡혀 수화기를 귀에 댄 채 까치발로 전화기 주위를 맴돌곤 한다. 그렇다고 해서 일의 비밀이 폭로되지 않는 것도 아니리라. 거기에 신경이 쓰이기 시작하면 전화를 하면서도 결단력이 무뎌지는 법이다. 목소리가 떨려온다.

내가 전화를 하는 동안 하라스는 무엇을 하고 있을까? 과대망상이라고 할지 모르겠으나 사실을 분명히 하기 위해서는 말해두지 않을 수 없다. 하라스는 전화기를 필요로 하지 않는다. 녀석은 우리 전화기를 사용하고 있다. 벽 옆의 소파에 누워 귀를 기울이고 있다. 나는 전화가 울리자마자 달려가서 고객의 주문을 들은 뒤, 몸이 오그라들 것 같은 결단을 내리기도 하고 온갖 말을 동원해서 설득하기도 해야 한다. 그러는 동안에 내 생각과는 달리 모든 내용을 벽 너머의 하라스에게 보고하는 셈이다.

틀림없이 그는 전화가 끝날 때까지 기다리지 않을 것이다. 중요한 내용을 듣고 나면 얼른 자리에서 일어나 늘 그렇듯 거리를 바람처럼 달려나가, 내가 수화기를 놓을 무렵에는 이미 새로운 일거리에 대한 이야기를 마무리 짓고 있으리라.

17. 안뜰의 문
Der Schlag ans Hoftor

여름의 뜨거운 날이었다. 여동생과 함께 집으로 돌아오는 도중에 어떤 안뜰의 문 옆을 지났다. 여동생이 문을 두드린 것은 장난삼아 두드린 것일까, 별 생각 없이 두드린 것일까, 그도 아니면 주먹으로 위협을 가해본 것이었을까? 아니면 애초부터 두드리거나 하지 않았던 것일까?

조금 더 앞으로 가자 길이 왼쪽으로 꺾어지더니 마을로 들어섰다. 잘 모르는 마을이었다. 첫 번째 집에서부터 벌써 사람들이 나왔다. 정중하기는 했으나 자신들도 두려움에 떨며 등을 구부리고 겁먹은 얼굴을 하고 있었다. 우리가 지나온 안뜰을 가리키며 문을 두드렸다고 말했다. 집 주인은 너희들을 고소할 것이다, 당장이라도 조사가 시작될 것이다.

나는 침착하게 이야기를 들었다. 그리고 여동생을 위로했다. 틀림없이 문을 두드리지는 않았으며 혹시 두드렸다 할지라도 그것으로 고소당하는 일은 결코 없을 것이다. 주위 사람들에게도 그 사실을 설명했다. 그들은 말없이 듣기만 할 뿐, 의견을 말하지는 않았다. 잠시 후 여동생뿐만 아니라 오빠도 고소를 당할 것이라고 말했다. 나는 빙그레 웃으며 고개를 끄덕였다.

모두가 일제히 안뜰 쪽을 돌아보았다. 멀리서 연기가 피어올라 당장이라도 불꽃이 솟아오를 듯했다. 그러나 사실 그것은 기마대로, 흙먼지를 피워 올리며 안뜰의 문으로 달려들었다. 모락모락 피어오른 흙먼지 속에서 창 끝만이 번쩍번쩍 빛나고 있었다. 기마대는 안뜰로 들어서자마자 바로 말을 되돌려 이쪽으로 달려왔다.

나는 여동생에게 어서 이곳을 떠나라고 말했다. 나머지는 내가 알아서 하겠다. 여동생은 싫다고 했다. 오빠 혼자 남겨두고 갈 수는 없다는 것이었다. 하다못해 옷이라도 갈아입고 오라고 나는 말했다. 조금 더 좋은 옷을 입고 신사들을 만나는 편이 좋을 거야. 동생은 마지못해

동의하고 집까지의 긴 길을 걷기 시작했다.

기마대는 바로 앞까지 와 있었다. 말에서 훌쩍 뛰어내리자마자 동생에 대해서 묻기에 지금은 없지만 곧 돌아올 것이라고 나는 두려워하며 대답했다. 대답에는 처음부터 기대하지 않은 듯했으며, 상대방은 무엇보다 나를 찾아냈다는 점을 중히 여기고 있는 것 같았다. 가운데에 두 사람이 있었다. 젊고 씩씩한 판사와 조용한 조수가 1명, 조수는 아스만이라 불리고 있었다.

농가의 방으로 들어가라고 했다. 사람들의 날카로운 시선이 쏟아지는 가운데 나는 고개를 숙여 멜빵을 바라보며 천천히 걸어갔다. 그래도 여전히 이렇게 생각하고 있었다. 딱 한마디면 충분하다. 딱 한마디 하기만 하면 농부들은 도시인인 나를 정중하게 풀어줄 것이다.

방으로 들어가자 먼저 들어온 판사가 기다리고 있었다.

"딱하게 됐군."

하고 그가 말했다. 현재의 상황이 아니라 틀림없이 지금부터 일어날 일에 대해서 이야기하고 있는 듯했다. 그곳은 농가의 방이 아니라 감옥과 비슷했다. 바닥에 깐 돌은 컸으며 진회색의 썰렁한 벽에는 쇠로 만든 고리가 박혀 있었다. 한가운데 있는 것은 침대 같기도 했고 수술대처럼 보이기도 했다.

....

나는 언제쯤 감옥 밖의 공기를 마실 수 있을까? 커다란 문제지만, 더욱 중요한 것은 오히려 석방될 가능이 있을까 하는 점이리라.

18. 가장의 근심

Die Sorge des Hausvaters

어떤 사람들은 '오드라덱'이라는 말이 슬라브어에서
왔다고 하며 그것을 근거로 이 말의 성립을 증명하려
하고 있다. 다른 사람들은 또 이 말은 독일어에서 온 것
으로 단지 슬라브어의 영향을 받았을 뿐이라고 말한다.
이 두 가지 해석이 명확하지 않다는 사실이, 어느 쪽도
옳지 않다는 결론을 내려도 분명히 옳을 것이라고 여겨
지게 한다. 특히 그 어느 쪽의 해석에 의해서도 말의 의
미를 알아낼 수 없으니 더욱 그렇다.

물론 오드라덱이라는 이름의 것이 실제로 존재하지
않는다면 누구도 그런 어원에 대해서는 연구하지 않았
을 것이다. 얼핏 보기에 그것은 평평한 별모양의 실패처

럼 보이기도 하고, 또 실제로 실에 감겨 있는 것처럼 보이기도 한다. 실이라고 해봐야 서로 전혀 다른 품질과 색을 가진 조각조각의 낡은 실을 이은 것으로, 하지만 역시 뒤엉켜 있을 뿐인 것이리라. 그러나 그것은 단지 실패일 뿐만 아니라, 별모양의 한가운데서부터 조그만 막대기가 하나 튀어나와 있으며, 또 이 조그만 막대기와 직각으로 다른 하나의 막대기가 달려 있다. 이 두 번째 막대기를 하나의 발, 별모양의 모서리 하나를 다른 한쪽의 발로 삼아, 마치 두 다리로 서 있는 것처럼 전체가 직립할 수 있다.

이러한 구조의 물건이 예전에는 어떤 용도에 맞는 모습을 하고 있었지만, 지금은 그것이 부서져 이런 모습이 되어버린 것일 뿐이라고 사람들은 생각하고 싶을 것이다. 하지만 아무래도 그건 아닌 듯하다. 적어도 그것을 입증할 만한 징후라는 것이 없다. 즉, 무엇인가 그런 사실을 암시할 만한 것이 달려 있었던 흔적이나, 부러진 부분 같은 것이 어디에도 없다. 전체는 의미가 없는 것처럼 보이지만, 그것은 그것 나름대로의 형체를 갖추고 있다. 게다가 이 물건에 대해서 이 이상으로 자세히 설명할 수는 없다. 왜냐하면 오드라덱은 매우 잘 움직여서 잡을 수가 없기 때문이다.

그것은 다락방이나 건물의 계단 부분이나 복도나 현관 등을 돌아다니며 곳곳에 머문다. 때로는 몇 개월 동안이나 모습이 보이지 않는다. 틀림없이 다른 집으로 옮겨갔기 때문일 것이다. 하지만 결국은 우리 집으로 반드시 돌아온다. 가끔 우리가 문 밖으로 나갈 때, 이것이 아래쪽 계단의 난간에 기대어 있으면 우리는 그것에게 말을 걸고 싶어진다. 물론 어려운 질문 같은 것을 하는 게 아니라, 우리는 그것을—그것이 너무나도 작기 때문에 그럴 마음이 드는 것이지만— 어린아이처럼 다룬다.

"넌 이름이 뭐니?"라고 우리는 묻는다.

"오드라덱이야."라고 그것은 말한다.

"어디서 살고 있니?"

"집 같은 건 정해져 있지 않아."라고 그것은 말하며 웃는다. 그런데 그 웃음은 폐 없이 내는 것 같은 웃음이다. 예를 들자면 낙엽이 바스락거리는 소리 같은 울림이다. 대체로 대화는 이것으로 끝나버리고 만다. 게다가 이러한 대답조차 언제나 들을 수 있는 것은 아니다. 때때로 그것은 오랫동안 입을 다물어버리곤 한다. 나무와도 같은 침묵인데, 아무래도 그것 자체가 나무로 이루어진 듯하다.

앞으로 그것은 어떻게 될까, 나는 스스로에게 물어보곤 하지만 아무런 대답도 나오질 않는다. 대체 죽기는 하는 걸까? 죽음이 있는 것은 전부, 처음부터 일종의 목적, 일종의 활동을 가지고 있기에 그것 때문에 몸이 마모되어 죽는 것이다. 오드라덱은 여기에 해당되지 않는다. 그렇다면 언젠가, 예를 들어서 아들들이나 손자들 앞에서도 실을 뒤로 끌며 계단에서 굴러 떨어질 것이란 말인가? 그것은 누구에게도 피해를 주지는 않는 듯하다. 하지만 내가 죽은 뒤에도 그것은 살아남아 있으리라 생각하는 것만으로도 내 가슴은 거의 아파올 정도다.

19. 규율의 문제
Zur Frage der Gesetze

　안타깝게도 우리의 규율은 그다지 잘 알려져 있지 않다. 지배자인, 얼마 되지 않는 귀족들 사이의 비밀이기 때문이다. 오래 된 규율은 잘 지켜지고 있다고 봐도 좋을 테지만, 자신이 모르는 규율에 지배받는 것은 꽤나 고통스러운 일이다. 하지만 나는 규율에 대한 여러 가지 해석의 문제, 혹은 극히 소수의 사람들끼리만 관여한 채 민생 전체는 해석에 가담할 수 없다는 문제나 그로 인해서 발생하는 불합리에 관한 문제를 말하려는 것이 아니다. 아마도 그것은 대수롭지 않은 문제일 것이다. 규율 자체가 아주 오래 되었고 몇 세기에 걸쳐서 여러 가지로 해석되어왔기 때문에 이미 해석 자체가 규율이 되

어 있다. 여전히 해석의 여지는 있다 할지라도 매우 한
정되어 있고, 또 해석을 할 때 귀족들이 오로지 자신들
의 이익만을 생각해서 민중에게 불리하게 처리하는 일
은 없을 듯하다. 애초부터 귀족을 위해서 정해진 규율이
기 때문에 귀족은 그 구속력의 울타리 밖에 있다. 바로
그렇기 때문에 규율은 오로지 귀족들의 손에 맡겨져 있
는 것이리라. 물론 바로 거기서 뛰어난 지혜를 엿볼 수
있는 것이지만—오랜 규율에 뛰어난 지혜가 담겨 있지
않을 리 없다— 우리에게 있어서 고통이라는 점에는 변
함이 없으며, 참으로 뭐라 할 말이 없는 문제다.

그야 어찌 됐든 이들 규율 같은 것들도 역시, 단지 규
율 같은 것이라는 식으로 여겨지고 있기에 그러한 것이
있을 뿐이고, 귀족들 사이에만 알려진 비밀이라는 것도
그런 식으로 이야기되어져 왔을 뿐, 오래 전부터 그렇게
전해져왔기에 오랜 전승으로 믿어지고 있는 것에 불과
하며, 그 이상의 것은 결코 아니다. 규율의 성격 자체가
그 존속을 숨겨둘 것을 요구하고 있다. 우리 민중은 예
로부터 귀족들의 행동을 주의 깊게 지켜보았다. 그에 대
해서 우리 조상들이 글로 남긴 것을 가지고 있으며, 또
우리도 기록을 계속하고 있기에 방대한 사실을 통해서

이런저런 규칙을 엿볼 수 있는 공통항목이 없는 것도 아니니 그렇게 해서 신중하게 골라내고 정리한 결과를 바탕으로 현재 및 미래에 걸친 방침을 세우려 하면, 그 순간 모든 것이 극히 의심스러워져서 어차피 머릿속 유희에 지나지 않을까 하는 생각이 든다. 왜냐하면 우리가 찾아냈다고 하는 규율 따위 애초부터 존재하지 않았던 것일지도 모르기 때문이다. 실제로 그렇게 주장하는 조그만 당파가 있어서, 만약 규율이 있다면 귀족들이 하는 행동, 그것이 곧 규율이라는 사실을 증명하려 하고 있다. 이 무리들은 귀족들의 변덕스러운 행위만을 보고, 민중의 전통은 인정하려 들지 않는다. 그들에 의하자면 민중의 전통은 백해무익한 것이다. 새로운 사태에 직면했을 때, 그것이 민중들 사이에서 거짓되고 날조된 자신감을 낮게 할지도 모르기 때문이라고 한다. 틀림없이 그 점은 부정할 수 없다. 하지만 민중의 대다수는 전통이 매우 부족하고 따라서 좀 더 연구를 하지 않으면 안 되며, 자료도 언뜻 보기에는 많은 듯하지만 아직 충분하지 않아서 필요한 양에 이르기까지는 아직 몇 세기나 더 걸릴 것이라고 생각하고 있다. 아직 전망은 어둡지만 언젠가 전통과 그 연구가 끝나고 모든 것이 분명해져서 규율은 민중에게 귀속되고 귀족이 멸망할 것이라 믿고 있는 듯한 부분이 있어서 그것이 전망에 한 줄기 빛을 던져주고 있다. 그 사실을 증오에 차서 귀족에게 말하거나 하지는 않는다. 말도 안 되는 일이다. 누구도 그런 짓은 하지 않을 것이다. 그도 그럴 것이 우리가 증오하고 있는 것은 바로 우리들 자신으로, 우리가 아직 규율에 합당하지 못한 몸을 가지고 있기 때문이다. 규율의 존속을 믿지 않는 소수 당파가 어떤 의미에서는 매우 매혹적인 주장을 하고 있음에도 불구하고 여전히 조그만 당파에 그치고 있는 것도 이런 이유에서다. 다시 말하자면 그것은 귀족 및 귀족의 존속이 정당하다고 인정하는 셈인 것이다. 이런 이유로, 참으로 귀찮은 일이지만 결국은 일종의 반어를 사용할 수밖에 없을 듯하다.

규율에 대한 신앙을 가지고 귀족을 비난하면 바로 모든 민중의 지지를 얻을 수 있을 테지만, 누구 하나 귀족을 비난할 용기를 가지고 있지 않으니 이런 종류의 정당은 있을 수 없다. 이와 같이 위험한 한 점에서 우리는 살아가고 있다. 참고로 어떤 작가가 다음과 같이 요약했다. '우리에게 주어진 규율 가운데 유일하게 눈에 보이는 뚜렷한 규율은 귀족이며, 그것을 우리 스스로가 무턱

대고 빼앗으려 하고 있다.'

20. 황새
Ein Storch

저녁 무렵, 집으로 돌아와 보니 방 한가운데 커다란 알이 있었다. 굉장히 큰 알이었다. 거의 책상만 한 크기로 거기에 어울리게 부풀어 있었다. 희미하게 좌우로 흔들리고 있었다. 너무나도 신기해서 견딜 수 없었기에 가랑이 사이에 끼고 칼로 살살 깨보았다. 이미 충분히 부화되어 있었다. 껍데기가 사방으로 튀더니 안에서 황새를 닮은 녀석이 튀어나왔다. 벌건 살갗의 알몸이었으나 조그만 날개가 달려 있고 그것을 자꾸만 파닥였다.

"이 세상에서 뭘 하겠다는 거지?"

묻고 싶어서 새 앞에 웅크리고 앉아 불안하다는 듯 깜빡이고 있는 눈을 들여다보니 천천히 달아나기 시작했다. 아픈 다리를 보호하듯 비틀거리며 벽 쪽으로 팔짝 뛰었다.

"우리는 서로 같은 처지야."

테이블에 저녁식사를 늘어놓고, 방 구석에서 책을 쪼고 있는 새를 손짓해 불렀다. 벌써 얼마간 익숙해졌는지 서둘러 다가오더니 의자에 앉았다. 얇은 소시지 조각을 앞에 놔주었더니 삐삐 울며 냄새를 맡기 시작했다. 부리로 쪼다가 떨어뜨리고 말았다.

'내가 너무 경솔했군.'
이라고 나는 생각했다.

'태어나자마자 바로 소시지를 먹이려 하다니, 말도 안 되는 일이야. 남자란, 참.'

무엇을 먹고 싶어 하는지 알아볼 수 있지 않을까 싶어 눈을 부릅떴다. 그 순간 퍼뜩 생각이 떠올랐다.

'황새 부류 중 하나라면 역시 생선을 좋아하겠지. 그럼 먹을 수 있게 해주어야지. 하지만 공짜로 줄 수는 없어. 내게 새를 키울 만한 여유는 없으니. 희생을 치러야 하니 그에 어울리는 보답을 받기로 하자. 틀림없이 황새일 거야. 그렇다면 네가 크고 난 다음에 은혜에 대한 보답으로 남쪽 나라에 데려다주렴. 오래 전부터 가보고 싶

었어. 황새의 날개가 없었기에 참고 있었어.'

종이와 잉크를 가져다 새의 부리를 잉크에 적셨다. 상대는 한없이 얌전했다. 그리고 다음과 같은 내용을 적었다.

「저, 황새처럼 생긴 새는 둥지를 떠나는 날까지 제공받은 생선, 개구리, 애벌레(뒤의 2개는 싸기 때문에 추가했다)에 대한 보답으로 당신을 등에 싣고 남쪽 나라로 데려다줄 것을 약속합니다.」

부리를 닦아준 뒤 다시 한 번 종이를 새의 눈앞까지 들어 보이고 네 개로 접어 품속에 넣었다.

당장 어물전으로 한달음에. 돈을 꽤 치르기는 했지만 어물전 주인은 다음에 올 때까지 상하기 시작한 생선과 애벌레를 따로 듬뿍 남겨주겠다고 했다. 그렇다면 남쪽으로의 여행도 그렇게 비용이 많이 들지는 않으리라. 아주 맛있다는 듯 먹는 모습을 보면 나 자신도 기뻐졌다. 꿀꺽 생선을 삼킬 때마다 벌건 배가 부풀어 올랐다.

하루하루 몰라볼 정도로 성장해나갔다. 그 빠른 성장은 도저히 인간에 비할 바가 아니었다. 틀림없이 방 안에는 썩은 생선 냄새가 배어 있었다. 새의 변을 찾아서 치우는 것도 편한 일은 아니었다. 이 추운 겨울, 그것도 석탄이 비정상적으로 비쌌기에 마음대로 창을 열 수도 없었다. 하지만 그게 어쨌단 말인가. 봄이 오면 상쾌한 대기 속으로 눈부신 남쪽을 향해 날아가자. 그러고 보니 날개도 자랐고 온몸의 털도 나기 시작했다. 언뜻 보기에도 듬직함이 느껴지기 시작했다. 지금이야말로 비행연습을 시작할 때다.

안타깝게도 어미 새가 없었다. 상대방에게 그럴 마음이 없으면 아무리 가르쳐주어도 도움이 되지 않는 법이지만, 어미 새가 없는 만큼 각별한 주의와 노력으로 메꿔나가야 한다는 사실은 잘 알고 있는 듯했다. 우선은 활공부터 시작했다. 내가 발판에 오르자 새도 따라왔다. 내가 두 손을 벌리고 뛰어내리자 새도 날개를 퍼득이며 뛰어내렸다.

다음은 책상, 마지막으로 선반에서 뛰어내렸다. 비행에 임해서는 그때마다 주의, 그리고 되풀이해서 연습했다.

21. 형제를 살해한 자
Ein Brudermord

살인은 다음과 같이 행해졌다. 세세한 부분까지 입증을 마쳤다.

범인 슈마르는 밤 9시 무렵, 거리의 모퉁이에서 망을 보고 있었다. 밝은 달이 비추고 있었다. 피해자 베제는 사무실이 있는 거리에서 자기 집이 있는 거리로 돌아설 때 이 모퉁이를 지났다.

차가운 밤바람이 불고 있었다. 슈마르는 파란색 얇은 양복을 걸치고 있을 뿐, 그것도 단추를 채우지 않았다. 하지만 추위를 느끼지는 못했다. 끊임없이 움직이고 있었다. 총검인지 식칼인지 모를 살해도구를 단단히 빼들고 있었다. 그것을 달빛에 비춰보았다. 날이 번쩍하고 빛났다. 슈마르는 만족스럽지 못한 듯 발아래의 벽돌을 내리쳐보았다. 불똥이 튀었다. 아차 싶었던 모양이었다. 한쪽 발로 서서 바이올린의 현을 켜듯 구두바닥으로 갈기 시작했다. 칼날의 소리가 운명의 골목으로 흘러갔다.

연금으로 살아가고 있는 팔라스가 바로 가까이에 있는 3층의 창에서 바라보고 있었다. 어찌 평안히 있을 수 있었겠는가? 인간의 본성이란 신비하기 짝이 없는 것이다! 커다란 몸에 가운을 걸치고 목깃을 세운 채 머리를 흔들며 팔라스는 밑을 내려다보고 있었다.

다섯 번째 앞, 비스듬히 마주보고 있는 곳이 베제의 집이었다. 베제 부인은 잠옷 위에 여우 모피를 걸치고 남편이 돌아오기를 기다리고 있었다. 평소보다 오늘 밤에는 귀가가 한층 더 늦었다.

마침내 베제 사무실의 종이 울렸다. 문에 달아놓은 종 치고는 소리가 굉장히 컸다. 온 거리에 울렸다. 하늘에까지 닿을지도 몰랐다. 밤늦게까지 일한 베제가 나왔다. 이쪽 거리에서는 아직 모습이 보이지 않았다. 종소리로 알 수 있을 뿐이었다. 뒤이어 포장도로를 천천히 걷는 발소리가 들렸다.

팔라스가 몸을 내밀었다. 그는 무엇 하나 놓치지 않으

리라. 베제 부인은 종소리에 마음이 놓여 창문을 닫았다. 슈마르는 무릎을 꿇었다. 어쨌든 상의를 걸치고 있었기에 얼굴과 두 손을, 바닥에 깔아놓은 돌에 찰싹 붙였다. 모든 것이 얼어붙었지만 슈마르만은 불타오르고 있었다.

두 거리가 교차하는 곳 바로 앞의 한 점에서 베제가 발걸음을 멈췄다. 지팡이에 기대어 다음 거리로 몸을 내밀 듯 서 있었다. 일시적인 기분에 사로잡힌 것뿐이다. 깊은 쪽빛의 밤하늘과 황금빛 별에 매혹되었다. 아무것도 모른 채 하늘을 올려다보고 모자를 들어올려 머리를 쓰다듬었다. 하늘은 움직여도 다음에 찾아올 미래는 가르쳐주지 않는다. 모든 것이 무의미하고 헤아릴 수 없는 장소에 서 있다가 별 생각 없이 베제는 발걸음을 옮겼다. 스스로가 슈마르의 칼 쪽으로 다가갔다.

"베제!"

슈마르가 외쳤다. 까치발을 하고 서서 팔을 내밀더니 있는 힘껏 흉기를 휘둘렀다.

"어때, 이걸로 율리아는 망부석이 될 거야!"

목의 오른쪽을 한 번, 왼쪽을 한 번, 마지막으로 배를 깊숙이 찔렀다. 들쥐를 찔렀을 때와 같은 소리를 내며 베제가 쓰러졌다.

"해치웠군."

슈마르는 이렇게 말하고 피범벅이 된 흉기를 앞에 있는 집의 문으로 내던졌다.

"죽인다는 건 멋진 일이야! 타인의 피가 흐르면 마음이 편안해져. 하늘을 나는 것 같은 기분이 들어. 베제여, 함께 밤을 즐기던 친구여, 술친구여, 어두운 지면이 지금 너의 피를 빨고 있다. 이왕이면 피가 가득 담긴 풍선이었다면 좋았을 것. 털썩 올라앉으면 순식간에 오그라들 텐데. 모든 일이 생각대로 되는 것도 아니고, 모든 화려한 꿈이 활짝 피어나는 것도 아니지. 너는 여기에 벌렁 누워서 발로 짓밟혀도 손가락 하나 까딱할 수 없어. 그렇게 입을 꾹 다문 채 무엇을 되묻고 싶은 거지?"

팔라스가 굉장히 화난 듯한 얼굴로 두 창문을 활짝 열었다.

"슈마르, 전부 내 눈으로 보았어. 무엇 하나 놓치지 않고 보았어."

팔라스와 슈마르가 서로를 엿보듯 바라보았다. 팔라스는 매우 만족스러웠으나 슈마르는 영문을 알 수가 없었다.

베제 부인이 좌우에 구경꾼들을 데리고 달려왔다. 너무 두려운 나머지 단번에 폭 늙어버린 듯한 느낌이었다. 모피가 벌어졌다. 베제 위로 쓰러졌다. 잠옷을 입은 부인의 몸이 베제와 하나가 되었고, 무덤 위의 잔디처럼 모피가 완전히 사람들의 눈에서 그 부부를 가리고 있었다.

경찰이 범인을 끌고 갔다. 슈마르는 마지막 쓴맛을 억지로 삼킨 뒤 그 입술을 경찰의 어깨에 가져다댔다.

22. 첫 번째 고뇌
Erstes Leid

아시는 것처럼 공중그네라는 것은 서커스의 원형 천장 까마득히 높은 곳에서 연기를 하는 곡예로, 사람이 할 수 있는 기술 가운데서도 가장 어려운 재주 중 하나라고 해도 좋을 것이다. 그 공중그네 연기자의 이야기인데 처음에는 기술을 연마하고 싶다는 열망에서, 후에는 벗어나기 어려운 습관이 된 탓으로 그 서커스단에 있는 한은 밤이고 낮이고 그네 위에 머문 채 밑으로 내려오지 않았다. 본인이 필요로 하는 나날의 일들은 매우 사소한 것들이어서 종업원들이 번갈아가며 해결해주었다. 아래서 주의를 기울이고 있다가 용무가 생기면 특별히 제작한 용기로 올리고 내리고 해주었다. 그렇기에 특별히 누군가에게 피해를 주는 것도 아니었다. 단, 다른 공연을 할 때 곡예사가 위에 있으면, 아무리 몸을 움츠리고 있다 할지라도 약간은 방해가 되었다. 아무리 눈에 띄지 않으려 해도 관객의 시선이 문득 그쪽으로 향하곤 하기 때문이었다. 그래도 모두가 관대하게 봐주고 있었다. 누가 뭐래도 다른 사람이 대신할 수 없는 재주를 가지고 있었으며, 또 모든 사람들이 한결같이 인정하는 부분인데 위에서 내려오지 않는 것은 그의 이기심 때문이 아니라 그렇게 하지 않을 수 없기 때문으로, 그 결과 마침내 곡예의 극치를 유지할 수 있기 때문이었다.

공중그네 위는 건강에도 좋았다. 계절이 좋아져 채광창을 활짝 열어젖히면 신선한 공기와 함께 눈부신 햇빛이 어두운 실내 구석까지 쏟아져들었는데, 그럴 때면, 공중그네 위는 천국이라고까지 할 수 있었다. 물론 사람들과의 교제는 제한적이었다. 아주 가끔 함께 연기를 하는 곡예사가 줄사다리를 타고 올라올 뿐. 그럴 때면 두 사람은 그네에 앉아 각각 좌우의 밧줄에 기대고 이야기를 나누었다. 원형 천장의 수리를 위해 올라온 작업자가 열린 창 너머로 두어 마디 말을 건넨 적이 있었다. 소방관이 가장 위쪽에 있는 관람석의 보조 램프를 점검하러

왔다가 얼이 빠진 듯, 감탄이 뒤섞인 목소리로 말을 건적도 있었다. 기껏해야 그 정도였을 뿐, 그 외에는 아무것도 없었다. 아주 가끔, 오후가 저물어갈 무렵의 인적 없는 무대로 종업원이 불쑥 들어와 시야의 거의 끝부분에 위치한 높은 곳을 신기하다는 듯한 얼굴로 올려다보곤 했다. 자신을 바라보는 사람이 있으리라고는 조금도 깨닫지 못하고 곡예사는 말없이 그네 기술을 연습하고 있었다. 혹은 쉬고 있었다.

그렇게 해서 마음 내키는 대로 자신이 원하는 생활을 하는 듯했지만, 서커스에는 순회라는 관습이 있었다. 공중그네 곡예사에게 있어서 그것은 특히 번거로운 일이었다. 물론 서커스단의 주인은 근심을 덜어주기 위해 특별한 배려를 해주었다. 도회로 들어갈 때면 밤중이나 새벽을 이용해 인기척이 없는 거리를 경주용 자동차로 단번에 달려 들어갔다. 하지만 그럼에도 불구하고 공중그네 곡예사에게는 애가 탈 만큼 느리게 여겨졌다. 기차로 이동할 때면 방을 하나 전용으로 빌려주었다. 곡예사는 그물선반 위에서 시간을 보냈다. 참으로 초라하기 짝이 없는 것이었으나 늘 있던 장소의 대용이라고 할 수 있었다. 그리고 다음 공연지에는 일행이 도착하기 훨씬 전부터 공중그네가 일찌감치 제자리에 준비되어 있었다. 장내로 통하는 문이 활짝 열리고 통로도 깔끔하게 청소가 끝나서 공중그네의 곡예사가 줄사다리를 타고 일직선으로 올라가 정해진 그네에 앉는 순간이면 서커스단의 주인은 몸서리가 쳐질 정도로 기쁨이 솟아오르는 것을 느꼈다.

지금까지는 별 탈 없이 지내왔다고는 하지만, 순회를 할 때마다 서커스단의 주인은 가슴을 졸였다. 곡예사의 마음에 무엇보다도 더한 괴로운 시련이었기 때문이다.

그런 여행이 다시 찾아왔다. 곡예사는 그물선반 위에 멍하니 누워 있었다. 서커스단의 주인은 맞은편 창가에 기대어 책을 읽고 있었다. 그때 곡예사가 조그만 목소리로 말을 걸어왔다. 서커스단의 주인은 귀를 기울였다. 곡예사는 입술을 씹으며 이렇게 말했다. 지금까지와는 달리 공중그네를 하나가 아니라 2개로 해주었으면 한다, 마주보고 있는 그네가 반드시 2개여야만 한다. 서커스단의 주인은 그 자리에서 승낙했다. 그런데 곡예사는 서커스단 주인의 승낙 같은 건 아무래도 상관없으며, 설사 반대했다 할지라도 달라질 것은 아무것도 없다는 듯, 앞으로는 무슨 일이 있어도 그네가 하나밖에 없어서는 두 번 다시 곡예를 하지 않을 것이라고 말했다. 그런 일은 상상하는 것만으로도 소름이 돋는 모양이었다. 서커스단의 주인은 힐끗힐끗 시선을 주며 다시 한 번 힘주어 동의했다. 그네는 하나보다 둘이 있는 편이 당연히 좋지. 여러 가지 신기한 기술을 펼쳐보일 수 있으니. 그러자 곡예사가 갑자기 울음을 터뜨렸다. 자리에서 일어난 서커스단의 주인이 당황해서 대체 무슨 일이냐고 물었으나 대답이 없었다. 이에 좌석으로 올라가 곡예사의 얼굴을 쓰다듬어주었다. 그리고 그의 얼굴을 당겨 자신의 얼굴에 비볐기에 상대방의 눈물이 방울이 되어 전해졌다. 이런저런 말로 어르고 달랬더니 곡예사가 마침내 훌쩍이며 이렇게 말했다.

"양손에 횃대가 하나밖에 없다니, 대체 어떻게 살아가란 말이죠?"

이렇게 마음을 알면 다독이기 수월해진다. 서커스단의 주인은 약속했다. 기차가 다음 역에 멈추자마자 바로 전보를 쳐서 두 번째 그네를 준비해두라고 하지. 지금까지 그네 하나로만 일을 하게 한 것은 누가 뭐래도 어리석은 짓이었어. 그런 점에서 나의 과오를 잘도 가르쳐주었어. 어쨌든 잘된 일이다, 잘된 일이야.

곡예사는 차츰 안정을 되찾기 시작했다. 그것을 보고 서커스단의 주인은 원래의 자리로 돌아갔으나 이번에는 그의 마음이 편치 않았다. 신경이 쓰여서 견딜 수 없었기에 손에 들고 있는 책 너머로 가만히 곡예사를 바라보았다. 이런 종류의 일에 일단 고뇌를 품기 시작했으니, 과연 이번 한 번으로 끝날까? 고뇌라는 건 차례차례로 늘어가는 법이다. 언제가 됐든 결국은 목숨을 빼앗을지도 모른다. 실컷 울고 난 뒤 곡예사는 새근새근 잠에 빠져 있었다. 어린아이처럼 만질만질한 이마에는 벌써 첫 번째 주름이 한 줄 새겨져 있는 것 같았으며, 서커스단 주인은 조금 전에 그 주름을 선명하게 본 듯한 느낌이 들었다.

23. 한 장의 고문서
Ein altes Blatt

자기 나라를 지키는 일을 완전히 소홀히 하고 있었다.
그것은 조금도 생각지 않고 하루하루 일에만 매달려 있
었다. 요즘 일어나고 있는 일들로 봐서 이런저런 걱정을
하지 않을 수 없다.

나는 왕궁 앞의 광장에 작업장을 가지고 있는 신발
만드는 장인인데 새벽에 문을 열면 모든 거리의 입구는
무장한 자들에 의해서 점령당해 있다. 우리나라의 병사
가 아니라 분명히 북방의 훈족들이다. 왕성은 국경에서
아주 멀리 떨어져 있는데 참으로 이해할 수 없는 일이
지만 그들은 이곳까지 깊숙이 밀고 들어왔다. 벌써 당당
하게 버티고 앉았으며, 그냥 보기에도 매일 숫자가 늘어

나고 있다.

　습성에 따라 그들은 노천에서 생활하고 있다. 집을 좋아하지 않는 것이다. 검을 갈고 창끝을 다듬고 말을 훈련시키고 있다. 조용하고 먼지 하나 없던 광장을 그들은 마구간으로 바꿔버렸다. 때때로 주위의 누군가가 가게에서 달려나와 하다못해 오물이라도 처리하려 했으나 날이 지남에 따라서 그런 일도 드물어졌다. 애써 치워봐야 아무런 소용도 없으며, 또 거친 말에게 짓밟히거나 채찍에 매몰차게 맞는 것이 고작이기 때문이다.

　훈족과는 말이 통하지 않는다. 그들은 우리들의 말을 이해하지 못하며, 애초부터 그들은 언어라는 것을 가지고 있지 않은 듯하다. 동료 간에는 까마귀처럼 해서 의사를 소통하는 듯, 까마귀 울음소리가 들릴 뿐이다. 그들에게 우리의 생활방식이나 가구 등과 같은 것은 아무래도 상관없는 것이자, 한편으로는 이해하기 어려운 것인듯 몸짓이나 손짓으로도 관심을 보이지 않는다. 턱이 빠질 정도로 크게 웃든 손의 관절을 꺾어 보이든 전혀 무관심하고 전혀 알려고 하지도 않는다. 그들은 가끔 얼굴을 찌푸린다. 그러면 흰자가 그대로 드러나고 입에서는 거품이 솟아오른다. 그렇다고 해서 무슨 말인가를 하려는 것도 아니고, 또 위협을 가하려는 것도 아니다. 그렇게 하고 싶기 때문에 그렇게 하는 것일 뿐. 필요한 것은 마음대로 가져간다. 힘으로 빼앗는 것이 아니라 그들이 손을 내밀면 하나같이 옆으로 물러나 그들 마음대로 하게 내버려둔다.

우리 작업장에서도 좋은 물건을 가지고 갔다. 하지만 예를 들어서 바로 맞은편에 있는 정육점을 보면 한탄 같은 것은 할 수도 없다. 정육점은 고기를 들여오자마자 그 자리에서 빼앗기기 때문에 고기는 전부 훈족의 입으로 들어가 버린다. 그들의 말도 고기를 먹기 때문에 병사와 말이 같은 고깃덩어리를 마주보고 물어뜯는 경우도 있다. 정육점 주인은 두려움 때문에, 못할 것은 없지만 그래도 고기의 제공을 그만두지 못하고 있다. 우리도 그 사실을 무겁게 받아들이고 있기에 조금씩 돈을 모아 정육점을 지원하고 있다. 만약 고기가 떨어지면 그들이 무슨 짓을 할지 알 수 없는 일이다. 매일 고기를 먹고 있어도 무슨 짓을 할 생각인지 짐작조차 할 수 없다. 얼마 전에는 정육점 주인이 하다못해 번거로움이라도 줄이자는 생각에서 황소를 산 채로 풀어놓았다. 두 번 다시 해서는 안 될 일이리라. 황소의 울부짖음을 듣지 않기 위해서 꼬박 1시간 동안 작업장의 바닥에 엎드려, 가지고 있는 모든 옷과 담요와 의자 등받이 등의 아래에 숨어 있지 않으면 안 되었다. 훈족들이 사방에서 황소에게로 달려들어 이를 드러내고 고기를 물어뜯으려 했기 때문이었다. 용기를 내서 밖으로 나간 것은 모든 것이 끝나고 상당한 시간이 흐른 뒤였다. 황소의 잔해 주위에는 술주정뱅이가 술통 주위에 나뒹굴고 있는 것처럼 무리들이 몸을 눕히고 있었다.

바로 그 무렵의 일이라고 생각하는데 왕궁의 창가에서 황제의 모습을 발견했다. 지금까지는 한 번도 눈에 띄는 곳에 나오시지 않고 언제나 안뜰에만 계셨는데 이때는 창가에 서서 왕성 앞의 광경을, 어깨를 떨어뜨린 채 바라보고 계셨다.

"앞으로 무슨 일이 벌어질까?"

모두가 이야기를 주고받았다.

"이런 고통을 언제까지 참아야 하는 거지? 왕궁이 훈족을 불러들였는데 내쫓을 방법을 알지 못해. 성문은 그대로 닫혀 있고 예전에는 화려하게 퍼레이드를 하던 위병들도 지금은 창살 안에서 바라보기만 할 뿐, 나라를 지키는 것은 우리 장인이나 상인들에게 맡기고 있어. 하지만 그런 종류의 일은 도저히 감당할 수 없어. 그런 일이 가능하다고 자랑한 적도 없어. 커다란 오해로, 그것 때문에 우리는 파멸을 맛보지 않을 수 없게 됐어."

24. 담비
Der marder

우리 유대교회에는 대략 담비만 한 크기의 짐승이 한 마리 살고 있다. 사람이 2m 정도쯤 되는 가까운 거리까지 다가가도 얌전히 있는다. 따라서 가만히 살펴볼 수가 있는데 색은 밝은 청녹색이다. 하지만 모피를 만져본 사람이 없기 때문에 그 점에 있어서는 뭐라 단언할 수가 없다. 모피의 색이 사실은 어떤 색인지 분명한 것은 알 수 없다. 어쩌면 모피에 붙은 먼지와 모르타르의 색일지도 모르며, 그러고 보니 교회 내부의 모르타르와 같은 색으로 아주 조금 밝다는 정도의 차이밖에 없다.

겁이 많다는 점은 논외로 하고 매우 온순한 정주형(定住型) 동물이다. 가끔 위협을 받거나 하는 일이 없으면 머무는 장소를 바꾸는 일도 없을지 모른다. 여성들의 자리 쪽 칸막이에 있는 격자가 마음에 든 듯, 아주 편안하게 격자를 붙들고 한껏 몸을 늘린 채 예배석을 내려다보고 있다. 그것이 가장 좋아하는 자세인 듯했으나, 교회지기는 격자에 다가가지 못하도록 하라는 명령을 받았다. 거기에 눌러앉게 될지도 모르며, 여자들이 무서워하니 사정을 봐줘서는 안 된다는 것이었다. 여자들이 왜 무서워하는지는 모르겠다. 틀림없이 언뜻 보기에는 사나운 얼굴을 하고 있다. 머리는 길고, 얼굴은 삼각형으로 모가 나 있고, 윗니가 옆으로 나란히 드러나 있고, 윗입술 위에는 이빨보다 길게 뻗은 수염이 있다. 그냥 보기에도 억셀 것 같은 밝은 색의 굵은 털이다. 참으로 사나워 보이지만 곧 조금도 무서워할 필요가 없다는 사실을 알게 된다. 지금까지 한 번도 자신이 먼저 사람에게 다가간 적이 없었다. 숲의 짐승보다 더 겁이 많아서 오로지 건물만이 목표인 듯하다. 이 동물에게는 불행한 일이지만 그 건물은 유대교회였다. 때로는 갑자기 떠들썩해진다. 여기에 관해서는 혹시 말이 통한다면 위로를 해주고 싶은데, 이 조그만 산촌의 우리 교구는 매해 쇠퇴하고 있어서 교회를 유지하기조차 어려운 형편으로

머지않아 교회가 채소창고나 다른 무엇인가로 변할지도 모르니 그때가 되면 원하던 평안을 마음껏 누릴 수 있을 것이라고.

어쨌든 이 동물을 무서워하는 것은 여자들뿐이다. 남자들은 먼 옛날부터 무관심했는데, 몇 대에 걸쳐서 끊임없이 보아왔기 때문에 지금은 특별히 눈길조차 주려 하지 않는다. 그 동물을 처음 본 아이조차도 더는 놀라지 않는다. 완전히 유대교회에 사는 동물이 되어버렸다. 유대교회가 독자적으로 생물을 가지고 있다고 해도 이상할 것은 없으리라. 어쨌든 만약 여자들만 없었다면 거의 누구도 존재조차 깨닫지 못했을지도 모른다. 그 여자들 역시 진짜로 무서워하고 있는 것은 아니다. 그 정도의 짐승을 매일, 일 년 내내 무서워한다면 그것이 더 신기한 일이다. 여자들의 말에 의하면 남자보다 여자에게 더 가까이 접근하기 때문이라고 하는데, 틀림없이 옳은 말로 남자들의 자리에는 들어가지 않으며 바닥에는 한 번도 내려오지 않았다. 여자들 자리의 격자에서 내쫓으면 어찌 됐든 같은 높이의 반대편 벽으로 옮긴다. 벽에는 약간 튀어나온 부분이 있다. 기껏해야 손가락 2개 정도의 좁은 곳으로 3면의 벽에 이어져 있었다. 이 튀어나온 부분을 분주히 오간다. 대부분은 여자들의 자리 바로 맞은편에 있는 한 곳에 가만히 웅크리고 있다. 그 좁은 곳 위를 어떻게 해서 그렇게 민첩하게 다닐 수 있는 것인지. 끝까지 갔다가 몸을 휙 돌리는 모습은 참으로 볼 만하다. 벌써 꽤나 나이를 먹은 짐승임에도 대담하기 짝이 없는 도약을 한다. 지금까지 한 번도 실수를 한 적이 없었다. 공중에서 방향을 바꾸어 착지를 하자마자 달리기 시작한다. 물론 그것도 두어 번 보면 충분해서, 그 다음부터는 일부러 봐야겠다고는 생각지 않는다.

여자들이 이 동물에 신경을 쓰는 것은 사실 무섭다거나 호기심이 있기 때문이 아니다. 좀 더 마음을 담아 기도에 전념한다면 특별히 거슬릴 것도 없으며, 경건한 여자들은 실제로 그렇다. 다른 여자들, 그것도 대부분의 여자들이 수선을 피운다. 단지 주목을 받고 싶은 것뿐인데, 이 짐승이 좋은 구실이 된다. 운이 좋으면, 혹은 참을 수만 있다면 가능한 한 가까이까지 오게 해서 요란스럽게 놀란 척한다. 실제로는 짐승 쪽에서 먼저 다가오는 경우는 없다. 손이라도 먼저 내밀지 않는 한 남자든 여자든 전혀 상관하지 않는다. 가장 좋아하는 것은 아마도 은신처에 숨어 있는 것이리라. 예배시간 이외에는 거기에 있으리라 여겨지는데, 벽 어딘가의 구멍인 듯하지만 아직 분명히는 알 수가 없다. 기도가 시작되면 그 소리에 놀라서 모습을 드러낸다. 무슨 일이 일어난 것인지 보고 싶은 것일까? 아니면 감시라도 하고 있었던 걸까?

그도 아니면 언제라도 도망칠 수 있도록 준비를 해두고 싶은 것일까? 너무나도 불안한 나머지 달려 나와서는 침착하지 못하게 뛰어올라 예배가 끝날 때까지 물러나려 하지 않는다. 높은 곳을 좋아하는 것은 말할 필요도 없이 거기가 가장 안전하기 때문으로, 격자와 벽의 튀어나온 곳이 달리기에 가장 좋으나, 언제나 거기에만 있지는 않고 남자들의 자리로 내려오는 경우도 있다. 십계가 적힌 돌판을 넣어둔 성궤가 있고, 눈부신 놋쇠로 된 봉에서부터 커튼이 드리워져 있다. 아무래도 거기에 마음이 끌려 참을 수 없는 듯, 살금살금 조심스럽게 다가간다. 거기까지 가면 매우 얌전해진다. 성궤에 찰싹 달라붙어 있어도 예배에 방해가 되지는 않는다. 눈을 동그랗게 뜨고 있다. 아마도 눈꺼풀이 없는 것이리라. 그런 눈으로 회당을 둘러보고 있는 듯하지만 사실은 아무것도 보고 있지 않다. 위협을 받고 있는 것 같다는 느낌이 들어 눈을 크게 뜨고 있는 것일 뿐.

이러한 점에서 말하자면 적어도 요 얼마 전까지, 우리 마을의 여자들과 별반 다를 바 없는 정도의 머리였다고 할 수 있다. 무엇을 두려워하고 있는 것일까? 누가 위협을 가한다는 것일까? 훨씬 오래 전부터 마음 내키는 대로 살아오지 않았는가? 남자들은 모습을 보아도 신경을 쓰지 않았으며, 대부분의 여자들은 모습이 보이지 않으면 실망을 할 뿐. 이 건물에 있는 유일한 동물이라면 적도 없을 것이다. 그런 사실들은 오랜 세월 동안 지켜봐 왔으니 알 수 있을 것이고, 예배의 소리에 두려움을 느낀다 한들 예배는 매일 정해진 행사에 지나지 않는다. 경축일이 되면 조금 규모가 커질 뿐. 유명한 겁쟁이라 할지라도 벌써 먼 옛날에 적응이 되었을 것이며, 박해하는 소리가 아니라 결국은 무슨 일인지 영문을 알 수 없는 소리에 지나지 않는다는 사실을 알 수 있을 테니 더더욱 그렇다. 그럼에도 불구하고 변함없이 무서워하는 모습. 먼 옛날의 기억에 의한 것일까, 그도 아니면 앞으로 다가올 미래에 대한 예감일까? 유대교회에 찾아오는 3대의 사람들보다 더 많은 사실을 이 늙은 짐승은 알고 있는 걸까?

전하는 바에 의하면 훨씬 전에 이 동물을 쫓아내려

한 적이 있었던 듯하다. 사실인지, 아니면 만들어낸 이야기인지. 어쨌든 교리상의 관점에서 그런 짐승이 신의 건물에 있어도 되는 것인지에 대한 검토가 행해졌던 듯한 흔적이 있다. 저명한 법률학자들에게 판단을 맡긴 결과 의견이 갈렸다. 내쫓아 성스러운 곳을 깨끗이 해야 한다는 의견이 다수를 점했다. 말은 쉬운 법이다. 대체 어떻게 해서 잡으란 말인가? 쫓아낸다는 건 도저히 불가능한 일이다. 어쨌든 일단 잡아서 멀리로 버려야만 비로소 내쫓았다고 할 수 있을 테니.

그리고 역시 전하는 바에 의하면 그 후에도 한 번 더 추방을 시도한 적이 있었다. 교회지기의 기억에 남아 있는 일인데, 역시 교회지기였던 할아버지가 종종 그 이야기를 들려주었다고 한다. 그 할아버지는 소년 시절에, 내쫓는다는 건 도저히 불가능한 일이라는 말을 들었다. 소년은 기어오르는 것이 특기였고 공명심에 불타오르고 있었다. 어느 밝은 오전의 일이었다고 한다. 회당 안 구석구석까지 햇빛이 비추고 있었다. 소년은 손에 밧줄과 새총과 몽둥이를 들고 그 회당 안으로 몰래 들어갔다.

25. 자칼과 아랍인
Schakale und Araber

오아시스에서 야영을 했다. 동행자는 잠을 자고 있었다. 커다란 키에 하얀 옷을 입은 아랍인이 바로 옆으로 지나갔다. 낙타를 돌보고 있었던 것이다. 잠자리로 돌아갔다.

나는 풀 위에 몸을 던진 채 하늘을 바라보고 있었다. 잠을 자고 싶었다. 하지만 잠이 오지 않았다. 멀리서 자칼의 슬픔에 잠긴 듯한 울음소리가 들려왔다. 몸을 일으켜 앉고 보니 멀리 있다고 생각되었던 것이 갑자기 바로 옆으로 다가왔다. 자칼 떼가 주위를 둘러싸고 있었다. 둔탁한 금색 눈이 번쩍번쩍 점멸하고 있었다. 채찍의 통솔을 받고 있는 것처럼 탄력 있는 몸을 정연하게 움직이고 있었다.

뒤쪽에서 한 마리가 다가왔다. 나의 체온이 그립기라도 했다는 듯 겨드랑이 아래로 기어들어 앞쪽으로 나가더니 얼굴을 문지르듯 하며 이렇게 말했다.

"나는 이 부근에서 나이가 가장 많지. 완전히 포기한 건 아니지만, 만나지 못할 줄 알았는데. 워낙 오랜 시간 기다렸거든. 어머니도 당신을 기다리고 있었지. 어머니의 어머니, 또 그 어머니, 그리고 태초의 어머니 때부터 계속 기다리고 있었어. 이건 정말이야!"

"이거 정말 의외의 말을 듣게 되었는걸."

나는 자칼을 쫓기 위해 장작을 준비해두었지만 불 피우기를 잊고 있었다.

"이상한 말 아닌가? 나는 멀리 북방에서 우연히 여기로 오게 된 여행자로 아주 짧은 기간 동안의 여행 중이야. 그런 내게 뭘 원하는 거지?"

뜻밖의 부드러운 말을 듣게 되어 아주 기쁘다는 듯, 자칼들은 둘러싸고 있던 원을 좁혀 조금씩 가까이로 다가왔다. 모두들 수선스럽게 숨을 쉬고 있었다.

"북방에서 오셨다는 건 물론 잘 알고 있지."

자칼의 장로가 입을 열었다.

"바로 거기에 기대를 걸고 있는 거야. 북방에는 이곳 아랍인들이 사는 곳에서는 바랄 수도 없는 오성(悟性)이라는 것이 있으니까. 이곳 사람들은 그저 냉정하고 시건방지기만 할 뿐, 오성의 빛이라고는 한 조각도 찾아볼 수가 없어. 녀석들은 먹기 위해서 짐승을 죽여. 그러면서도 그 시체는 그대로 내버려두지."

"쉿, 목소리가 너무 커."

내가 말을 끊었다.

"바로 옆에서 아랍인이 자고 있다고."

"역시 당신은 이방인이로군."

장로가 말했다.

"바로 그렇기 때문에 모르시는 것 같아. 고금을 통틀어서 우리가 아랍인을 두려워한 적이 단 한 번이라도 있었을까? 어째서 두려워하지 않으면 안 되는 거지? 이런 사람들 속으로 내몰린 것만 해도 더할 나위 없는 불행 아닌가?"

"그래, 그럴지도 모르겠군."

하고 나는 말했다.

"나와 상관없는 일에 훈계하는 듯한 말은 하고 싶지 않아. 어쨌든 먼 옛날부터 계속되어온 분쟁인 듯하군.

그 당초의 발단에 피가 잠재되어 있다면 언젠가 피를 보지 않고는 해결되지 않겠지."

"오오, 역시. 안식이 높으시군."

장로가 말했다. 무리의 숨결이 한층 더 높아졌다. 꼼짝 않고 가만히 있을 뿐인데 가슴이 세차게 요동치고 있었다. 쩍 벌린 입에서 숨이 막힐 것 같은 강렬한 악취가 뿜어져 나왔다.

"말씀 그대로야. 자칼의 성전에도 그와 같은 내용이 적혀 있어. 우리가 녀석들의 피를 받아야만 그때 비로소 싸움이 끝난다고."

"과연 그럴까?"

생각했던 것 이상으로 내 목소리는 흥분되어 있었다.

"그들 역시 방어전에 최선을 다할 거야. 총이 있어. 너희들을 줄줄이 늘어놓고 쏘아 죽일 거야."

"뭘 모르는군."

장로가 말했다.

"인간이란 북방이 됐든 어디가 됐든 같은 방식으로밖에 생각하지 못하는 건가? 우리는 죽이지 않아. 아무리 나일 강의 물이 있다 해도 몸을 씻어 깨끗하게 하기에는 부족해. 우리는 녀석들의 살아 있는 몸뚱어리를 본

순간 단숨에 달아나버리고 말지. 정결한 대기 속으로, 사막으로 달아나버려. 사막이야말로 우리들의 고향이야."

그러는 사이에도 자칼들이 뒤를 이어 차례차례로 모여들었기에 북적거리고 있었다. 하나같이 앞발 사이에 머리를 묻고 자꾸만 얼굴을 긁고 있었다. 마음속 울분을 감추고 있는 듯해서 섬뜩하기 짝이 없는 기분이 들었다. 할 수만 있다면 단걸음에 뛰쳐나가 포위망 속에서 벗어나고 싶었다.

"그래서 어떻게 하고 싶다는 거지?"

이렇게 말했다. 자리에서 일어서고 싶었으나 뜻대로 되지 않았다. 2마리의 젊은 자칼이 뒤에서 상의와 속옷을 힘껏 물고 있었다. 어쩔 수 없이 그대로 앉아 있었다.

"신변의 일들을 돌봐주는 무리들일세."

장로가 위엄을 갖추어 변명했다.

"경의를 표하는 거야."

"놔! 그만 놔줬으면 하는데!"

장로와 젊은이들 쪽에 번갈아가며 말했다.

"당신 말대로 하지."

장로가 대답했다.

"하지만 조금 참아주기 바라네. 이 젊은이들은 옛 방식대로 단단히 물고 있어서 놓으려면 깊숙이 박힌 이빨을 천천히 빼내야만 하니. 그 동안 내 부탁을 들어줬으면 해."

"이렇게 무례해서는 별로 들어주고 싶은 마음이 들지 않는데."

"워낙 거친 녀석들만 모여 있어서. 모쪼록 너그러이 용서해줬으면 하네."

장로는 이때 처음, 타고난 가엾은 목소리로 말했다.

"가엾은 짐승이기에 의지할 것이라고는 이빨밖에 없으니. 좋은 일이든 궂은일이든, 무엇을 하려면 이 이빨을 쓸 수밖에 없어."

"그래서 내가 어떻게 해주기를 바라는 거지?"

여전히 날카로운 목소리로 말했다.

"주인님."

장로가 외쳤다. 순간 자칼들이 일제히 울부짖었다. 아득히 먼 곳에서 일어난 한 줄기 선율 같았다.

"이 세상을 양분하고 있는 저희들의 싸움에 종지부를 찍어주시기 바랍니다. 저희의 조상이 남긴 말에 의하면 바로 주인님과 같은 분이 끝을 맺으러 오실 것이라고 했으니, 아랍인들로부터 평화를 빼앗지 않으면 안 됩니다. 숨을 쉴 수 있는 대기와 어디에서도 아랍인의 그림자를 찾아볼 수 없는 풍경을 쟁취해야만 합니다. 녀석들이 양을 죽일 때 들려오는 가엾은 짐승의 비명 같은 건 듣고 싶지도 않습니다. 짐승은 전부 저절로 죽는 것이 천명입니다. 그러면 마음껏 피를 마시고 뼈를 씹을 수 있습니다. 이 세상을 정화하고 싶습니다. 저희들의 소망은 그것뿐."

자칼들이 일제히 소리 높여 울었다. 흑흑 흐느껴 울었다.

"고매한 마음과 아름다운 내장을 가진 자라면 이 세상을 견딜 수 없을 거요. 녀석들의 하양은 더러워져 있소. 녀석들의 검정은 더러워져 있소. 녀석들의 수염은 역겹소. 녀석들을 보면 구역질이 나. 녀석들이 팔을 들면 겨드랑이 아래로 지옥이 보여. 그러니 당신에게, 아니, 주인님. 이 가위를 맡기겠습니다. 만능의 그 손으로 쥐어 녀석들의 목을 싹둑 잘라주셨으면 합니다!"

장로가 천천히 머리를 흔들었다. 자칼 한 마리가 달려나왔다. 작고 녹슨 가위를 물고 있었다.

"드디어 가위가 등장하셨군. 자, 이쯤에서 그만둬!"

바람이 불어가는 쪽에서부터 다가온 캐러밴의 대장이 기다란 채찍을 휘두르며 커다란 목소리로 외쳤다. 자칼들은 구름을 흩어놓은 것처럼 도망쳤으나 일정 거리까지 달아나더니 발걸음을 멈추고 서로 밀치락달치락하며 더는 움직이지 않았다. 길고 가느다란 울타리 위에서 도깨비불이 번쩍이고 있는 것처럼 보였다.

"녀석들의 연극은 어떠셨습니까?"

대장이 신중한 이 나라 사람들의 예절 범위이기는 했으나, 아주 즐겁다는 듯 웃으며 말했다.

"그렇게 말씀하시는 것을 보니 무슨 부탁을 했는지 알고 계신 모양입니다."

"물론이지요."

라고 아랍인이 말했다.

"누구나 알고 있는 일입니다. 저희 아랍인들이 이 세상에 살아 있는 한 그 가위는 언제까지고 사막을 떠돌겁니다. 이 세상이 끝날 때까지 저희와 함께 여행을 할겁니다. 자칼 놈들은 유럽인만 보면 그 가위를 꺼내와 그 커다란 일을 부탁합니다. 유럽인만 보면 하늘의 명령으로 온 것이라고 생각하는 것이겠지요. 어리석게도 이룰 수 없는 소망을 품고 있습니다만. 한심한 녀석들입니다. 어떻게 손을 써볼 수 없을 정도로 한심한 녀석들입니다. 바로 그렇기 때문에 귀엽기도 한 것이어서, 저희가 기르는 개인 셈입니다. 당신들이 기르는 개와 다를 바 없습니다. 지금부터 지켜보시기 바랍니다. 어젯밤에 낙타가 한 마리 죽었는데 여기로 가져오도록 하겠습니다."

네 사람이서 날라다 바로 발아래에 털썩 내던졌다. 순간 자칼들이 소리를 높였다. 한 마리씩, 마치 끈에 묶여 끌려오기라도 하듯 지면에 납작 엎드려 서서히 다가오고 있었다. 아랍인도 잊은 채, 증오도 잊은 채 오로지 눈앞의 시체에 매혹되어 그 목을 와락 덮치더니 동맥을 물고 늘어졌다. 커다란 화재 속에서 숨 가쁘게 위아래로 움직이는 조그만 펌프처럼 온몸의 근육들이 쉴 새 없이 꿈틀거렸다. 한 마리도 남김없이 작은 산을 이루며 시체에 매달렸다.

이때 대장이 소리를 내서 채찍을 휘둘렀다. 자칼이 머리를 들었다. 황홀경에 빠진 듯 멍한 얼굴로 아랍인을 보았다. 콧잔등에 채찍을 맞고서야 비로소 잽싸게 물러났다. 주변 가득 피가 고여 있었다. 피비린내가 피어오르고 있었다. 시체는 곳곳이 날카로운 이빨에 찢겨 있었다. 자칼들은 더 견디지 못하고 다시 천천히 기어서 다가오기 시작했다. 대장이 채찍을 치켜들었다. 내가 그의 팔을 붙들었다.

"네, 알겠습니다."
라고 그가 말했다.

"녀석들의 천성에 맡겨두도록 하겠습니다. 슬슬 출발할 시각입니다. 아무리 생각해봐도 정말 이해할 수 없는 짐승 아닙니까? 그야 어찌 됐든 녀석들, 우리를 얼마나 미워하고 있는지!"

26. 열한 명의 아들
Elf Söhne

아들 열한 명이 있다.

장남의 풍채는 그리 좋지 않으나 성실하고 머리도 좋다. 하지만 장래가 촉망되지는 않는다. 자신의 아들이라면 누구에게나 가리지 않고 눈길을 주고 싶은 법이지만, 아무리 그렇다 해도 썩 마음에 들지 않는 남자다. 어쨌든 너무 단순하다. 세심함도 부족하고 눈치도 빠르지 않다. 곰상스럽게 언제나 같은 것만을 생각한다. 늘상 같은 일만 반복한다고 하면 될지.

둘째는 미남에 늘씬하게 키도 크다. 펜싱 칼을 들고 자세를 취했을 때는 나도 모르게 감탄했을 정도였다. 머리도 좋고 거기에 빈틈이 없다. 곳곳을 돌아다니며 세상을 보아왔다. 부근 사람들도 이 지방에만 머물러 있는 사람보다, 이 차남하고라면 흉금을 털어놓고 이야기를 나누고 싶어지는 모양이다. 견문을 넓힌 덕분만이 아니라 애초부터 견문과는 상관없을지도 모르고, 오히려 차남의 타고난 특성 때문일지도 모르겠다. 이것만은 흉내 낼 수 없는 것이어서, 마치 매우 수준 높은 높이뛰기를 흉내 내려는 것과 비슷한 것이리라. 어쨌든 용기를 내서 구름판 앞까지는 가지만 거기까지가 끝. 털썩 주저앉아 기껏해야 울상을 지을 뿐이다. 하지만(이런 아들을 가진 행운아라고들 할 테지만) 부모와의 사이는 그다지 좋지 않다. 차남의 왼쪽 눈은 오른쪽 눈보다 조금 작은데 쉴 새 없이 깜빡거리고 있다. 물론 결점이라고 할 수도 없는 결점으로 덕분에 얼굴이 더욱 날카롭게 보이고 접근하기 어려운 위엄까지 있기 때문에 새삼스레 한쪽 눈의 깜빡임을 논하는 사람은 아무도 없다. 단, 바로 나, 아버지만은 별개의 얘기지만. 어쨌든 마음에 걸리는 것은 사소한 육체적 결함이 아니다. 그런 것은 언급할 필요도 없다. 그런 것이 아니라 정신상의 조그만 이상이다. 핏속에 섞여 들어간 독소다. 어떤 종류의 무능함. 어쨌든 애비의 눈에는 그 소질이 분명히 보이는 법인데, 그 소질의 개화를 방해하는 무능함. 바로 그렇기 때문에 우리 아들이라고도 할 수 있는 것이리라. 지금 이야기한 결점은 우리 집안사람 누구나 가지고 있는 것이지만 특히 둘째에게서 눈에 띌 뿐이다.

셋째 역시 조금도 뒤지지 않는 미남이지만, 참으로 마음에 들지 않는 미모다. 아름다운 가수와도 같은 얼굴이라고 할 수 있는데, 입술은 보기 좋게 젖혀져 있고 눈은 꿈을 꾸고 있는 듯, 얼굴은 살짝 꾸미기라도 하면 훨씬 더 눈에 띌 듯하고 보란 듯이 가슴을 내밀고 있다. 위로 아래로, 두 손에는 차분함이 없다. 다리는 몸을 지탱하는 일과는 무관하다는 듯 점잔을 빼고 있다. 덧붙여 말하자면 이 가수는 성량이 부족하다. 아주 잠깐 동안이라면 버틸 것이다. 귀명창까지도 감탄시킨다. 하지만 그 직후 숨이 차오른다. 사소한 문제들에는 눈을 감고 이 셋째를 화려하게 세상에 내놓지 못할 것도 없을 테지만, 나는 오히려 조용히 내버려두고 싶다. 본인에게도 그럴 마음은 별로 없는 듯. 자신의 결점을 알고 있기 때문이 아니라, 말하자면 세상 물정을 모르기 때문이다. 지금의 이 시대에 어울리지 않는 사람이라고 생각하고 있는 듯하다. 틀림없이 우리 가족의 일원이면서도, 내게는 영원히 잃어버린 가계의 한 사람인 듯도 하다. 때때로 기분이 상해서, 그럴 때면 무슨 일이 있든 입을 꾹 다문 채 우울해한다.

아들들 가운데서도 넷째와 가장 편하게 지낸다고 할 수 있을 것이다. 시대의 산물이라 할 수 있는 아이로, 하는 말들 모두 매우 친밀한 것들뿐. 누구와도 같은 입장에 서기 때문에 언제나 고개를 끄덕이고 싶어지게 한다. 누구에게나 이처럼 마음 편하게 여겨지고 있기 때문이리라. 행동거지가 경쾌하고 움직임도 시원시원, 얽매이는 것 없이 의견을 말한다. 의견 가운데는 귀 기울여 들을 만한 가치가 있는 것이 없지도 않지만, 어쨌든 없지는 않다는 정도지 전체적으로 봐서는 너무 경박해서 얘깃거리도 되지 않는다. 말하자면 어이가 없을 정도로 가벼워서 제비처럼 공중을 날아다니지만 단지 그것뿐, 결국은 먼지와 다를 바 없으니 별로 신통할 게 없다. 그런 점을 생각하면 넷째를 볼 때마다 불쾌해서 견딜 수가 없다.

다섯째는 사랑스럽다. 착한 아들이다. 이렇게까지 될 줄은 전혀 생각지도 못했다. 눈에 띄지 않는 아이여서 옆에 있어도 있는 것 같지 않다는 생각이 들었으나 요즘에는 존재를 인정하지 않을 수 없다. 어떻게 해서 그렇게 된 것이냐고 물어도 대답할 방법이 없다. 이 세상의 거친 파도를 가장 손쉽게 헤쳐 나갈 수 있는 것은 여전히 때 묻지 않은 마음인 듯한데, 다섯째가 바로 그렇다. 때가 너무 묻지 않은 것일지도 모르겠다. 누구에게나 친절하지만, 약간 지나치게 친절하다. 솔직히 말하자면 이 아들이 칭찬을 받을 때면 별로 기분이 좋지 않다. 누가 봐도 칭찬받을 만한 사람을 하나같이 칭찬한다는 건, 칭찬을 너무 남발하는 것 아닐까?

여섯째는 어떨까? 적어도 언뜻 보기에는 형제들 가운데서도 가장 내성적인 남자다. 그런데 의기소침해 있는가 싶다가도 갑자기 쉴 새 없이 이야기를 하기도 한다. 정말 까다로운 아이로 기분이 언짢으면 슬픔의 성에 갇혀버린다. 그러다가도 기분이 풀리면 마구 떠들어대며 위압적으로 나온다. 그야 어찌 됐든 이 아이에게는 자신조차 잊을 정도의 정열과도 같은 것이 있다는 사실만은 부정할 수가 없다. 한낮에도 꿈을 꾸고 있는 것처럼 생각에 깊이 잠긴다. 몸의 어딘가가 안 좋은 것도 아닌데—몸이 안 좋기는커녕 건강함 그 자체라고 해도 좋다—가끔 비틀거리곤 한다. 특히 어두컴컴한 데서 비틀거린다. 하지만 도와줄 필요는 없다. 쓰러지지는 않는다. 아마도 몸의 발육 때문이리라. 나이에 비해서 키가 너무 크다. 그렇기 때문에 손이나 발 등과 같은 개개의 부분은 놀랄 정도로 아름답지만, 몸 전체는 추악하다. 그러고 보니 이마도 마찬가지다. 피부도 그렇고 골격도 그렇고 묘하게 오그라든 듯한 느낌이어서 멋스럽지가 않다.

아마도 형제들 가운데서는 일곱째 아들이 특히 나와 가까울 것이다. 세상에서 제대로 인정받고 있지는 못하다. 재담(才談)이 독특해서 도저히 이해하지 못하는 것이다. 그렇다고 해서 과대평가하고 있는 것은 아니다. 대단한 녀석이 아니라는 점은 잘 알고 있다. 세상 사람들에게 보는 눈이 없다고 해도, 세상 사람들이 나쁘다는 것은 아니다. 어쨌든 나는 가족들 가운데 이 아들이 반드시 있어야만 한다. 불안의 씨앗을 뿌리기도 하지만 관습을 존중해야 한다는 사실을 가르쳐주는 것도 이 아들로, 내가 보기에 일곱째에게는 이 2가지가 떼어낼 수 없을 정도로 묶여 있는 듯하다. 그렇다고 해서 본인 자신은 어떻게 해볼 수도 없는 것이다. 미래의 앞길을 선도하거나 하지는 못할 테지만 누가 뭐래도 자질이 뛰어나서 희망도 품게 한다. 언젠가는 자신도 자녀를 두어 손

주들 세대로까지 물려주었으면 좋겠지만 안타깝게도 헛된 소망이 될 듯하다. 다른 사람의 눈에는 어떻게 보일지 모르겠으나 아버지인 나는 이해 못하는 것도 아니지만, 참으로 난처하게도 스스로 만족하며 마음 내키는 대로 돌아다니면서 여자에게는 눈길도 주지 않는다. 그러면서도 늘 기분이 좋은 듯하다.

여덟째는 늘 머리를 아프게 한다. 하지만 어째서 그렇게 된 것인지는 나 자신도 모르겠다. 그가 나를 보는 눈빛은 싸늘한 타인의 시선이지만, 나는 아버지로서의 정을 강하게 느끼고 있다. 다행스럽게도 시간이 많은 것을 해결해주었다. 예전에는 이 아이를 생각하는 것만으로도 등골이 오싹해지곤 했었다. 그는 자신의 길을 가고 있다. 아버지와의 관계는 깨끗이 잘라버렸다. 완고한 머리와 민첩한 몸놀림으로—소년 시절에는 다리가 약했는데, 그 점에 있어서도 장족의 발전을 한 것이리라— 마음껏 으스대며 돌아다니고 있다. 때로는 곁으로 불러 살림살이는 어떤지, 어째서 아버지에게 이렇게 완고한 건지, 진심으로 하고 싶은 일은 무엇인지 등을 묻고 싶어지는 적이 있다. 하지만 이미 늦어버리고 말았다. 시간이 상당히 지나버리고 말았다. 이대로 단념하는 수밖에 없으리라. 들리는 소리에 의하면 아들들 가운데서는 유일하게 예외적으로 수염을 기르고 있는 모양이다. 보통 이상으로 조그만 남자다. 못 봐줄 정도는 아닐 테지만, 어울리지 않으리라.

아홉째는 아주 멋쟁이로 여성을 공략하기에 더없이 좋은 달콤한 눈빛을 가지고 있다. 어떻게 표현해야 좋을지 모를 만큼 달콤한 눈빛인데 때로는 아버지인 나까지도 반할 것 같은 기분이 들 정도다. 하지만 물기를 머금은 스펀지로 한번 문지르면 가냘픈 반짝임도 곧 사라져 버리고 말 것이다. 이 젊은이의 가장 두드러지게 특이한 점은 여성 공략 따위에 전혀 관심이 없다는 점이다. 소파에 누운 채 천장을 바라보고 있거나, 혹은 눈을 감고 있기만 하면 그것으로 만족하는 모양이다. 그렇게 마음 편한 자세로 있을 때는 이야기하기를 꽤 좋아하고, 이야기하는 내용도 나쁘지 않다. 이야기하는 요령도 좋고 구체적이어서 이해하기 쉽다. 단, 화제가 한정되어 있다는 것이 옥의 티라고 할 수 있는데, 아니나 다를까 다른 이야기가 시작되면 순간 내용이 허술해진다. 적당히 끊으라고 눈치를 주지만 반쯤 잠든 듯한 흐린 눈빛으로는 그것을 알아차릴 수 있을 것 같지 않다.

열 번째 아들은 성실한 사람이라고는 인정받지 못하고 있다. 나는 그것을 잘못이라고 말할 생각은 없으며, 그렇다고 해서 새삼스럽게 인정하고 싶은 마음도 없다. 어쨌든 나이에 어울리지 않게 젠체하는 듯한 차림을 하고 있다. 단추를 꼭 채운 플록코트를 입고 머리에는 깔끔하게 손질한 모자를 쓰고 있다. 표정 하나 바꾸지 않고 턱을 약간 내민 채 눈꺼풀을 두툼하게 눈으로 내리고 때때로 손가락 2개를 입가에 대는데, 누구라도 이런 모습을 본다면 유명한 허풍선이라고 생각할 것이다. 하지만 하다못해 한 번만이라도 본인의 이야기를 들어보기 바란다! 분별력이 있고, 사려 깊고, 간결하게 요점을 파악해서 상대방의 질문에는 독설이 담긴 답변으로 얼른 맞받아친다. 이 세상의 구석구석까지 알고 있으며 하나에서부터 열까지 전부 꿰뚫고 있다는 듯한 자신감은 상당한 것이어서, 바로 그렇기 때문에 고개를 빳빳이 세우고 가슴을 당당하게 펴고 활보하는 것이리라. 스스로 믿는 구석도 있고 그런 자부심도 있기 때문에, 건방진 태도를 싫어하던 많은 사람들을 녀석은 한마디 말로 굴복시켰다. 다른 한편으로 외관은 그럭저럭 봐준다 해도 하는 말이 미심쩍다고 생각하고 있는 사람들도 있다. 아버지로서 이 점에 대한 판단은 삼가고 싶지만, 솔직히 말해서 후자의 의견이 전자의 의견보다 들을 만한 가치가 있는 것이라고 하지 않을 수 없다.

마지막으로 막내인 열한 번째 말인데, 품위 있게 생겼고 아들들 가운데서는 가장 허약하게 보인다. 하지만 그 나약함이 심상치 않은 것이어서, 때로는 불쑥 나서서 의연한 모습을 보이기도 한다. 그러나 그러한 때조차 나약함을 바탕으로 하고 있다. 부끄러운 허약함이 아니라, 이 지상의 사람들이 살아가는 세상이기에 나약함으로 분류되는 것일 뿐이다. 날아오르기 직전의 새는 어떤가? 차분하지 못하게 분주히 날개를 파닥이는 모습은 나약함 그 자체 아닌가? 우리 아들은 바로 그런 종류의 특성을 몸에 지니고 있다. 아버지에게 있어서는 기꺼운 특성일 리 없으리라. 어쩌면 가정의 파괴를 부를지도 모른다. 가끔 나를 가만히 바라보는 경우가 있다.

'아버지도 같이 데려갈게요.'

그런 말이라도 하고 싶어 하는 듯하다. 아버지 입장에서는 이렇게 생각한다.

'너 같은 아이를 의지할 수 있겠느냐.'

그러면 녀석의 눈은 이렇게 말하고 싶어 하는 것처럼

보인다.

'이제 슬슬 의지해도 되고말고요.'

이상이 우리 열한 명의 아들들이다.

27. 조그만 여자
Eine kleine Frau

조그만 여자였다.

가녀린 몸매는 타고난 것이었다. 거기다 코르셋으로 몸을 조이고 있었다. 옷은 언제나 같은 것. 누른빛이 감도는 회색 옷으로 굳이 말하자면 나무껍질 같은 색. 역시 나무껍질 같은 색의 술이나 단추처럼 생긴 것이 달려 있었다. 모자는 한 번도 쓴 적이 없었다. 푸석한 금발을 빗어 느슨하게 모아서 풍성하게 묶었다. 코르셋으로 조이고 있지만 동작은 민첩. 물론 일부러 그렇게 하기 때문이지만, 두 손을 허리에 대고 있는 것이 그녀의 특기인 포즈. 상체를 천천히 빙글 비틀어 꺾는다. 그녀의 손 말인데, 그걸 어떻게 표현하면 좋을까? 손가락이 그렇게 하나하나 정연하게 나뉘어 있는 손은 지금까지 한 번도 본 적이 없다고 말하고 싶을 정도. 그렇다고 해서 해부학적으로 특이한 것은 아니며, 결론적으로 말하자면 매우 평범한 손이다.

이 조그만 여자는 나를 견딜 수 없이 싫어한다. 온통 불만으로 가득. 내가 언제나 그녀에게 부정한 짓을 한다는 것. 어떤 행동이든 화가 나는 모양. 이 세상의 모든 일을 최소단위로 쪼개고 그 가운데 하나를 골라 본다고 한다면, 나의 단위 그 어느 것이든 그녀에게는 울분 그 자체. 어째서 그녀의 기분을 상하게 하는 것인지 이래저래 생각을 해보았다. 나의 모든 것이 그녀의 미의식, 정의감, 습관, 관습, 소망에 반하는 모양. 이런 식으로 서로 어울리지 못하는 2개의 본성이 있는 법이기는 하지만, 아무리 그렇다고는 해도 어째서 그녀에게만 울분의 씨앗이 되는 것일까? 나 때문에 그녀가 괴로워하지 않으면 안 될 관계는 어디에도 없다. 그러니 나를 생판 모르는 남이라 생각하기로 마음먹기만 하면 되는 것이다. 그것은 사실이기도 하고, 그녀가 그렇게 마음먹었다 해도 나는 마음이 상하기는커녕 오히려 쌍수를 들어 환영하고 싶은 심정이다. 나의 존재 따위 깨끗이 잊기만 하면 되는 것으로 애초부터 내가 자신의 존재를 억지로 각인시키려 한 적은 없었으며, 앞으로도 억지로 각인시킬 마음 따위는 털끝만큼도 없을 테니 모든 울분이 해소되지 않겠는가? 나는 나에 대해서는 생각지도 않고 있으며 나도 역시 그녀에게 견딜 수 없는 마음이 있지만 그것은 무시하고 하는 말. 그녀의 고통에 비해서 나의 고통 따위는 그리 대수로울 것도 없다는 사실을 알고 있기 때문이다. 그렇다고 해서 애정 때문에 느끼는 고통은 결코 아니다. 나를 좋은 쪽으로 인도하려는 데서 오는 고뇌는 물론 아니며, 나 때문에 화가 나서 견딜 수 없는 것도 나를 어떻게 해보려 하지만 뜻대로 되지 않기 때문이 아니다. 나의 장래성 따위 눈곱만큼도 안중에 없으며, 그녀의 마음에 있는 것이라고는 자기 자신뿐이다. 자신이 받고 있는 아픔에 대해 복수를 하는 것과, 앞으로 받을 우려가 있는 고통을 제거하는 것. 그 끊임없는 고통이라는 것에 이제는 그만 작별을 고하는 것이 어떻겠냐고 말을 꺼내본 적도 있었으나 그녀는 순간 굉장히 격분했다. 두 번 다시 말할 마음이 들지 않았다.

어쩌면 어떤 종류의 책임이 내게 있는 것일지도 모르겠다. 물론 내게 있어서 이 조그만 여자는 완전한 타인이며 우리 사이에 존재하는 관계라고는 울분뿐. 내가 품게 하는 분노가 아니라, 오히려 그녀 자신이 나에 대해서 품는 것과 같은 종류의 울분뿐이다. 아무리 그렇다고는 해도 그녀가 겉으로 보기에도 틀림없이 괴로워하고 있으니 완전히 무관심할 수는 없다. 때때로, 그리고 요즘에는 더욱 빈번하게 연락이 온다. 아침에 안색이 아주 좋지 않았다, 밤새도록 한잠도 자지 못했다, 두통이 있다, 일이 거의 손에 잡히지 않는다, ……. 주위 사람들도 걱정이 되어 견딜 수 없기 때문에 이래저래 이유를 찾아보았지만 아직까지 그 이유를 밝혀내지 못했다. 그것을 알고 있는 자는, 바로 나 한 사람뿐. 그 친숙한, 그러나 하루하루 새로운 울분 때문이다. 나는 주위 사람들에게 동조하여 걱정하거나 하지 않는다. 그녀는 강하다. 강인한 여자다. 이렇게까지 화를 낼 줄 안다면, 분노의 결과에도 대처할 수 있지 않을까? 나는 의심을 품고 있지 않은 것도 아니다. 혹시—적어도 아주 조금은— 고통스러운 척하고 있는 것일 뿐, 세상의 혐의를 내 쪽으로 돌리려 하고 있는 것 아닐까? 솔직히 말해서 나 때문에 화를 낸다는 것은 그녀의 자존심이 허락하지 않을 것이다. 나 때문에 다른 사람에게 하소연한다는 건, 굴욕 그 자체 아닌가. 결국은 내가 싫어서 견딜 수 없는 것이다. 그 끊임없는 혐오감 하나로 나와 관계하고 있다. 이렇게 마음 오그라드는 일을 세상에 밝힌다는 건 부끄러워서 견딜 수가 없다. 그렇다고 해서 말을 하지 않자니 벙어리 냉가슴 앓는 듯해서 견딜 수가 없다. 여자의 잔꾀라 할 수 있는 것으로, 그녀는 다른 방법을 생각해냈다. 굳이 말로는 하지 않지만 마음속 괴로움을 보란 듯이 내비쳐 좀 더 세상으로 끌어내려는 것이다. 어쩌면 그 이상의 일을 바라고 있는 것일지도 모른다. 세상이 나에게 주목하여 공분이라는 것이 집중되게 함으로 해서, 거기에 비해서는 훨씬 나약한 그녀의 개인적 분노로는 도저히 미칠 수 없는 힘으로 손쉽게 나를 쓰러뜨리겠다. 그녀는 세상의 뒤에 몸을 숨긴 채 안도의 한숨을 내쉬며 내게서 등을 돌린다. 하지만 정말로 그렇게 되기를 바라고 있다면 잘못 짚은 것이다. 세상은 그런 역할을 받아들이려 하지 않을 것이다. 설령 아주 세세하게 흠을 들춰내려 한다 할지라도, 내게는 남에게 비난받을 만한 것이 그다지 없다. 그녀가 생각하고 있는 것만큼 변변치 못한 사람이 아닌 것이다. 자랑할 생각은 없다. 어쨌든 이 문제에 관해서는 그렇다. 특별히 유용한 사람은 아니지만, 쓸모없음이 눈에 띄는 것도 아니다. 오직 그녀 한 사람, 오로지 냉담한 시선으로 바라보고 있는 그녀에게 만 그렇게 보일 뿐, 다른 사람을 납득시키기는 불가능할 것이다.

그렇다면 나는 안심해도 되는 것일까? 아니, 아니, 역시 안심은 할 수 없다. 왜냐하면 나의 행동으로 그녀를 괴롭히고 있다는 사실이 세상에 알려진다면 어떻게 되겠는가? 눈치가 빠른 무리들, 이른바 남을 헐뜯기 좋아하는 소식통들이 이 사실을 알아차리거나, 혹은 알아차린 척을 할 것이다. 하나둘 나를 찾아와, 너는 어째서 종잡을 수 없는 행동으로 그 가엾은 조그만 여자를 괴롭히고 있는 것이냐, 혹시 죽음으로 내몰려 하는 것은 아니냐, 언제 이성으로 되돌아갈 생각이며, 왜 일을 마무리 지을 수 있을 만큼의 참된 애정을 품으려 하지 않는 것이냐, 라고 묻는다고 하자. 대답하기가 쉽지 않다. 그녀가 병들었다고는 생각지 않는다는 사실을 솔직하게 말해야 하는 걸까? 죄를 면하기 위해서 다른 사람에게 비난의 화살을 돌리려 하고 있다, 그것도 참으로 일시적인 수단을 쓰고 있다는 불쾌한 인상을 불러일으키지는 않을까? 게다가 혹시 그녀가 병들었다고 믿는다 할지라도 우리는 완전히 타인이며 우리들의 관계도 그녀 쪽에서 일방적으로 만들어낸 것일 뿐이기 때문에 조금의 동정심도 품을 마음이 들지 않는다고 분명하게 말할 수 있을까? 과연 그들이 나의 말을 믿어줄지. 믿느냐 믿지 않느냐 하는 단계까지도 가지 못할 것이다. 나약하고 병든 여자에 관해서 내가 한 말만이 남을 뿐. 내게 있어서 그것은 그렇게 유리한 일이 아니다. 이런 경우 세상 사람들은 반드시 연애관계를 의심한다. 어떻게 해서든 애정에서 오는 갈등을 찾아내는 법이다. 그런 관계가 있을 수 없다는 것은 명백한 사실이며, 혹시 있을 수 있다고 한다면 내 쪽에서 먼저 시작했을 것 아니겠는가? 나는 이 조그만 여자를 판단력의 대담함, 그리고 판단의 귀결을 이끌어내는 집요함이라는 점에서, 그것에 의해 끊임없이 고통 받지만 않는다면, 감탄하기에 인색하지 않으니. 하지만 어쨌든 그녀에게는 호의 가득한 관계를 떠오르게 하는 점이 조금도 없다. 그런 점에서 그녀는 정직하고 솔직하니, 바로 그런 그녀에게 마지막 희망을 걸고 싶은 것이다. 나에 대해서 호의적인 관계가 있는 것처럼 여겨지게 하는 것이 작전상 유리하다 할지라도, 설마 그렇게 할 정도로 이성을 잃거나 하지는 않으리라. 그러나

이 문제에 있어서 세상은 참으로 어리석기 짝이 없다. 언제나 내게 잘못이 있다고 보고 그 점은 조금도 양보하려 들지 않을 것이다.

따라서 세상이 개입하기 전에, 그 조그만 여자의 울분을 없애기는 불가능하다 할지라도 조금은 누그러뜨리기를 꾀하는 것 외에는 달리 방법이 없다. 실제로 나는 몇 번이고 자문해보았다. 지금의 이 현재 상황은 변경을 전혀 필요로 하지 않을 만큼 만족스러운 것인지. 애초에 변경 가능한 것인지. 필요에 의해서 바꾸는 것이 아니라 그 여자를 달래주기 위해서만이라도 내가 변하는 것이 바람직하지는 않을지. 나는 진심으로 변하려 해보았다. 힘들지 않았다고는 할 수 없으며 신중함도 필요했다. 변화 그 자체는 내 스스로에게도 마음에 들었으며, 거의 유쾌하기까지 했다. 이것저것 눈에 띄게 변한 점이 있었다. 주의해서 볼 필요도 없었다. 이런 방면의 일에 대해서는 그녀가 나보다 훨씬 더 민감하니 내 태도를 통해 일찌감치 의도를 알아챘을 것이다. 그러나 성공과는 전혀 거리가 멀었다. 어찌 성공 같은 걸 바랄 수 있겠는가? 나에 대한 그녀의 불만은 이제 넌덜머리가 날 정도로 잘 알고 있는데, 매우 근본적인 것이기 때문에 도무지 어떻게 해볼 도리가 없다. 나 자신을 어떻게 한다 한들 아무런 영향도 주지 못한다. 내가 자살했다는 소식을 접하면 그녀의 분노는 그칠 줄을 모를 것이다. 그 예민한 여자가 나와 마찬가지로, 무슨 짓을 해도 쓸데없는 짓이며 어떻게 행동하든 요구를 만족시킬 수는 없으리라는 사실을 깨닫지 못했을 리 없다. 틀림없이 깨닫고 있지만, 타고난 투쟁가로 투쟁에 대한 정열 때문에 그것을 잊고 있는 것이다. 그리고 한번 주어진 이상 선택의 여지가 없는 나의 타고난 성격 때문에, 규율에서 벗어난 사람을 보면 살짝 주의를 주고 싶어진다. 물론 이런 방법으로 서로를 이해한다는 것은 불가능한 일이다. 예를 들어 늘 있는 일이지만, 아침 일찍 서둘러 집을 나섰다고 하자. 순간 초췌한 얼굴과 마주한다. 나 때문에 초췌해진 얼굴. 불쾌하다는 듯 입술을 삐죽 내밀고 쏘아보는 듯한, 그리고 결과는 이미 잘 알고 있다는 듯한 눈빛을 내게 던진다. 그 눈빛을 한 번 던진 것만으로도 모든 것을 알아차릴 것이다. 통통함 뺨임에도 불구하고 씁쓸한 미소가 새겨져 있으며 무엇인가를 호소하듯 하늘을 올려다보고, 몸을 경계하는 듯한 태도로 허리에 두 손을 가져다 댄다. 게다가 분노에 찬 나머지 얼굴은 창백, 그리고 몸을 부들부들 떤다.

  얼마 전, 친한 친구에게 털어놓았다. 이런 이야기를
한 것은 처음으로 어째서 털어놓을 마음이 든 것인지
지금도 새삼스레 놀랍지만, 일의 사정을 간단하고 아주
짧게 이야기했다. 어차피 대수롭지 않은 일이었기에 전
체적인 의미를 조그맣게 낮춰서 이야기했다. 참으로 기
묘하게도 친구는 무관심하게 그냥 흘려듣기는커녕, 일
부러 의미를 부여해서 이야기를 거듭 되풀이하며 역설
했다. 그리고 더욱 기묘하게도, 그러면서도 가장 중요한
부분에서는 참으로 하찮은 평가를 내렸다. 친구는 진지
한 얼굴로 내게 여행을 권했다. 이보다 더 한심한 충고
도 없다. 물론 사정은 아주 간단해서 누구라도 가까이
다가오기만 하면 모든 것을 꿰뚫어볼 수 있다. 하지만
여행을 떠나기만 하면 일이 마무리 되고 근본적인 문제
가 해결될 정도로 간단하지는 않다. 그와는 반대로 여행
같은 건 무엇보다도 피해야 할 일이다. 지금 무엇인가
손을 쓸 생각이라면 일을 지금까지처럼 좁은 곳에 한정
시켜 외부와 떼어놓을 것. 지금 있는 그대로 내버려둔
채, 허둥지둥해서는 안 된다. 그 어떤 눈에 띄는 변화도
전부 무용지물, 그리고 누구에게도 이 일을 이야기하지

말 것. 하지만 그렇다고 해서 이것이 어떤 위험한 비밀이기 때문이 아니라, 하찮고 사적인 일, 대수롭지 않은 사태 그 이상도 이하도 아니기 때문이다. 그런 점에서 친구의 충고는 그렇게 나쁜 것만도 아니었다. 이렇다 할 무엇인가를 가르쳐준 것은 아니지만, 사건의 근본을 확인케 해주었다.

조금만 생각해보면 알 수 있는 점인데, 시간의 경과에 따라서 변화가 일어난 듯하지만, 일 그 자체가 변화한 것이 아니라 나의 견해가 바뀐 것일 뿐이다. 한편으로는 차분함을 가지고 보다 남자답게 핵심에 접근한 것이라고도 말할 수 있겠으나, 다른 한편으로는 아직 조금 미묘하기는 하지만 끊임없이 신경을 쓰고 있는 것의 당연한 영향으로 일종의 신경증과 같은 경향을 띠기 시작했다.

결정적인 순간이 눈앞에 닥친 듯 보이나, 아직은 오지 않았다는 사실을 알게 된다면 일에 대한 평정심을 잃지 않는다. 젊은 시절에는 더욱 그런데, 결정이 내려지는 템포를 과대평가하기 쉬운 법이다. 조그만 여자는 나를 본 것만으로도 덜컥해서 의자에 비스듬히 앉아버린다. 한손으로 등받이를 잡고 다른 한 손으로는 코르셋을 입은 몸을 문지른다. 분노와 절망의 눈물이 뺨을 타고 흘러내릴 때마다 드디어 결정의 순간이 왔다, 지금 당장이라도 나는 소환되어 해명을 요구받을 것이라고 생각하곤 했다. 하지만 그런 기색은 보이지 않았으며 해명에 대한 요청도 없었다. 여자란 걸핏하면 얼굴이 바로 창백해지는 법이니, 그런 일에 얽매여 있을 여유는 없다. 그 세월 동안에 결국 무슨 일이 일어났는가? 잘 아는 것과 같은 일들이 되풀이 되었고, 강약의 차이는 있지만 그 총량이 늘었을 뿐. 사람들은 주위를 어슬렁거리다 기회가 있으면 비집고 들 테지만, 기회 같은 건 없다. 오로지 후각에만 의지하고 있으며, 틀림없이 후각 하나로 본인에게는 꽤나 의지가 될 테지만, 다른 사람에게는 그렇지 않다. 결국은 언제나 이랬으며 아무 짝에도 쓸모없는 구경꾼들이 있다. 기꺼이 친척이라며 교활한 방법으로 다가온다. 눈을 번뜩이고 코를 킁킁거리지만 그 결과를 보면 사태는 조금도 변하지 않았다. 그 동안의 차이라고는 점차로 그들을 알게 되었다는 점이다. 얼굴을 구분하게 되었다. 예전에는 그들이 사방에서 달려들 것이라 생각했다. 그랬기에 일이 그것만으로도 확대되어 저절로 결정의 순간이 찾아올 것이라고 생각했다. 이제 나는 깨닫게 되었는데 모든 일은 예전부터 이랬으며, 결정적 순간의 접근과는 거의 관계가 없다. 혹은 전혀 아무런 관계도 없다. 결정 그 자체만 놓고 보아도, 나는 어째서 '결정'이라는 과장된 말을 쓰는 걸까? 만약 어느 날인가 —물론 내일도, 모레도 아니다. 아마도 결코 있을 수 없는 어느 날인가— 세상 사람들이 개입을 했다고 치자. 이에 대해서는 거듭 말한 것처럼 세상 사람들에게는 그런 권한 따위 없지만, 어쨌든 세상 사람들이 개입을 한다. 그렇게 되면 틀림없이 멀쩡히는 빠져나갈 수 없을 테지만, 그래도 내가 세상에 조금은 알려진 인물이라는 점이 감안되지 않을까? 오랜 시간 세상을 신뢰했고, 또 세상으로부터 신뢰를 얻으며 살아왔다. 그런데 거기로 조그만 여자가 고뇌를 끌어안은 채 흐느적흐느적 끼어든 것이다. 이 기회에 말해두겠는데 다른 사람 같았으면 이런 여자에게는 신경도 쓰지 않았을 것이다. 귀찮게 엉겨 붙는 나방이와도 같아서 구두로 가만히 짓밟는 것이 대중을 위한 일이다. 최악의 경우라 할지라도 세상에 인지된 사람으로서의 증명서에 조그만 오점을 하나 더할 뿐의 일. 결국은 이것이 지금의 현황이라 할 수 있으니 불안을 느낄 이유는 어디에도 없다.

그럼에도 불구하고 요즘 나이를 먹으면서 약간 마음에 걸리기 시작한 것이 있는데, 일 자체의 의미와는 아무런 관계도 없다. 끊임없이 누군가를 화나게 한다는 것은, 상대방의 분노에 전혀 근거가 없는 것이라 할지라도 참기 어려운 일이다. 불안을 느낀다. 그저 육체적인 것에 불과하다 할지라도, 결정의 순간을 기다리기 시작했다. 이성적으로는 그런 날이 끝내 오지 않으리라는 사실을 알고 있다. 노화 현상에 의한 부분도 적지는 않으리라. 젊었을 때는 옷이 날개라고 끊임없이 부글부글 끓어오르는 젊음 특유의 힘 덕분에 추악함이라고는 무엇 하나 없었다. 젊은이가 무엇인가를 엿보고 있는 듯한 눈빛을 보여도 좋지 않게 여겨질 염려는 없다. 들킬 염려가 없으며, 본인 자신도 그런 자신을 깨닫지 못한다. 나이를 먹으면 남는 것은 찌꺼기뿐. 찌꺼기라고는 하지만 전부가 필요하며 갱신도 뜻대로 되지 않고, 누구나 늘 관찰의 대상이 된다. 늙어가는 동안의 엿보는 듯한 눈빛은 그야말로 무엇인가를 엿보고 있기 때문에 나타나는 눈빛으로, 그것을 알아차리는 것은 참으로 간단한 일이다. 단, 그렇다고 해서 무엇인가가 악화되는 것도 아니다.

이상, 어떤 관점에서 봐도 분명한 것처럼 내가 이 조

그만 사건을 손으로 가볍게 덮고 있기만 하면, 세상의 번거로움을 피해 지금까지처럼 편안히 살아갈 수 있을 것이다. 여자가 아무리 울부짖어도 이 점은 조금도 달라지지 않을 것이다.

28. 단식쟁이
Ein Hungerkünstler

　지난 몇 십 년 동안에 단식쟁이에 대한 관심이 완전히 식어버리고 말았다. 예전에는 스스로 대대적인 흥행에 나서 상당한 결실을 맺었지만, 이제 그것은 도저히 있을 수 없는 일이다. 시대가 완전히 변해버린 것이다. 예전에는 도시 전체가 들썩이곤 했다. 단식하는 날이 늘어날수록 관심이 눈에 띄게 높아져갔다. 누구나 하루에 한 번은 단식쟁이를 보지 않고는 견딜 수 없었다. 언제부턴가는 자리를 예약해서 한시도 쉬지 않고 창살이 달린 작은 우리 앞에 들러붙어 있는 무리들도 생겨났다. 밤중에도 흥행 중에도 횃불이 빨갛게 불타오르고 있어서 더욱 볼 만한 것이었다. 날씨가 좋을 때면 우리를 밖에 내놓았다. 그때의 구경꾼들은 오로지 어린아이들로 가득 찼다. 어른들에게는 유행하고 있으니 놓칠 수 없다는 정도의 흥밋거리였지만, 아이들에게는 그렇지가 않았다. 멍하니 입을 벌리고 서로 손을 잡은 채, 손가락 하나 까딱하지 않고 바라보았다. 검은 트리코 천으로 만든 타이츠를 신은 단식쟁이는 바닥에 흩어놓은 지푸라기 위에 앉아 있었다. 의자 같은 건 사양하겠다고 했다. 얼굴은 창백했으며 갈비뼈가 튀어나왔다. 천천히 고개를 끄덕이며 억지로 미소를 짓고 질문에 답하곤 했다. 창살 너머로 팔을 뻗어 자신이 얼마나 말랐는지 만져보게 해주는 경우도 있었다. 그런 다음에는 다시 깊은 생각에 잠긴 채 더는 어떤 일에도 신경을 쓰지 않았다. 우리 안의 유일한 가구이자 적잖이 깊은 의미가 있을 시계에도 전혀 관심을 보이지 않았으며, 반쯤 눈을 감은 채 가만히 앞을 바라보았다. 가끔 작은 잔에 든 물을 마셔 입술을 적셨다.

　번갈아가며 찾아오는 구경꾼들 외에 감시하는 사람이 늘 붙어 있었다. 억지로 이 일을 맡게 된 사람들이었는데 참으로 묘하게도 언제나 푸줏간 사람들로 세 명이 한 조가 되어 밤낮 눈을 번뜩였다. 단식쟁이가 몰래 음식을 집어먹지 않도록 감시를 했다. 하지만 그것은 단지 구경꾼을 납득시키기 위한 절차일 뿐, 아는 사람은 아는 대로 단식 기간 중에 단식쟁이는 결코 먹을 것을 입에 대지 않았다. 아무리 억지로 먹이려 해도 한 조각의 먹을 것조차 철저히 거부했다. 자신의 능력에 대한 자부심이 허락하지 않은 것이다. 그러나 감시를 맡은 사람 모두가 이 사실을 이해하고 있었던 것은 아니었다. 밤의 당번 중에는 감시는 내팽개친 채 구석에서 일부러 카드놀이에 열중하는 자도 있었다. 정신을 차리기 위해 무엇인가 집어먹는 것을 관대하게 봐주겠다는 생각인 듯했다. 그런 무리들의 의견에 의하면 어딘가 아무도 모르는 곳에 틀림없이 먹을 것이 숨겨져 있다는 것이다. 단식쟁이에게 있어서 이와 같은 친절이야말로 특히 견딜 수 없는 행동으로, 그를 슬프게 했다. 그럴 때면 단식이 한층 더 견디기 어려웠다. 기운을 짜내서 굶주림을 삼키고, 자신에게 향한 의혹이 얼마나 부당한 것인가를 나타내기 위해서 노래를 흥얼거리곤 했다. 하지만 그게 무슨 소용이란 말인가? 무리들은 노래를 흥얼거리며 음식을 먹는 재주에 새삼스럽게 감탄할 뿐이었다. 감시를 맡은 사람이 창살 바로 옆에 진을 치고 의심스럽다는 듯 눈을 번뜩이고 있을 때가 더 편했다. 이러한 부류의 감시꾼들은 회장의 약한 불빛이 불만이었기에 주최자에게서 손전등을 빌려다 직접 비춰가며 감시를 했다. 눈부신 빛 따위는 아무것도 아니었다. 단식쟁이는 먼 옛날에 이미 잠과 인연을 끊었다. 그 대신 어떤 불빛 아래서도, 어떠한 때에라도, 사람들로 가득한 회장에서도 꾸벅꾸벅 졸 수 있었다. 의심 많은 감시꾼과 함께 밤을 새우는 것은 가장 바라는 일이었다. 농담을 하기도 하고, 지금까지 겪어온 자신의 방랑생활에 대해서 이야기하기도 하고, 혹은 그에 대한 보답으로 이야기를 들어주고 싶기도 했다. 그러면 당연히 상대방도 역시 잠을 자지 않을 것이며, 그 결과 우리 안에 먹을 것이라고는 전혀 없다는 사실, 그리고 자신이 무릇 어디에도 비할 데 없는 단식을 계속하고 있다는 사실을 납득할 것임에 틀림없으리라 생각했다. 마침내 아침이 오면 단식쟁이의 돈으로 감시꾼들에게 풍성한 식사가 제공되었다. 건강한 남자들이 불침번을 선 뒤의 맹렬한 식욕과 함께 서둘러 아침식사를 시작했다. 단식쟁이에게 있어서는 그런 광경을 바라보는 것이 무엇보다도 기쁜 순간이었다. 상대방의 돈으로 사는 식사를 하다니 부정이 있다는 증거라고 우겨대

는 사람이 없는 것도 아니었으나, 부당한 트집이라고 할
수밖에 없다. 그저 감시하기만 할 뿐, 아침도 제공하지
않는 불침번을 누가 맡으려 하겠는가? 그 점을 지적하
면 사람들은 더욱 의심스럽다는 듯한 얼굴로 가만히 물
러났다.

그러나 이는 단식에 늘 따라다니기 마련인 의심으로,
밤낮 한시도 눈을 떼지 않고 감시한다는 것은 있을 수
도 없는 일이었다. 따라서 단식이 한 점의 의심도 없이
계속된다고는 누구도 단언할 수 없는 일이었다. 그렇게
할 수 있는 것은 오직 이 단식쟁이뿐이었으며, 동시에
그만이 진심으로 만족한 구경꾼이라고 할 수 있었다. 그
러나 그 당사자조차도 다른 이유 때문이기는 했으나 결
코 만족하지 않았다. 그는 똑바로 쳐다보기 힘들 정도로
말라 있었다. 가엾은 마음에서 구경을 삼가는 사람까지
있을 정도였다. 하지만 단식 때문에 마른 것이 아니라,
오히려 자신에 대한 불만 때문에 더 그렇게 된 것일지
도 몰랐다. 그도 그럴 것이 그는 아무도 모르는 사실을
은밀히 깨닫고 있었다. 즉, 단식이 얼마나 손쉬운 일인
가 하는 것으로, 그것은 이 세상에서 가장 손쉬운 일이
라고 할 수 있었다. 본인 스스로의 입으로 그런 말을 하

기도 했다. 하지만 사람들은 믿지 않았다. 기껏해야 겸손을 부리는 것이라고 생각하는 것이 고작이었으며, 대부분은 참으로 그럴 듯하게 선전한다거나 사기꾼이 흔히 하는 말이라고들 했다. 손쉬운 데에는 그것을 손쉽게 하는 수법이 있을 것이며, 또 일부러 그런 냄새를 풍기다니 참으로 지능범이라는 것이었다. 단식쟁이는 그런 목소리 전부를 감수하지 않으면 안 되었다. 오랜 세월 동안 나름대로 익숙해지기는 했으나 끊임없이 불만에 괴로워해왔다. 단식 기간이 끝나도—그 내용을 담은 증명서가 교부되었는데— 그는 스스로 우리에서 나오려 하지 않았다. 주최자는 단식 기간을 최장 40일로 한정 짓고 있었다. 그 이상 계속하는 일은 없었다. 대도시에서 공연을 할 때도 예외는 아니었다. 거기에는 이유가 있었다. 지금까지의 경험에 의하면 40일 정도는 서서히 선전의 강도를 높여감에 따라서 나름대로 인기를 얻을 수 있었다. 그러나 40일 이상이 되면 손님의 발걸음이 뚝 끊겼다. 도회든 시골이든 그 점에는 거의 차이가 없었다. 그렇기 때문에 기간은 40일이 한계였다. 바로 그 40일째 되는 날, 꽃으로 장식된 우리의 문이 열린다. 원형극장에서는 가득 들어찬 관객들이 가슴 졸이며 기다리고 있다. 우선 군악대의 연주가 시작된다. 뒤이어 의사 두 사람이 우리 안으로 들어가 필요한 진단이 행해지며, 메가폰으로 그 결과를 크게 알린다. 마지막에는 제비로 뽑은 두 젊은 여성의 등장으로 이어진다. 뽑혔다는 기쁨에 얼굴을 붉히며 두 아가씨는 단식쟁이를 우리에서 나오게 해, 두어 단 아래로 안내하는 역할을 맡는다. 거기에 있는 조그만 테이블에는 정성껏 차려진 환자용 식사가 준비되어 있다. 바로 그 순간이다. 단식쟁이는 단호하게 거절한다. 일단 그는 젊은 여성 둘이 몸을 숙여 맞아들이려 하는 것에 대해서는 어쨌든 뼈와 가죽만 남은 팔을 내민다. 하지만 일어서려 하지는 않는다. 40일이나 지났는데 왜 이제 와서 멈추지 않으면 안 되는 것일까? 좀 더 오래, 한없이 오래 계속할 수 있는데. 이제 막 참된 행복의 순간이 찾아왔는데 어째서 중단하지 않으면 안 되는 걸까? 단식을 좀 더 계속할 수 있는 영예를 어째서 빼앗으려 하는 걸까? 이 세상에서 최고의 단식쟁이라는 사실에는 이미 의심의 여지도 없다고는 하지만, 그것을 더욱 능가하여 끝도 없이 자신을 뛰어넘는 명예를 어째서 허락하지 않는 걸까? 단식 능력에 대해서 그는 어떠한 한계도 느끼지 않았다. 사람들

모두 감탄의 눈길로 바라보지 않았는가? 어째서 이렇게 인내심이 부족한 것일까? 자신은 더욱, 더욱 단식을 견딜 수 있는데 사람들은 어째서 인내하려 하지 않는 것일까? 틀림없이 나는 지쳐 있다. 하지만 지푸라기 속에 똑바로 앉아 있지 않은가? 그런데도 지금 일어나 식사가 있는 곳까지 가지 않으면 안 된다. 그런 생각을 하는 것만으로도 구토가 일어날 듯했으나 눈앞의 젊은 여성들을 생각해서 간신히 참았다. 참으로 다정한 듯하지만 사실은 잔혹하기 짝이 없는 여자들이다. 단식쟁이는 여성들의 눈을 올려다보았다. 머리가 한층 더 무거워졌다. 하지만 사소한 일에는 구애받지 않고 평소와 다를 바 없는 일이 이어진다. 주최자가 등장해서 단식쟁이에게 천천히 두 팔을 내민다. 음악에 묻혀서 목소리는 들리지 않지만, 하늘을 향해서 지푸라기 위의 이 생물, 가엾은 이 수난자를 굽어 살피라고 말하는 듯하다. 이 점에 있어서 전혀 다른 의미이기는 하지만, 그는 그야말로 수난자였다. 그야 어찌 됐든 주최자는 뒤이어 단식쟁이의 가녀린 몸을 부둥켜안는다. 일부러 더할 나위 없이 신중한 손놀림을 보여, 자신이 지금 얼마나 부서지기 쉬운 물건을 손에 쥐고 있는지를 보여준다. 뿐만 아니라 좌우로 가만히 흔들어 보이기 때문에 단식쟁이의 다리와 상체가 뒤틀리며 흔들린다. 그러고 난 다음, 이제는 낯빛을 잃어 멍하니 서 있는 그 아가씨들에게 넘겨준다. 단식쟁이는 이런 모든 일들을 가만히 참고 있었다. 얼굴을 힘없이 가슴으로 떨어뜨렸다. 머리가 멋대로 가슴팍으로 떨어져 간신히 거기에 매달려 있는 것 같았다. 몸은 텅 비었고 다리는 자기 보존의 본능에 의해서 무릎의 지탱을 받고 있었으나, 자신이 확고하게 발을 디디고 설 곳을 찾기라도 하듯 덧없이 바닥을 긁고 있었다. 전신의 중량이라고 해봐야 참으로 가벼운 것이었으나 그것이 한쪽 여성에게 전부 가해졌다. 아가씨 중 한 사람이 업고 갈 수밖에 없었다. 눈을 회번덕이고 숨을 헐떡이며— 이런 역할이라고는 생각지도 못했다— 비틀비틀 걸었다. 얼굴이 닿는 것이 싫었기에 고개를 힘껏 내밀었다. 그래도 얼굴과 얼굴이 닿았다. 행운을 잡은 다른 한쪽의 아가씨는 도와주지 않았다. 조그만 뼈를 묶어놓은 것 같은 단식쟁이의 손을 부들부들 떨며 받든 채 따라갈 뿐. 장내가 웃음바다로 변한 순간 업고 있던 아가씨가 왈칵 울음을 터뜨렸다. 대신해서 시중을 드는 사람들이 달려나왔다. 다음은 드디어 식사를 할 단계였다. 꾸벅꾸벅

조는 상태의 단식쟁이에게 주최자가 직접 입에 음식물을 흘려 넣었다. 단식쟁이의 조는 상태에서 주의를 돌리기 위해 주최자는 흥겹게 떠들어댔다. 뒤이어 관람객들의 건강을 축복하며 건배를 하게 되는데, 그 제안을 단식쟁이가 속삭인 것이라고 하기로 되어 있었다. 마지막으로 음악대가 화사한 음악으로 마무리를 지었다. 사람들은 만족하며 집으로 돌아갔다. 만족하지 못한 사람은 한 명도 없었다. 오직 한 사람, 단식쟁이만이, 그만이 홀로 불만이었다.

어떤 일정한 휴식기간을 사이에 두고 오랜 세월 이와 같이 살아왔다. 그렇다, 겉으로 보기에는 영광에 둘러싸여 있었으며, 세상 사람들로부터도 칭송을 받아왔다. 하지만 본인은 대부분 마음이 개운치 않았다. 누구도 진지하게 받아들여주지 않았기에 마음은 더욱 답답했다. 어떻게 위로를 해야 했던 것일까? 그리고 무엇을 바라고 있었던 것일까? 가엾게 여긴 사람이 비애는 전부 단식 때문이라고 말했다고 하자. 특히 단식이 진행될 때의 일인데, 순간 단식쟁이가 벌떡 일어나 짐승처럼 우리를 격렬하게 흔들어 사람들을 겁먹게 만드는 경우가 있었다. 그럴 때면 주최자는 벌을 내렸다. 늘 한결같은 방법인데 구경꾼들에게 이렇게 사과하는 것이었다. '이것도 전부 단식 때문에 생겨나는 일로 배가 부른 사람은 도저히 이해할 수 없는 초조함이라고 생각하십시오. 앞으로도 얼마든지 단식할 수 있다고 호언장담하는 것도 같은 이유에서라고 그냥 흘려들으시기 바랍니다.' 뒤이어 주최자는 단식쟁이의 주장을 들고, 거기서 고매한 노력과 상대방을 즐겁게 해주려는 선의 및 위대한 자기부정의 마음가짐을 읽어달라고 요청했다. 그런 다음 몇 장인가의 사진을 꺼냈다. 40일째, 침대 위에서 숨이 끊어질 듯한 모습의 단식쟁이를 찍은 것으로 지금 이 회장에서 판매 중, 이것을 통해서도 단식쟁이의 주장이 엉터리라는 사실을 분명히 알 수 있다는 것이었다. 익숙한 방법이었지만 단식쟁이는 언제나 새삼스레 신경이 곤두서는 듯한 느낌이었다. 단식을 일찍 끝냈을 때의 결과를, 그 원인인 것처럼 바꿔치기해서 내밀다니, 참으로 지독한 왜곡 아닌가! 이처럼 어리석고 저열한, 이처럼 억지스러운 세상과 싸운다는 것은 불가능한 일이었다. 주최자의 말에 그는 언제나 일말의 희망을 가지고 귀를 기울였으나, 사진을 꺼내면 그 순간 창살에서 떨어져 한숨을 내쉬며 지푸라기 속에 묻히듯 앉았다. 이것을 보고 안심한 관객들은 다시 우리 근처로 다가가 그 안을 빤히 바라보았다.

이러한 모습을 본 적 있는 사람이 몇 년 뒤 당시의 일을 떠올리면, 스스로도 실제 있었던 일이라고는 믿을 수 없다는 생각이 들었다. 왜냐하면 그 동안 처음에 이야기했던 변화가 일어났기 때문이었다. 아주 갑작스러운 변화라고 해도 좋으리라. 나름대로의 깊은 이유가 있을 테지만 누가 그런 것을 파헤치려 하겠는가? 어쨌든 어느 날, 단식쟁이는 이제 관객들로부터 버림을 받고 말았다. 사람들은 부지런히 다른 흥행물을 보러 갔다. 장소를 바꾸면 예전의 인기와 만나게 될지도 모른다. 주최자는 단식쟁이를 데리고 다시 한 번 유럽 각지를 순회했다. 그러나 소용없는 일이었다. 은밀하게 약속이라도 한 것처럼 단식쟁이는 어디로 가도 냉담하게 받아들여졌다. 물론 이런 변화는 갑자기 발생한 것이 아니라, 나중에 생각해보니 나름대로의 징후가 있었다. 성공에 눈이 어두워 그만 놓친 것일 뿐이었다. 이제 와서 후회해봐야 소용없는 일이었다. 언젠가 단식 공연이 인기를 얻을 날이 다시 찾아올 테지만, 지금의 광대에게는 아무런 위로도 되지 않았다. 대체 어떻게 하면 좋단 말인가? 예전에 화려한 인기를 얻었던 자가, 시장을 떠도는 풍각쟁이처럼 전락할 수는 없는 법이었다. 다른 일을 시작하기에는 나이를 너무 많이 먹었다. 무엇보다 그는 자신의 단식에 지나치게 몰두하고 있었다. 그랬기에 평생의 파트너였던 주최자와 결별하고 커다란 서커스단과 계약을 맺었다. 자존심에 상처를 받지 않기 위해서 계약서 내용은 읽지 않았다.

커다란 서커스단에는 언제나 여러 종류의 잡다한 공연자와 동물과 도구류들이 있으며, 그것들이 끊임없이 들고 나서 부족한 부분을 보충해준다. 따라서 단식쟁이가 있어도 상관없다는 정도의 필요성에 지나지 않았다. 어쨌든 본인과 함께 예전의 영광이 인정받았다는 점은 특이한 예라고 할 수 있었다. 벌써 전성기를 지난 늙은 공연자가 서커스단의 구제를 받은 것이라고는 할 수 없었다. 이 단식쟁이의 재주는 나이를 먹어도 전혀 저하되지 않는다. 단식쟁이가 단언한 것처럼 오히려 그 반대였으며, 또한 실제로 보여줄 재주는 예전보다 더 뛰어난 것이었다. 내 의향에 맡겨둔다면 세상을 깜짝 놀라게 하겠다고 말했고, 바로 서로가 약속을 했다. 물론 단식쟁이가 너무 열의에 들뜬 나머지 자신의 지금 시세를 잊고 있다고 생각했기에 서커스단 사람들은 그저 쓴웃음을 지었을 뿐이었지만.

하지만 단식쟁이도 결코 지금의 시세에 어두웠던 것은 아니었다. 그랬기에 자신의 우리가 화려한 무대가 아니라 바깥의 동물 우리들을 늘어놓는 통로 옆에 놓였다는 사실에 이의를 제기하지 않았다. 우리에는 형형색색의 화려한 간판이 달려 있어서 안의 구경거리를 소개하고 있었다. 공연과 공연 사이에 관객들이 동물을 보러 찾아왔다. 좋든 싫든 단식쟁이의 우리 앞을 지나지 않을 수 없었는데, 그 앞에서 발걸음을 멈추었다. 어쩌면 조금 더 오래 발걸음을 멈추었을지도 모르겠지만, 통로가 워낙 좁았다. 뒤에서부터 사람들이 자꾸만 밀려들어왔다. 앞의 사람들이 왜 멈춰서는 것인지 뒤에 있는 사람들은 알 수가 없었다. 그랬기에 무턱대고 밀어붙였다. 한가로이 멈춰서 있다는 건 도저히 있을 수 없는 일이었다. 바로 이것이 자기 삶의 목적이자 그렇게도 바랐던 관객의 방문을 오히려 두려워하게 된 이유였다. 처음에는 공연 중간의 휴식시간이 기다려져 견딜 수가 없었다. 도취한 눈빛으로 밀려올 사람들을 기다렸다. 그러나 얼마 지나지 않아서—온갖 방법을 동원해서 자기 자신을 설득해보아도 소용없는 일이었다— 단식쟁이는 깨닫지 않을 수 없었던 것이다. 사람들은 모두, 단지 동물이 보고 싶어서 찾아오는 것이다. 관객을 멀리서 보고 있는 것이라면 문제될 것은 없었다. 서로가 밀고 밀리며 다가올 때 아우성과 욕설이 번갈아가며 일어났다. 그 가운데 어떤 것은 분명히 단식쟁이를 자세히 보고 싶어 하는 목소리였다. 그러나 얼마 지나지 않아서 그런 목소리를 내는 사람들을 견딜 수 없게 되어버리고 말았다. 천천히 보고 싶다는 마음도, 그것이 무엇인지를 알고 있기 때문에 품는 것이 아니라 그저 일시적인 기분, 혹은 뒤에서 밀어대는 사람들에 대한 불만에서 품는 것이었다. 다른 하나의 목소리는 오로지, 우물쭈물하지 말고 앞으로 움직이라고 외쳐댈 뿐. 커다란 물결 같은 사람들이 지나고 나면 동작이 굼뜬 사람들이 찾아온다. 그들은 마음만 먹으면 한가롭게 발걸음을 멈출 수 있는데도 힐끗 눈길만 한 번 주고 지나쳐 얼른 동물 우리로 가고 싶다는 일념 뿐. 아주 가끔 있는 일이지만 부자가 찾아오는 적도 있었다. 아버지가 손가락으로 가리키며 여러 가지 이야기를 들려준다. 단식쟁이는 무엇을 하는 사람인지, 예전에는 아주 인기가 많아서 똑같은 흥행물이라도 훨씬 더 멋진 곳에서 했었다는 이야기. 아이들은 학교나 가정에서 예비지식을 얻지 못한 상태였다. 그랬기에 무슨 소리인지 알아듣지 못했다. '대체 단식이라는 게 뭐야?' 어쨌든 탐구하려는 듯한 어린아이들의 눈빛에는 영광의 시대가 다시 찾아오리라는 예감을 갖게 하는 것이 없지도 않았다. 우리의 장소가 이렇게 동물 우리와 가깝지 않았다면 좋았을 것이라고 단식쟁이는 때때로 자신에게 말했다. 동물 우리에서 발산하는 냄새와, 눈앞으로 옮기는 동물용 날고기, 먹이를 받을 때 울부짖는 짐승들의 포효가 단식쟁이를 한없이 괴롭혔으나, 그게 아니라 할지라도 어쨌든 장소가 좋지 않았다. 여기서 사람들은 당연하게도 동물의 우리 쪽으로 흘러가버리고 만다. 그러나 단식쟁이는 서커스단의 감독에게 불만을 토로하거나 하지는 않았다. 어쨌든 동물 덕분에 사람들이 우르르 몰려오고, 개중에는 가끔 자신을 바라봐주는 사람도 있었다. 그리고 무엇보다 솔직히 말해서 자신의 존재가 동물 우리로 향하는 도중의 방해물에 지나지 않는다는 사실을 생각해보면, 다음에는 어디로 옮겨질지 알 수 없는 일이었다.

조그만 방해물, 그것도 날이 갈수록 더욱 조그매지는

방해물이었다. 이제는 단식쟁이를 구경거리로 삼겠다는 기발함이야 어찌 됐든, 그런 기발함 자체가 거의 한순간 밖에 지속되지 않았다. 그렇다면 최후의 판결이 내려졌다고 볼 수밖에 없다. 단식쟁이는 전력을 다해 단식을 계속해서 더할 나위 없이 훌륭하게 해냈다. 그러나 그것이 어쨌단 말인가? 모두가 앞을 그냥 스쳐 지날 뿐. 단식에 대해서 설명을 해보는 것은 어떨까? 느낄 능력이 없는 사람을 이해시킨다는 건 불가능한 일이다. 우리를 장식하고 있던 간판은 더러워져서 읽을 수 없게 되었고, 차례차례로 떼어졌다. 대신할 것을 준비해주는 사람은 어디에도 없었다. 단식한 날수를 나타내는 판도 처음에는 틀림없이 새로운 것으로 바뀌었으나 언제부턴가 같은 것이 언제까지고 계속 매달려 있었다. 종업원이 일주일쯤 지나서부터 벌써 귀찮게 생각했기 때문이었다. 단식쟁이는 예전에 몽상했던 그대로의 단식을 계속하고 있었다. 그것은 스스로가 예고한 것처럼 더할 나위 없이 쉬운 일이었다. 하지만 이제는 누구도 날수를 세고 있지 않았다. 단식쟁이 자신조차 벌써 얼마나 단식을 계속해온 것인지 기억하고 있지 않았다. 그의 마음은 무거웠다. 어느 날, 한 남자가 훌쩍 찾아와서 날수를 나타내는 낡은 판자를 보고 경솔한 말로 단식쟁이를 사기꾼 취급했는데, 그것은 무관심과 구제할 길 없는 악의가 빚어낸 참으로 어리석기 짝이 없는 거짓이라고 할 수 있는 것이었다. 단식쟁이가 속인 것이 아니었다. 그는 성심성의껏 일했다. 세상이 그를 속여 당연한 보수를 앗아간 것이었다.

다시 여러 날이 지났다. 그러나 그것도 끝을 맞이했다. 어느 날, 우리가 감독의 눈에 띄었다. 멋지게 쓸 수 있는 우리인데 지푸라기를 넣은 채 내버려두다니 어떻게 된 일이란 말인가? 이렇게 물었으나 누구도 대답을 하지 못했다. 한 사람이 날수를 나타내는 판자를 보고 단식쟁이에 대해서 떠올렸다. 지푸라기를 막대기로 휘젓자 그 안에 단식쟁이가 있었다.

"아직도 단식을 하고 있는 건가?"

감독이 물었다.

"언제 그만둘 생각이지?"

단식쟁이가 속삭였다.

"모쪼록 관대하게 봐주시기 바랍니다."

창살에 귀를 대고 있던 감독만이 속삭임을 들었다.

"물론이지."

감독은 손가락으로 이마를 가리켜 주위의 종업원 모두에게 상대방 머리의 상태를 나타내 보였다.

"상관없고말고."

"언제나, 언제나 단식하는 모습에 감탄해주기를 바라고 있었기에."

"물론 감탄하고 있어."

"감탄해서는 안 됩니다."
라고 단식쟁이가 말했다.

"그렇다면 감탄하지 않기로 하지."
라고 감독이 말했다.

"그런데 어째서 감탄해서는 안 된다는 거지?"

"단식할 수밖에 없었기에, 달리 방법이 없었습니다."
라고 단식쟁이가 말했다.

"그거 참 이해할 수 없는 말이로군."

감독이 물었다.

"어째서 달리 방법이 없었다는 거지?"

"그러니까, 저는……."

단식쟁이는 얼굴을 조금 들어 마치 키스를 하려는 사람처럼 입술을 내밀고, 한마디라도 놓쳐서는 안 된다는 듯 감독의 귓가에 대고 속삭였다.

"제게 맞는 음식을 찾을 수 없었습니다. 만약 찾았다면 이런 볼거리를 제공하지도 않았을 거고, 여러분과 마찬가지로 배불리 마음껏 먹었을 겁니다."

순간 숨이 끊어졌다. 흐려져 가는 시력 속에 이제는 자랑거리조차 되지 않는다 할지라도 어쨌든 계속해서 단식을 이어가겠다는, 단호한 신념과도 같은 것이 남아 있었다.

"그만 치우게!"

라고 감독이 말했다. 단식쟁이는 지푸라기와 함께 묻혔다. 그 대신 우리에는 한 마리 날래고 사나운 표범이 들어가게 되었다. 오래도록 방치되었던 우리에서 지금은 생명력으로 넘쳐나는 표범이 뛰어다니고 있다. 제아무리 둔감한 사람에게도 눈이 번쩍 뜨일 것 같은 즐거움을 제공했다. 표범에게는 무엇 하나 부족한 것이 없었다. 마음에 드는 먹이가 끊임없이 날라져왔다. 자유로움도 마음껏 느끼고 있는 듯했다. 필요한 것을 오체가 찢어질 만큼 온몸에 지닌 고귀한 짐승은 자유까지도 자신의 몸에 갖추고 돌아다니고 있는 듯했다. 어딘가 이빨들 사이에라도 숨기고 있는 듯했다. 목 안쪽에서 불과 같은 열기와 함께 생에 대한 기쁨이 뿜어져 나왔다. 구경꾼들에게 있어서 그것을 참는 것은 결코 쉬운 일이 아니었으나, 사람들은 꾹 눌러 참으며 빽빽하게 우리를 둘러싸고 한 발짝도 움직이려 하지 않았다.

29. 어느 학회보고
Ein Bericht für eine Akademie

학회의 여러 선생님들!

송구스럽게도 원숭이였을 무렵의 전신에 대해 당 학회에서 보고하라는 요청을 받고 지금 이 자리에 나서게 되었습니다.

하지만 안타깝게도 기대에 크게 부응하지는 못할 듯합니다. 원숭이로서의 생활을 그만둔 지 5년 가까이 되었습니다. 달력상으로는 겨우 5년에 지나지 않지만 이 몸으로 헤치고 나와야 했던 어지러울 정도의 변화라는 점을 생각해보면 무한히 긴 시간이었습니다. 그 사이에 때로는 훌륭한 사람을 만나기도 하고 좋은 충고를 받기도 했으며 박수나 떠들썩한 음악으로 환영을 받기도 했지만, 결국은 혼자였습니다. 왜냐하면 조언이라는 것은 예를 들자면 남의 제사에 감 놔라 배 놔라 하는 것과 같은 것이기에. 만약 제가 고집스럽게 자신의 태생이나 성장과정, 청춘의 추억에 매달려 있었다면 원숭이에서 인간으로의 진전 따위 도저히 불가능했을 것입니다. 망집(妄執)을 깨끗이 버릴 것, 이것이야말로 제게 주어진 지상명령이었습니다. 무엇에도 얽매이지 않는 원숭이였기에 저는 용감히 무거운 짐을 제 몸에 짊어졌습니다. 그러자 기억도 순식간에 시들어버렸습니다. 어쨌든 초기에는 원숭이로 돌아갈 수 있는 길이, 비유적으로 말하자면 하늘과 땅의 공간만큼이나 널따랗게 펼쳐져 있었습니다. 스스로를 채찍질하고 끊임없는 노력을 거듭함에 따라서 하늘과 땅의 공간이 좁아졌고 제게는 이 인간세계가 더욱 쾌적하고 안전하게 여겨지기 시작했습니다. 과거에서 불어오는 강풍은 큰 폭으로 부드러워져서 지금은 발꿈치를 싸늘하게 할 정도의 밤바람에 지나지 않습니다. 그 바람이 불어오는 바람구멍이자, 또 예전에 제가 지나왔던 통로이기도 한 그곳은 아주 작은 구멍이 되어버려 설령 용기를 내서 달려 돌아가 빠져나가려 해도 가죽이 전부 벗겨져버릴 것이 뻔합니다. 솔직히 말씀드리도록 하겠습니다. 이런 종류의 말을 할 때는 신중하게 해야 하는 법이지만 굳이 솔직하게 말씀드리겠습니다. 여러분과 선생님들도 원래는 원숭이로서의 몸을 가지고 계셨으며, 과거와의 간격이라는 점에 있어서는 저와 거의 다를 바가 없습니다. 이 지상을 걸을 때면 뒤꿈치가 간지럽다는 생각이 드는 법인데, 아래로는 침팬지에서부터 위로는 영웅 아킬레스에 이르기까지, 이 점에는 변함이 없습니다.

테마를 크게 제한한다면, 혹시 선생님들의 질문에 답할 수 있을지도 모르겠습니다. 그것은 사실 제가 흔쾌히 생각하고 있는 부분입니다. 가장 먼저 무엇을 배웠는가 하면, 악수를 배웠습니다. 악수란 숨기고 있는 것이 없다는 사실의 표현. 그렇다면 제 생애의 절정에 오른 저로서는 그 최초의 악수 때 마음속에 숨긴 것은 없었다고 말씀드려도 좋을 듯합니다. 그것은 이번 학회에 특별히 새로운 사실은 가져다주지 못하고, 오히려 기대를 크게 배신하는 것일지 모르겠으나 어쩔 수 없습니다. 아무리 애를 써봐야 얘기할 수 없는 것은 얘기할 수 없습니다. 하지만 예전에 원숭이가 인간세계로 들어와 거기에 자리를 잡기까지의 대략적인 과정은 말씀드릴 수 있으리라 생각합니다. 보잘 것 없지만 여기서 이제 말씀드릴 수 있는 것도 지금 제가 흔들림 없는 자신감에 넘쳐, 문명사회에 널리 이름을 떨치고 있는 연예관의 무대에서 확고한 지위를 구축하기에 이르렀기 때문입니다.

저는 아프리카의 황금해안에서 태어났습니다. 어떻게 해서 포획되었는지는 이미 수차례에 걸쳐서 한 보고를 들으셨을 줄로 압니다. 하겐베크 상회의 맹수사냥꾼에게 잡혔습니다. 덧붙여 말씀드리자면 저는 지금 당시의 대장과 절친한 사이가 되어 가끔 붉은 포도주 등을 함께 마시고 있습니다. 어느 날 저녁, 동료들과 함께 물을 마시는 장소로 가고 있었을 때의 일인데, 사냥꾼 무리들이 기슭의 수풀 속에 잠복해 있었습니다. 일제히 총을 쏘았습니다. 맞은 것은 저 하나뿐, 2발을 맞았습니다. 뺨에 1발, 이건 그저 스친 정도에 지나지 않았으나 면도칼에 슥 벤 것처럼 빨간 상처가 남았습니다. 덕분에 '빨간 볼의 페터'라고 불리게 된 것입니다! 얼마나 듣기 싫은 이름인지요. 전혀 어울리지 않는 것으로 장난을 좋아하는 에테 공 정도나 떠올릴 법한 이름 아닙니까? 곡예를 할 줄 아는 원숭이로 얼마 전에 숨을 거둔 페터라는 녀석을 보신 적이 있는 선생님도 계실지 모르겠으나 이래서야 마치 그 녀석과 저의 차이라고는 빨간 볼이라는 점밖에 없다고 말하는 듯하지 않습니까? 아차차, 얘기가 옆으로 샜습니다.

다른 1발은 허리 아래에 맞았습니다. 이건 상당한 중상이었는데 지금도 다리를 약간 저는 것은 이 상처 때문입니다. 그러고 보니 지금 생각났습니다. 이 세상에 가득 넘쳐날 정도로 있는 무뢰한 사내가 보란 듯이 저에 대한 기사를 신문에 쓴 적이 있지 않았습니까? 원숭이의 본성이 아직 사라지지 않았다는 등 떠들어대고, 그 증거로 손님이 오면 바지를 내려 총알의 흔적을 보이고 싶어 조바심을 친다고 했습니다. 아주 태연하게 이런 글을 쓰는 녀석은 손가락을 뽑아버리고 싶을 정도입니다. 저는 언제든 당당하게 바지를 벗어도 상관없습니다. 보여드릴 수 있는 것은 손질이 잘된 털과 상처뿐인데—경우가 경우인 만큼 굳이 말씀드리겠습니다만, 기분 나쁘게 듣지는 말아주시기 바랍니다— 그것이 그 괘씸한 인간들의 총알 흔적이니까요. 이 모든 것이 명백한 사실로 무엇 하나 숨길 필요도 없는 일입니다. 제아무리 우아한 예법이라 할지라도 진실이 걸려 있으면 단호하게 버리지 않습니까? 마음이 넓은 사람은 그렇게 합니다. 이에 비해서 신문에 좋지 않은 소리를 써댄 녀석들의 경우는 손님이 왔을 때 바지를 내리면 어떻게 되겠습니까? 그렇게 하지 않는 것이야말로 이성의 증거라고 할 수 있지 않겠습니까? 어쨌든 쓸데없는 트집은 잡지 않았으면 하는 바람입니다!

총알에 맞아 정신을 잃었습니다. 마침내 정신을 차리고 보니—이 부근부터 서서히 기억이 선명해지는데—하겐베크 상회의 배 안으로, 가운데 갑판에 있는 우리에 갇혀 있었습니다. 사방에 살이 있는 우리가 아니라 나무상자의 3면에 살이 있고 나무상자가 네 번째 벽에 해당하는 것입니다. 천장이 낮아서 일어설 수 없었습니다. 폭이 좁아서 제대로 잘 수도 없었습니다. 저는 부들부들 떨리는 무릎을 붙들고 몸을 둥그렇게 만 채 웅크리고 있었습니다. 처음에는 누구의 얼굴도 보고 싶지 않아서, 또 어두운 곳에 있고 싶은 마음도 있었기에 우리의 살에 엉덩이를 박은 채 가만히 나무상자 쪽을 바라보고 있었습니다. 포획한 짐승을 처음 넣어두는 데는 이와 같은 우리가 최선이라고들 하는 듯한데, 인간 쪽에서 보자면 틀림없이 옳은 말이라고 생각합니다. 지금의 저는 제 경험을 통해서 그렇게 인정하지 않을 수 없습니다.

하지만 그때는 물론 그렇게 생각하지 않았습니다. 저는 태어나서 처음으로 출구가 없는 상황에 빠지게 되었던 것입니다. 적어도 바로 앞으로는 빠져나갈 수 없었습니다. 바로 앞은 나무상자로 튼튼한 판자가 가로막고 있었습니다. 틀림없이 판자와 판자 사이에 한 줄기 틈새가 있기는 했습니다. 그 틈새를 발견했을 때 저는 어리석게도 기쁨의 소리를 질렀습니다. 하지만 그 틈새로는 꼬리를 끼워넣을 수조차 없었으며 밀어보아도, 당겨보아도 꿈쩍하지 않았습니다.

나중에 들은 이야깁니다만, 저는 유별나게 온순했다고 합니다. 그랬기에 일찍 죽어버리거나, 혹은 처음의 어려운 시기에 살아남으면 상당히 장래성이 있다고 여겨진 듯했습니다. 그런데 저는 살아남았습니다. 가만히 흐느껴 울기도 하고, 맥없이 벼룩을 잡기도 하고, 야자열매를 멍하니 핥기도 하고, 나무상자에 머리를 부딪치기도 하고, 앞을 지나는 사람에게 혀를 내밀기도 하고. 즉, 새로운 생활을 시작함에 있어서 가장 먼저 행한 행동은 대충 위와 같은 것들이었습니다. 그러는 동안에도 출구가 없다는 의식이 언제나 머릿속에서 떠나지 않았습니다. 당시 원숭이의 몸으로 느낀 것을, 지금 인간의 말로 옮겨 표현해야 하기 때문에 실수가 있을지도 모르 겠습니다. 설령 당시 원숭이의 진실을 정확히 표현하지 는 못한다 할지라도, 적어도 말의 한 마디 한 마디에는 진실이 깃들어 있으니 사족인 줄 알면서도 그 점에 대 해서는 주의를 환기시키고 싶습니다.

지금까지는 출구가 얼마든지 있었습니다만, 이제는 하나도 보이지 않았습니다. 몸을 조금도 움직일 수가 없 었습니다. 그때 그대로 못 박혀 있었다 할지라도 달라질 것은 아무것도 없었을 것입니다. 어땠는지 아십니까? 발 가락 사이의 부드럽게 부푼 곳을 꼬집어도 전혀 영문을 알 수 없었습니다. 몸이 2개로 찢길 만큼 엉덩이를 살에 밀어붙여도 역시 조금도 알지 못했습니다. 출구가 없다. 그렇지만 출구를 찾지 않으면 안 된다. 출구가 없으면 살 수 없다. 이대로 나무상자의 벽에 들러붙어 있어서는 조만간 죽을 수밖에 없다는 사실은 분명했습니다. 게다 가 하겐베크 상점에서 원숭이가 머물 곳은 나무상자 옆 이라 정해져 있는 것이나 다를 바 없었습니다. 그렇다면 그래, 원숭이이기를 그만두자. 더할 나위 없이 명석하고 훌륭한 사고의 프로세스 아니겠습니까? 뱃속으로 생각 해낸 일이었습니다. 원숭이는 뱃속으로 생각을 합니다.

그런데 출구란 무엇일까? 선생님들께서는 정확하게 이해하고 계십니까? 저는 약간의 의심을 품지 않을 수 없습니다. 아주 통상적인, 매우 평범한 의미로 쓰고 있는 것이지, 굳이 자유라고는 말씀드리고 싶지 않습니다. 온갖 방향으로 열려 있는 위대한 자유를 말씀드리는 것이 아닙니다. 이건 원숭이였을 때부터 알고 있었고, 이런 종류의 자유를 애타게 사랑하는 분과도 알게 되었습니다. 저 개인으로 한정시켜 말씀드리자면 예나 지금이나 자유 같은 건 바라지도 않습니다. 덧붙여 한 가지 말씀드리겠습니다. 인간은 너무 자주 자유에 현혹되는 것 아닐까요? 자유를 둘러싼 환상이 있기 때문에 환상에 대한 착각도 역시 많습니다. 연예관에서 제가 무대에 오르기 전에 공중그네를 타는 사람 둘이 천장 높은 곳에서 공중그네를 탑니다. 그네에 훌쩍 뛰어올라 앞뒤로 크게 움직이다 다른 그네로 뛰어 옮겨 탑니다. 둘이서 손을 잡고 매달리기도 하고 한 사람이 다른 한 사람의 머리카락을 입에 물기도 합니다.

'이것 역시 인간의 자유라는 것이군.'

저는 이렇게 생각했습니다.

'참 잘나시기도 하셨어.'

자연스러운 본성을 농락하고 있을 뿐 아닙니까? 원숭이 친구들이 그것을 본다면 틀림없이 배를 움켜쥐고 커다랗게 웃을 겁니다.

자유 같은 건 원하지 않았습니다. 출구만 있으면 되는 겁니다. 오른쪽이 됐든 왼쪽이 됐든, 어디를 향해 있든 오직 이것 하나만 원했습니다. 그것이 착각이어도 상관 없었습니다. 요구가 사소한 것이라면 착각 또한 사소한 것이 될 터입니다. 나무상자의 벽에 찰싹 들러붙어서 오로지 무릎만을 끌어안고 있어야 하다니, 죽어도 싫다! 어딘가로, 어딘가로 나가겠다!

지금은 아주 잘 알고 있습니다. 그 상태에서 벗어날 수 있었던 건 마음의 평안이 있었기 때문입니다. 실제로 제가 오늘 이런 모습으로 있을 수 있는 것 자체, 배 위에서의 며칠이 지난 뒤 저를 찾아온 평안 덕분이라고 말씀드릴 수 있습니다. 그렇다면 그 평안은 누구 덕분일까? 배에서 만난 사람들 덕분입니다.

무엇보다 좋은 사람들이었습니다. 저는 지금도 여전히 그리워서 그 사람들의 발소리를 떠올리곤 합니다. 꾸벅꾸벅 졸고 있던 저의 귀에 묵직하게 울려 퍼졌습니다. 그 사람들은 무릇 무슨 일을 할 때나 더할 나위 없이 여유가 있어서 예를 들어 눈을 비빌 때를 보겠습니다. 마치 추처럼 천천히 손을 들어 올렸습니다. 숨기거나 꺼리는 것 없이 농담을 합니다만 인간미가 있었습니다. 웃을 때는 아주 심하게 기침을 해대기도 했지만. 그렇다고 해서 특별히 다른 문제가 있는 것은 아니었습니다. 언제나 입에 무엇인가가 고여 있는 듯, 어디서나 장소를 가리지 않고 침을 뱉었습니다. 저한테서 벼룩이 옮아 고생을 하고 있다고 불평했습니다. 하지만 진짜로 화를 내거나 하지는 않았습니다. 원숭이에게는 벼룩이 있는 법이며 벼룩은 이리저리 뛰어다니고 싶어 하는 법이라는 사실을 알고 있었기 때문이었습니다. 당연한 일이라고 생각하고 있었던 것입니다. 비번일 때는 저를 반원형으로 둘러싸고 앉았습니다. 그리고 무슨 얘기를 하는 것도 아니었습니다. 가끔 이상한 소리를 낼 뿐. 혹은 나무상자 위에 기다랗게 누워 파이프를 피우곤 했습니다. 제가 조금이라도 몸을 움직이면 무릎을 탁 치곤 했습니다. 때로는 지팡이를 가지고 와서 제가 기분이 좋아지는 곳을 긁어주었습니다. 그와 같은 항해를 다시 한 번 해보자고 한다면 지금의 저는 물론 거절할 겁니다. 하지만 그 가운데 갑판에서의 추억이 반드시 불쾌한 것만은 아니었다는 사실은 분명히 단언할 수 있습니다.

이런 사람들 덕분에 평안을 얻을 수 있었고, 그 평안 덕분에 달아나야겠다고는 생각지 않았던 것입니다. 이제 와서 다시 생각해보면 저는 희미하게나마 느끼고 있었던 듯합니다. 살아남으려면 출구를 찾아야 하지만 그 출구는 도망에 의해서 열리지는 않는다. 달아나는 것이 가능했을지 불가능했을지, 지금으로서는 알 수 없습니다. 하지만 원숭이의 사전에 불가능이란 말은 없습니다. 예를 들어 지금의 저는 아주 평범한 호두를 이로 깨는 일에조차 애를 먹습니다만, 당시는 그렇지 않았습니다. 시간만 들인다면 우리의 자물쇠도 물어뜯을 수 있었을 겁니다. 하지만 그렇게 한들 무슨 소용이었겠습니까? 밖으로 나오자마자 다시 잡혀 더욱 불편한 우리에 갇혔을 겁니다. 어떻게 도망쳐서 다른 우리에 몸을 숨겼다고 해봅시다. 바로 정면에는 커다란 뱀의 우리, 꿈틀꿈틀 몸이 감겨서 숨이 끊어질 것이 뻔했습니다. 운 좋게 갑판 위로 숨어들어 바다로 텀벙 뛰어든다 할지라도 아주 잠깐 동안 파도 사이를 떠돌 뿐, 결국은 바다의 진흙으로 사라져버릴 수밖에 없습니다. 한심한 일 아니겠습니까? 어쨌든 대충 이런 식으로 이래저래 인간만큼의 계산을 한 것은 아니었으나, 역시 인간의 감화를 받았던 듯합니다. 마치 앞일을 계산하고 있었던 것처럼 보였을 겁니다.

그야 어찌 됐든 관찰은 하고 있었습니다. 가만히 관찰을 했습니다. 인간들이 여기저기 돌아다니는 것을 보고 있었습니다. 언제나 같은 얼굴로 같은 동작을 하고 있지 않겠습니까? 정말 똑같은 인간들로밖에 여겨지지 않았습니다. 어쨌든 이 인간, 혹은 이들 인간들은 자기들 마음대로 움직이고 있다. 어떤 한 가지 목표가 눈부시게 가슴에서 불을 밝힌 듯했습니다. 그렇다고 해서 제가 인간과 친해지면 우리의 문을 열어주겠다고 누군가가 약속해준 것도 아니었습니다. 도저히 가능할 것 같지 않은 일을 약속하는 사람이 어디 있겠습니까? 하지만 언뜻 가능할 것 같지 않은 일을 해내면, 그 전에는 도저히 할 수 없었던 종류의 약속도 추급이라는 형태로 뒤따라오게 되는 법입니다. 인간 그 자체에 마음이 끌린 것은 아니었습니다. 조금 전에 말씀드린 것 같은 자유의 신봉자라면 희미하게 흐린 인간의 눈에서 볼 수 있는 것 같은 출구보다는 망망한 바다를 택했을 것입니다. 이런 생각을 하며 저는 가만히 관찰했습니다. 한껏 관찰을 거듭하

고 있자니 자연스럽게 행동의 방향이 결정되었다고 할
수 있을 것입니다.

　인간의 흉내를 내는 것은 간단한 일이었습니다. 침 뱉
는 법을 체득하는 데는 처음 며칠이면 충분했습니다. 저
희는 서로 침을 뱉으며 놀았습니다. 우리들 사이의 차이
라고는 나중에 저는 얼굴을 핥아 깨끗하게 했지만 인간
은 그렇게 하지 않았다는 점 정도였습니다. 파이프는 얼
마 뒤에 장로처럼 입에 물어 보였습니다. 파이프를 쥐고
끝 쪽에 엄지손가락을 대 보였더니 가운데 갑판에서 와
하는 술렁임이 일어났습니다. 단 한 가지, 파이프가 비
었는지 채워져 있는지, 그것을 구분하는 데는 어려움을
겪었습니다.

　가장 애를 먹은 것은 독주라는 놈이었습니다. 무엇보
다 냄새를 견딜 수 없었습니다. 참고 또 참아서 몇 주
만에 간신히 마실 수 있게 되었습니다만, 참으로 묘하게
도 사람들은 그 기간 동안의 괴로워하는 모습을 다른
무엇보다도 훨씬 더 중대하게 생각했습니다. 지금은 그
것이 누구였는지 식별할 수 없으니 어떤 사람이었다고
해두겠습니다. 어떤 남자였습니다. 부지런히 저를 찾아
왔습니다. 혼자 올 때도 있었고 동료들과 함께 올 때도

있었으며, 낮에 올 때도 있었고 밤에 올 때도 있었습니다. 시간을 가리지 않았습니다. 술병을 손에 들고 제 앞에 앉아서 가르쳐주겠다는 것이었습니다. 아마도 저를 이해할 수 없었던 것 같습니다. 저에 대한 수수께끼를 풀고 싶었던 거겠지요. 천천히 코르크 마개를 땄습니다. 제가 이해를 했는지 못했는지 탐색하듯 바라보았습니다. 솔직히 말씀드리자면 저는 언제나 불타오를 것처럼 눈을 번뜩이며 보고 있었습니다. 세상 어디를 찾아보아도 그렇게 열기로 가득한 수업풍경은 없었을 겁니다. 코르크 마개를 딴 다음, 병을 들어 올려 입에 댔습니다. 저는 잠시도 한눈을 팔지 않고 목 부근을 바라보고 있었습니다. 남자는 고개를 크게 끄덕여 보인 뒤, 병의 주둥이를 천천히 입술에 가져다 댔습니다. 저는 차례대로 모든 일을 이해할 수 있었기에 너무 기쁜 나머지 괴성을 지르며 제 몸의 곳곳을 마구 긁어대지 않을 수 없었습니다. 남자는 아주 만족스럽다는 듯 병을 입에 물고 한 모금 꿀꺽 마셨습니다. 저는 더 이상 참을 수가 없어서 가만히 있을 수 없었습니다. 그래서 그만 우리 안에서 소변을 지리고 말았습니다. 앞의 남자는 또 그게 견딜 수 없이 기쁜 모양이었습니다. 술병을 두 손에 쥐고 천천히 들어올려 입에 대더니 크게 몸을 젖히며 단숨에 마셔버렸습니다. 저는 바라보고 있는 것만으로도 온몸의 기력이 전부 빠져버려서 우리의 살에 기댄 채 축 늘어져 있었습니다. 이것으로 강의는 끝난 셈인데 그 남자는 배를 쓰다듬으며 빙그레 웃었습니다.

그런 다음 마침내 실제 연습이 있었습니다. 강의로 벌써 지쳐 있지 않았을까요? 그렇습니다. 녹초가 되어 있었습니다. 언제나 그랬습니다. 하지만 남자가 병을 내밀면 물론 아주 능숙하게 잡아 보였습니다. 온몸을 떨며 코르크 마개를 땄습니다. 점차 기운이 되돌아오는 것을 느꼈습니다. 배운 그대로의 손짓으로 술병을 들어 올려 입에 대고, 하지만 집어던졌습니다. 술병은 비어 있었지만 그 냄새를 도저히 견딜 수가 없었습니다. 코를 돌리고 바닥에 집어던졌습니다. 선생님 역을 맡은 남자는 슬퍼했습니다. 그 이상으로 저도 슬펐습니다. 병을 내던진 뒤 배를 쓰다듬으며 빙그레 웃어 보았지만 상대방도 저도 기분은 전혀 좋아지지 않았습니다.

대체로 이런 식이었습니다. 어찌 됐든 저희 스승이었던 사람을 위해서 말해두겠습니다. 스승은 결코 화를 내거나 하지 않았습니다. 틀림없이 때로는 불이 붙은 파이프를 제 몸의 손이 닿지 않는 부분에 대서 털과 가죽이 그을 때까지 누르고 있기는 했습니다. 하지만 그 뒤에 자신의 커다란 손으로 꺼주었습니다. 화를 참지 못해서 그런 것이 아닙니다. 저희가 함께 원숭이의 본성과 싸우고 있으며, 특히 제가 난적을 상대하고 있다는 사실을 스승은 꿰뚫어보고 있었던 것입니다.

따라서 그날의 일은 빛나는 승리라고 할 수 있습니다. 어느 날 저녁, 수많은 구경꾼들 바로 앞에서—어떤 축하할 일이 있었던 것이라 여겨집니다. 축음기가 울리고 고급 선원들이 뒤섞여 있었으니—, 그날 저녁의 일이었는데 우리 옆에 놓고 간 독주 병을 저는 가만히 손에 쥐었습니다. 순간 호기심 어린 눈들이 제게 쏟아졌습니다. 그러한 가운데 배운 대로 코르크 마개를 딴 뒤 입에 대고 하나에서부터 열까지 술주정뱅이 그대로, 그러니까 입술을 병의 주둥이에 댄 채 눈만 부지런히 움직이며 목구멍을 꿀꺽꿀꺽 위아래로 움직여 단숨에 제법 많은 양을 마셨습니다. 그런 다음 병을 집어던졌습니다. 이전까지처럼 포기했기 때문이 아니라, 아주 우아한 술꾼의 손짓이었습니다. 배 쓰다듬기를 까맣게 잊어먹고 있었지만 그 대신 참으려야 참을 수 없는 마음속 기세를 그대로 드러내 저도 모르게 이렇게 외쳤습니다.

"이봐, 형제!"

사람의 목소리였습니다.

"앗, 이놈이 말을 하잖아!"

바로 사람들의 소리가 되돌아왔습니다. 그것은 땀으로 범벅이 된 온몸에 쏟아지는 무수한 키스와도 같았습니다.

자꾸만 말씀드리는 것 같습니다만 특별히 인간의 흉내를 내고 싶었던 것은 아니었습니다. 출구를 찾기 위해서 흉내를 낸 것일 뿐, 다른 이유는 없었습니다. 지금 말씀드린 승리만 해도 그리 대단한 것은 아니었습니다. 그 증거로 한마디 입에 담았을 뿐, 그 뒤로는 아무런 말도 하지 못했습니다. 제가 다시 목소리를 찾아낸 것은 그로부터 몇 개월이나 지난 뒤의 일이었습니다. 독주 병에 대한 혐오감은 더욱 강해져만 갔습니다. 어쨌든 제가 나아가야 할 길이 확고하게 정해졌습니다.

함부르크에서 첫 번째 조련사에게 맡겨졌을 때, 제게는 두 가지 길이 있다는 사실을 알게 되었습니다. 동물원에 가느냐, 아니면 연예관의 무대에서 공연을 하느냐. 저는 즉석에서 연예관을 목표로 전력을 다해야 한다고 자신에게 단호하게 들려주었습니다. 동물원은 또 하나의 우리에 지나지 않아서 거기에 들어가면 앞길은 새카만 어둠이나 다를 바 없었습니다.

학회의 선생님 여러분, 저는 잠시도 한눈을 팔지 않고 열심히 배웠습니다. 정말이지 배우지 않을 수 없었기 때문이었습니다. 출구를 원하면 필사적으로 배우게 되어 있는 법입니다. 앞뒤 가리지 않고 배우는 법입니다. 채찍이 대기하고 있었으며 조금이라도 반항하면 갈가리 찢길지도 모를 일이었습니다. 원숭이의 본성이 허둥지둥 제 속에서 달아나기 시작했는데 그 대가라고 해야 할까요? 제 스승이 미친 원숭이처럼 되어버려 수업도 하지 못하고 원숭이 병원에 들어가게 되었습니다. 다행스럽게도 얼마 지나지 않아 퇴원하셨다고 합니다.

어쨌든 많은 선생님들의 손을 거쳤습니다. 한 번에 여러 선생님들께 배운 적도 있었습니다. 제 스스로가 자신의 능력에 확신을 갖기 시작했을 무렵, 세상은 저의 진보에 눈을 둥그렇게 떴으며, 미래가 탄탄대로처럼 펼쳐지기 시작했을 때는 제 비용으로 스승을 고용했습니다. 5명의 스승이 각각 5개의 방에서 대기하고 있었습니다. 저는 방에서 방으로 뛰어다니며 정신없이 수업을 받았습니다.

눈부신 진보였습니다! 일단 깨어난 두뇌를 향해 사방 팔방에서 지혜의 빛이 비추었습니다. 기뻤습니다. 그것은 부정하지 않겠습니다. 하지만 그렇다고 해서 과장스럽게 생각하지도 않았습니다. 그때도 그랬고 지금도 그렇습니다. 전례 없을 정도의 노력을 기울여 저는 유럽 사람들의 평균적인 교양을 익히게 되었지만, 그렇습니다, 그것 자체는 그리 대단할 것도 없는 일일 겁니다. 하지만 우리에서 나오는 일에 대해서는 어떨까 싶으며, 특별한 출구입니다. 인간으로의 출구를 가져왔다는 점에서는 나름대로 의미가 있는 일이었습니다. 독일어에는 '모습을 감추다.'라는 의미의 적합한 표현이 있는 듯하니 그것을 한번 빌려보도록 하겠습니다. '수풀 속으로 헤치고 들어가다.' 즉, 저는 인간의 수풀 속으로 헤치고 들어온 것입니다. 달리 길이 없었기 때문입니다. 물론 자유를 선택하는 것은 논외라는 점을 전제로 한 이야기이기는 합니다만.

지금까지의 경과, 그리고 도달점을 감안한다면 특별히 부족함은 느끼지 못하고 있습니다. 그렇다고 해서 만족하고 있는 것도 아닙니다. 두 손을 바지 주머니에 넣고 테이블에는 와인 병을 준비해놓고, 잠을 자는 것도 아니고 앉아 있는 것도 아니고, 저는 흔들의자에 걸터앉아 창밖을 보고 있습니다. 손님이 옵니다. 손님을 대접하는 것은 저의 장기. 연예관의 주인은 옆방에서 대기하고 있습니다. 방울을 울리면 얼른 달려와서 무엇이든 해줍니다. 거의 매일 밤마다 공연이 있고, 밤낮 계속되는 호평. 축하잔치나 학술적 모임이나 파티에 얼굴을 내밀었다가 밤늦게 저희 집으로 돌아옵니다. 마침 지금 조련 중인 귀여운 침팬지 아가씨가 저를 맞아줍니다. 저희는 원숭이들의 방법대로 서로를 사랑합니다. 하지만 낮에는 보고 싶지도 않습니다. 아가씨의 눈빛이 요상하기 때문입니다. 조련 중에 있는 짐승 특유의 것으로, 그것을 알 수 있는 건 저뿐. 도저히 참을 수가 없습니다.

대체로 손에 넣고 싶은 것은 손에 넣은 듯합니다. 일부러 고생을 해가면서까지 손에 넣을 정도의 것은 아니라고 말씀하시는 경향도 있는 듯합니다만, 그야 호사가들에게는 그렇게 말하도록 내버려두기로 합시다. 게다가 저는 인간 쪽에서의 비평은 바라지도 않습니다. 제가 바라는 건 지식을 넓히는 일, 이것 하나뿐. 바로 그렇기 때문에 여기서 보고를 하고 있는 것입니다. 학회의 선생님 여러분, 바로 그렇기 때문에 사람들 앞에 나서서 이상과 같은 보고를 한 것입니다.

30. 여가수 요제피네, 혹은 생쥐일족
Josefine, die Sängerin oder Das Volk der Mäuse

여가수의 이름은 요제피네. 그녀의 노래를 들어본 적이 없다면 노래의 힘을 이해할 수 없을 것이다. 노래에 마음을 빼앗기지 않을 자는 하나도 없다. 우리 일족이 대체로 음악에 어둡다는 점을 감안한다면, 그것은 더욱더 대단한 일이다. 고요한 평화로움이야말로 우리의 음악이라고 할 수 있다. 삶은 가혹하다. 설령 나날의 괴로움을 전부 버리려 한다 할지라도 처음부터 인연이 없었던 음악에 끌린다는 것은 생각할 수도 없는 일이다. 그렇다고 해서 한탄하거나 하지는 않는다. 특별히 한탄할 필요도 없는 일이다. 일종의 실용적 약삭빠름이라는 것을 반드시 필요로 하고 있는데 그것이야말로 우리의 가장 커다란 강점이라 여겨지고 있다. 그리고 만에 하나 음악에서 생겨날지도 모를 행복을 추구하게 된다 할지라도—그런 일은 절대로 일어나지 않을 테지만— 그 약삭빠름이 짓는 미소로 모든 것에 걸쳐서 초연할 수 있는 것이다. 오직 하나, 요제피네만은 예외다. 요제피네는 음악을 좋아하며 그것을 전달하는 요령을 체득하고 있다. 단, 요제피네 혼자이기 때문에 만약 그녀가 죽는다면 음악은—그게 언제일지는 오직 신만이 알고 계신다— 우리의 생활에서 갑자기 사라져버리고 말 것이다.

대체 음악이 우리와 무슨 상관이 있는 것인지 몇 번이고 생각해보았다. 우리는 음악과는 거리가 아주 멀다. 그렇다면 어째서 요제피네의 노래를 이해하는 것일까? 요제피네에 의하면 우리는 조금도 이해하지 못하고 있다고 하니, 적어도 이해한 듯한 기분이 드는 것은 어째서일까? 가장 간단한 대답은 이것이다. 요제피네의 노래는 유별나게 아름답고, 그렇기 때문에 아무리 감각이 둔한 자라도 그 아름다움에 끝내 저항하지 못하는 것이다. 하지만 이 대답은 만족스럽지가 않으리라. 만약 정말로 그렇다고 한다면 그녀의 노래 앞에서는 무엇보다 먼저, 그리고 언제나 유별난 감정을 느껴야 한다. 그녀의 목청에서 흘러나오는 것은 지금까지 한 번도 들어본 적이 없는 것으로 우리는 그것을 구분할 줄 아는 귀를 가지고 있지 못하며, 또한 그것은 오로지 요제피네 혼자만서만 가능한 일로 다른 자에게는 불가능한 종류의 일이라는 생각에 사로잡힐 법도 하지만 내가 보기에 그런 경우는 전혀 없다. 나 자신도 그렇게 느낀 적은 없으며, 다른 자들 역시 마찬가지다. 실제로 친한 친구들 사이에서는 노골적으로 요제피네의 노래는, 노래로서 이렇다 할 것이 없다고들 말한다.

애초부터 그것은 노래인가? 음악에 어두운 일족이지만 노래의 유산이라는 것이 있으며, 먼 옛날에는 노래를 가지고 있었다. 전해오는 이야기가 그 사실을 들려주고 있으며 노래도 역시 남아 있다. 단지 이제는 누구도 그것을 부르지 못하는 것일 뿐이다. 게다가 노래라는 것에 대한 예감을 가지고 있는데 요제피네의 노래는 그 예감과 일치하지 않는다. 과연 그것은 노래일까? 혹시 그냥 찍찍거리는 울음소리 아닐까? 찍찍 우는 거라면 누구나 할 수 있다. 우리 생쥐족의 특기로 재주가 아니라 우리에게 친숙한 삶의 소리인 것이다. 모두가 찍찍 울지만 그것이 예술이라고는 조금도 생각지 않는다. 전혀 신경도 쓰지 않고 주의도 기울이지 않고 찍찍 울고 있다. 찍찍 우는 것이 우리들의 특성이라는 사실조차 알지 못하는 자들도 적지 않다. 요제피네는 노래하는 것이 아니라 찍찍 울고 있는 것이며, 또 나는 평범한 울음소리의 한 계조차 뛰어넘지 못한 것이라 생각한다. 아마도 평범한 울음에조차 힘이 달리는 것이리라. 거리의 날품팔이라 할지라도 하루 종일 일을 하며 별 어려움 없이 찍찍 울 수 있으니. 만약 그렇다면 요제피네의 보란 듯이 예술가 연하는 모습은 매우 저속한 것이 된다. 그런데 만약 그렇다고 한다면 이번에는 그녀의 커다란 영향력이 의문으로 남는다.

요제피네가 만들어 내는 것은 단지 찍찍거리는 울음 소리만이 아니다. 아주 멀리 떨어져서 귀를 기울이거나, 혹은 이와 같은 관점에서 우리의 귀를 시험해보면 좋을 지도 모르겠는데, 다른 목소리에 섞여서 요제피네가 노래를 부를 때 그녀의 목소리를 들어보는 것이다. 그러면 저절로 깨닫게 되는데 아주 평범한 울음소리라는 사실을 알게 된다. 기껏해야 부드러움과 섬약함이라는 점에 얼마간 특징이 있는 울음소리다. 하지만 그녀 앞에 서면 단순한 울음소리가 아니다. 요제피네의 예술을 이해하려면 듣는 것뿐만 아니라 보지 않으면 안 된다. 가령 아주 평범한 울음소리라 할지라도 거기에는 매우 특이한 점이 하나 있다. 즉, 참으로 평범한 울음을 우는 데도 무릇 평범하지 않은 동작을 취한다는 점이다. 호두를 까는 것뿐이라면 그 어떤 예술도 아니며, 따라서 일부러 구경꾼들을 불러 모아 호두를 까는 자는 아무도 없다. 그러나 일부러 호두를 까 보이고, 또 뜻하는 바를 이루는 데 완전히 성공했다면 그것은 더 이상 단순한 호두까기가 아니다. 혹은 가령 호두까기라 할지라도 우리는 지금까지 호두까기의 예술성을 간과해온 셈이 된다. 우리는 단순히 호두를 까고 있었던 것에 지나지 않으나, 이에 대해서 지금 새로이 등장한 호두까기 장인은 호두까기가 원래 가지고 있던 본질을 보여주는 셈이 되며, 또 호두를 까는 데 있어서 우리의 대부분보다 약간은 서툰 편이 오히려 더 유효하게 작용한다.

요제피네의 노래도 실상은 그런 것이리라. 우리에게는 조금도 칭찬하지 않던 것을 그녀에게는 입에 침이 마르도록 칭찬한다. 참고로 앞서 이야기한 점에 대해서는 그녀도 완전히 같은 의견이다. 나도 바로 그 자리에 있었는데, 언젠가 모 씨가 그녀에게 우리의 찍찍 우는 소리에도 주목을 해달라고 말한 적이 있었다. 물론 흔히 있는 일로 그것도 아주 조심스럽게 말했으나, 그것조차 요제피네는 참지 못했다. 그때 그녀는 미소를 지었는데 그렇게 뻔뻔스럽고 오만하기 짝이 없는 미소를 나는 지금까지 한 번도 본 적이 없었다. 우리 일족의 여성들 가운데는 우아한 모습을 가진 자들이 아주 많고, 그 가운데서도 요제피네는 우아함과 아름다움이 특히 눈에 띄지만, 그때는 더없이 천박하게 보였다. 아주 예민한 감수성을 가진 그녀이기에 스스로도 깨달은 듯, 바로 마음을 가다듬었다. 그리고 자신의 예술과 찍찍거리는 울음과의 관련성을 부정했다. 의견을 달리하는 자를 그녀는 그저 경멸했다. 그리고 스스로는 깨닫지 못하고 있는 듯하지만, 틀림없이 증오하고 있으리라. 단순히 허영심이라는 말로는 전부를 표현할 수 없다. 왜냐하면 나도 그가운데 한 명인 반대당이지만, 그녀를 칭찬하는 데 있어서는 다수파에게도 뒤지지 않는다. 그러나 요제피네는 단순히 극찬을 듣는 것만으로는 만족하지 않는다. 자신이 정한 특정한 방법으로 칭찬을 들어야 하며, 그것이 아니면 칭찬도 되지 않는다. 그녀 앞에 앉으면 잘 알 수 있다. 반대를 주장하는 것은 멀리 떨어져 있을 때뿐. 앞에 앉으면 이해할 수 있다. 그녀의 울음소리는 틀림없이 울음소리가 아니다.

찍찍거리는 울음소리는 우리 생쥐족의 몸에 밴 습성이기에 요제피네의 청중 가운데도 찍찍거리는 자가 있을 듯하지만, 그녀의 청중은 찍찍거리지 않는다. 찍소리도 내지 않는다. 우리는 평소 평안함을 동경하지만 우리들의 찍찍 때문에 그 소망을 이루지 못하는 것인데, 그녀의 청중들은 동경하던 평안을 마침내 손에 쥐기라도 한 양 입을 다물고 있다. 우리를 매혹시키는 것은 과연 그녀의 노래일까? 오히려 그녀의 섬약한 목소리를 감싸고 있는 맑은 고요함 때문이 아닐까? 한번은 이런 일이 있었다. 요제피네가 노래를 부르고 있는데 한 어리석은 꼬마 아가씨가 무심결에 찍찍 울기 시작했다. 그것은 요제피네의 찍찍 소리와 완전히 똑같았다. 저쪽은 기교의 극치를 다한 그러면서도 어딘가 불안한 찍찍이었고, 이쪽은 청중들 속에서의 완전히 무의식적인 어린아이의 씩씩이었으나 양쪽을 구분해내기란 불가능한 일이었다. 그러나 우리는 일제히 바로 찍찍 울어서 어리석은 꼬마 아가씨의 입을 다물게 했다. 일부러 그렇게 할 필요도 없었던 일로, 꼬마 아가씨는 어쨌든 불안함과 부끄러움 때문에 살금살금 몸을 숨겼을 것이다. 요제피네는 높다 랗게 승리의 찍찍 소리를 냈다. 서서히 양 옆구리를 펴고 더할 나위 없이 길게 목을 뻗었다.

그녀는 언제나 이랬다. 아주 사소한 일, 조그만 우연, 좋지 않은 일, 관람석의 삐걱거림, 이 가는 소리, 조명의 고장 등과 같은 것을 노래의 효과를 높이는 데 솜씨 좋게 활용했다. 요제피네의 말에 의하면 자신은 듣는 귀가 없는 자들을 향해 노래를 부르고 있어서 감격과 박수에는 부족함이 없지만, 참된 이해가 부족하다는 것이었다. 그런 것은 애초부터 바라지도 않는다는 것이었다. 바로 그렇기 때문에 방해하는 것은 무엇이든 환영하는 것이다. 밖에서부터 날아들어 노래의 청아함에 대치해봐야 잠깐 다투는 것만으로, 아니 다툴 필요도 없이 그저 맞서기만 해도 쫓겨나고 만다. 그것을 본 청중은, 이해라고까지는 할 수 없지만 커다란 존경심을 품게 된다. 사소한 일조차 이러니, 커다란 일은 굳이 말할 필요도 없다. 우리의 생활에는 안정감이 없고 하루하루 새로이 놀라움과 불안, 희망과 공포가 교차한다. 밤낮으로 동료들의 도움이 없으면 도저히 혼자서는 견뎌낼 수가 없다. 동료들과 서로 의지를 해도 역시 쉽지 않다. 때로는 하나의 무거운 짐 아래서 천 개의 어깨가 부르르 떤다. 그 무거운 짐은 원래 혼자서 져야 하는 것이었다. 바로 이러한 때가 요제피네에게는 기회인 것이다. 벌써 부드러운 전신을 드러낸 채 우뚝 서 있다. 가슴 아래가 파르르 물결치고 있는 것은 노래에 전력을 쏟아 붓고 있기 때문이다. 노래와 직접적으로는 관련이 없는 모든 것들은 힘과 삶의 흔적을 빼앗긴 듯해서, 그녀는 알몸으로 던져져 있으며 선한 정령의 가호 아래에 맡겨진 것 같다. 그렇게 자신에게서 완전히 벗어나 노래의 한가운데에 있으니 한 줄기 차가운 바람이 요제피네를 스쳐 지나가 숨통을 끊어놓을지도 모른다. 그런 모습을 보면 자칭 반대당인 우리는 이렇게 말하곤 한다.

"그녀는 찍찍 우는 것조차 하지 못한다. 노래가 아니라—노래는 말할 필요도 없지만— 아주 평범하게 찍찍 우는소리를 낼 때조차 이렇게 여러 가지 것에 신경을 써야만 한다."

우리에게는 그렇게 보인다. 그러나 이미 말한 것처럼 이는 피할 수 없는, 아주 짧은 순간 동안에, 서둘러 모습을 감추는 인상이며, 우리도 곧 몸을 마주대고 가만히 숨을 죽인 채 귀를 기울여 대중의 감정에 휩싸여간다.

우리 일족은 거의 언제나 분주히 뛰어다닌다. 이렇다 할 분명한 목적도 없이 우왕좌왕한다. 이 발걸음을 멈추고 주위로 모여들게 하기 위해 요제피네가 하는 일이라고는 조그만 머리를 뒤로 젖히고 입을 반쯤 열고 시선을 높은 곳에 주는 것뿐. 지금부터 노래를 부를 것이라는 포즈를 취하는 것뿐. 그녀는 어디서든 그렇게 할 수 있다. 사방이 트인 광장일 필요는 없다. 어딘가 눈에 띄지 않는, 그때의 기분에 따라서 선택한 한쪽 구석이면 충분하다. 삽시간에 요제피네가 노래를 부를 것 같다는 소문이 퍼져 순식간에 행렬이 밀려든다. 그런데 때로는 차질이 빚어진다. 요제피네는 기분이 고조되었을 때 노래 부르기를 좋아하는데 여러 가지 사정으로 우리가 신속하게 달려갈 수 없는 경우가 있다. 요제피네의 소망대로 바로 달려갈 수 없는 것이다. 그 결과 그녀의 기분은 매우 고조되었으나 청중은 몇 되지 않아, 그러면 그녀는 물론 크게 화를 낸다. 발을 동동 구르며 아가씨답지 못한 욕설을 외쳐대고, 물어뜯는 경우도 있다. 하지만 이와 같은 행동도 명예를 손상시키거나 하지는 않는다. 그녀의 과도한 요구를 조금이라도 달래려 하기는커녕, 기꺼이 요구를 들어주려 하는 것이다. 심부름꾼들이 달려

나가 청중을 불러 모으는데, 그녀에게는 이 사실을 말하지 않는다. 요소요소에 눈짓을 보내는 자들이 있다. 이런 식으로, 충분한 숫자가 모일 때까지 사방에서 급하게 끌어 모은다.

우리 일족은 어째서 이렇게 요제피네에게 열광하는 걸까? 요제피네의 노래와 마찬가지로 답하기가 매우 까다로운 물음인데, 그것은 그녀의 노래 자체와 관계가 있다. 만약 우리 일족이 무조건적으로 그녀의 노래에 순종하는 것이라고 주장할 수 있다면 첫 번째 질문은 문제될 것 없으며, 두 번째 질문에만 관여하면 된다. 그러나 사실은 그렇지가 않다. 우리 일족이 무조건적으로 순종한다는 것은 있을 수 없는 일이다. 무슨 일에 있어서나 악의 없는 약삭빠름을 좋아해서, 언제나 어린아이처럼 서로 속삭인다. 가만히 입을 다물고 있을 수가 없는 것이다. 그런 일족은 무엇인가에 완전히 순종하거나 하지는 않는다. 요제피네도 그것을 느끼고 있는 듯, 가녀린 목을 짜내서 바로 이 문제와 싸우고 있다.

일반적인 판단을 내릴 때 무엇인가에 너무 집착하는 것은 좋지 않다. 요컨대 요제피네에게 순종하고 있기는 하지만, 그것이 무조건적인 것은 아니라는 사실. 예를 들어서 말하자면, 요제피네를 비웃는다는 건 있을 수 없는 일이다. 솔직히 말하자면 요제피네에게는 비웃음을 살 만한 점이 적잖이 있다. 게다가 우리는 웃기를 좋아하는 일족이다. 생활은 힘들어도 얼마간의 웃음은 언제나 끊이질 않는다. 그러나 요제피네를 비웃거나 하지는 않는다.

우리 일족은 요제피네에 대해서 특별한 관계를 가지고 있는 것이라고 생각하지 않을 수 없다. 물론 위로를 필요로 하고 있으며 어떤 점에—본인의 말에 의하자면 노래에— 걸출한 자가 우리에게 맡겨졌으니 잘 보호해야 한다는 것은 사실이다. 근거는 분명하지 않지만 이 사실만이 엄연히 존재한다. 개인에게 맡겨진 것은 비웃을 수가 없다. 그것을 비웃으면 의무를 손상하게 된다. "요제피네를 보면 웃음이 끊이질 않아."라고 말하는 무리들이 있는데, 기껏해야 그런 식으로 말해서 요제피네에게 최고의 악의를 내보인 것일 뿐이다.

이처럼 우리 일족은 요제피네에게 아버지처럼 마음을 쓴다. 조그만 손이—부탁인지, 아니면 요구인지 분명히 알 수는 없지만— 내밀어지고, 그 아이를 보살펴주고 있는 모양새다. 생쥐족은 이와 같은 아버지로서의 의무에 부적합하다는 의견도 있으나, 실제에 있어서 적어도 요제피네에 관해서만큼은 아주 훌륭하게 해내고 있다. 물론 일족 전체라야 할 수 있는 일을 개개인이 해낸다는 것은 도저히 있을 수 없는 일이리라. 말할 필요도 없이 일족 전체와 개개인 사이에는 힘의 차이가 있다. 일족으로서는 사랑스러운 아이를 따뜻한 품에 안기만 하면 되는 것이다. 그것으로 충분히 보호하고 있는 것이다. 물론 이 사실을 요제피네에게 말할 만큼의 배짱을 가진 자는 없을 것이다.

"당신들의 보호라니, 무슨 소리야."

요제피네는 비웃듯 찍, 웃을 것이다. 평소의 찍찍거림이라고 우리는 생각한다. 그녀가 반발해도 크게 문제 삼을 것은 없으며 어디까지나 어린아이의 그것이어서, 어린아이의 어리광에 지나지 않으니 거기에 연연하지 않는 것이 아버지의 역할이라는 것이다.

그런데 여기서 다른 문제가 파생한다. 이것은 일족과 요제피네의 관계만으로는 전부 설명을 할 수가 없다. 다시 말해서 요제피네는 전혀 반대가 되는 의견을 가지고 있는데, 자신이야말로 일족을 보호하고 있다고 믿는다는 점이다. 자신의 노래가 정치적으로도 경제적으로도 생쥐족을 열악한 상태에서 구제해주고 있으며, 따라서 커다란 공적을 쌓고 있다, 비록 불행을 내몰지는 못한다 할지라도 그것을 견딜 수 있을 만한 힘을 주고 있다고 요제피네는 생각하고 있다. 특별히 그것을 애써 주장하거나 하지는 않는다. 원래 거의 말을 하지 않으며, 쉴 새 없이 재잘대는 일족 가운데서는 눈에 띄게 말수가 적다. 그러나 눈이 말하고 있다. 닫힌 입에서—입을 다물고 있을 수 있는 자는 우리 가운데 극소수뿐인데, 그녀에게는 그게 가능하다— 읽어낼 수가 있다. 좋지 않은 소식이 전해지면—때때로 잘못된 소식이나 근거가 없는 소식이 섞여들곤 하는데— 평소 침대에 축 늘어져 누워 있던 요제피네지만, 당장에 자리에서 벌떡 일어나 마치 폭풍우를 앞에 둔 목동처럼 목을 뻗어 자신들의 일족을 멀리로 둘러보려 한다. 어린아이들은 공연히 고집을 부려 자신의 요구를 관철시키려 하는 법이지만, 요제피네의 경우는 어린아이처럼 근거가 없는 것은 아니었다. 물론 그녀는 우리를 구제하고 있지 못하며, 그 어떤 힘을 주고 있는 것도 아니다. 우리 일족의 구세주를 연기하는 것은 아주 쉬운 일이다. 우리는 고난에 견디며 스스로를 용서하지 않고 신속하게 결단을 내려왔다. 죽음에 익숙하며 언제나 우리를 둘러싸고 있는 만용의 분위기 속에서, 물론 겉으로 보기에는 위태로워 보일 테지만 사실은 매우 과감하며 번식력이 좋기도 하다. 즉, 내가 하고 싶은 말은 뒤에 남아서 일족의 구세주인 양하는 것은 매우 쉬운 일이라는 것이다. 우리 일족은 언제나 어떻게 해서든 스스로를 구제해왔다. 어쨌든 역사가들은 희생자의 숫자를 보고—그러고 보니 우리는 오래도록 역사 연구를 게을리 해오기는 했지만— 틀림없이 깜짝 놀라 몸이 굳어버릴 것이다.

물론 역경에 빠졌을 때 우리가 평소보다 더 뜨겁게 요제피네의 노래에 빠져드는 것은 사실이다. 닥쳐오는 위협 속에서 숨을 죽이고 얌전해져서 요제피네의 명령하는 듯한 말에 쩔쩔매며 따르려 하는 것처럼 서로 몸을 바짝 붙이고 북적대지만, 이는 특히 고난의 본질에서 훨씬 벗어나 있을 때 일어나는 일이다. 그것은 마치 전쟁 전에 서둘러—그래, 우물쭈물하고 있을 수는 없다. 요제피네는 늘 이 사실을 잊는다— 평화의 잔을 함께 나누려 하는 것과 다를 바 없는 모습이다. 노래의 향연이라기보다는 국민집회 같은 느낌인데, 이 집회는 앞쪽에서 찍찍 속삭이는 소리가 들릴 뿐, 매우 숙연하다. 재잘재잘 떠들어대기에는 시기가 너무 심각하다. 이런 종류의 일은 물론 요제피네에게는 마음에 들지 않는다. 자신이 놓여 있는 분명하지 않은 입장 때문에 초조해하고 불쾌해져서 신경을 곤두세우고 있지만, 그럼에도 불구하고 자존심에 눈이 어두워져서 아무것도 보이지 않는다. 따라서 그녀를 전혀 엉뚱한 곳으로 인도하는 것은 아주 간단한 일이다. 이러한 점에 있어서는, 즉 원래 대중에게 도움이 된다는 점에서라는 뜻인데, 아첨하는 무리들이 부지런히 아첨에 온힘을 쏟고 있다. 그렇기 때문에 가만히, 아무렇지도 않게 국민집회의 한쪽 구석에서 노래를 부르는 것은 적지 않은 의미를 가지고 있으나 그녀는 물론 노래를 바치거나 하지는 않으리라.

그럴 필요도 없다. 왜냐하면 그녀의 예술은 언제나 주의를 끌기 때문이다. 솔직히 말하자면 우리는 전혀 다른 일에 마음을 빼앗기고 있어서 고요함은 노래를 위한 것이 아니며, 고개를 숙이기도 하고 옆에 있는 자의 모피를 바라보느라 얼굴을 들지 않는 무리도 있는 형편으로 요제피네 혼자 멀리서 애써 노력하는 형국이지만, 그러나—이는 부정할 수 없다— 그녀의 찍찍 소리에 담겨 있는 무엇인가가 막을 수도 없이 전해진다. 모두가 침묵

하고 있는 가운데 갑자기 높아진 찍찍 소리가 마치 일족의 전령처럼 각자의 귀로 날아든다. 어려운 결단의 순간에 있어서 요제피네의 가느다란 찍찍 소리는, 사방팔방을 적의로 둘러싸인 우리 일족의 가엾은 존재 그 자체라고 해도 좋을 것이다. 그런 식으로 요제피네는 스스로를 주장한다. 보잘 것 없는 목소리와 보잘 것 없는 성과가 자기주장을 하며 우리에게로 찾아온다. 그것을 떠올리는 것은 기쁜 일이다. 설령 세상에 진짜 여가수가 있다 할지라도 이러한 시대에 우리는 그런 존재 따위 용서하지 않을 것이다. 그런 콘서트 따위 전부 취소될 것이다. 그녀의 노래에 귀를 기울인다는 사실이 곧 그 노래를 인정하고 있지 않다는 증거라는 의견도 있으나, 원컨대 요제피네가 그런 종류의 목소리로부터 지켜지기를. 그녀도 그러한 사실을 모르지 않으며, 바로 그렇기 때문에 우리가 그녀의 노래에 귀 기울이고 있다는 사실을 애써 부정하려는 것 아닐까? 그래도 그녀는 되풀이해서 노래하고, 엉뚱한 의견은 찍찍 비웃어 무시한다.

어쨌든 요제피네에게는 늘 하나의 위로가 되는 것이 있다. 우리는 진정으로 그녀의 노래에 빠져든다. 그러한 점에서는 그 길을 걷고 있는 훌륭한 예술가에 귀 기울이는 것이며, 또 요제피네는 그 길을 걷고 있는 훌륭한 예술가는 도저히 바랄 수도 없는 효과를 거두고 있다. 그녀의 불충분한 가창력만이 가지고 있는 효과인 것이다. 그것은 아마도 우리의 삶의 방식과 관계가 있는 것이리라.

우리 생쥐족은 청춘을 모른다. 우리에게는 유년 시절이라는 것이 없다. 때때로 요청이 있곤 한다. 어린아이들에게 특별한 자유를 부여해야 한다, 잘 보호해주어야 하며 보살펴주어야 한다, 마음껏 행동하게 하고 좀 더 배우게 해야 한다. 이런 요청이 있으면 거의 대부분이 쌍수를 들어 찬성한다. 이 요청만큼 이의가 없는 것도 없지만, 그러나 현실에서는 이 일만큼 이의 없이는 견딜 수 없는 것도 없다. 그렇다, 이의 없이 찬성해서 약간의 시험이 행해지지만, 곧 예전 그대로 되돌아가버려 무엇 하나 변하지 않는다. 우리들의 생활에 있어서는 조금이라도 달릴 수 있게 되어 세상을 식별할 수 있게 되자마자 어린아이는 벌써 어엿한 어른으로서 일에 대처하지 않으면 안 된다. 경제적인 이유 때문에 우리는 흩어져 살 수밖에 없는데 그 영역이 너무나도 넓다. 우리의 적은 너무나도 많고, 곳곳에서 우리를 기다리고 있는 위험은 헤아릴 수도 없다. 그러니 어찌 어린아이들을 생존의 투쟁에서 멀리 떼어놓을 수 있겠는가? 만약 그렇게 하려 한다면 생존 자체가 위협받을 것이다.

이 서글픈 한 가지 사실에 더해서, 기분 좋은 이유도 없지는 않다. 즉, 우리 일족의 다산성이다. 한 세대—그것만 해도 굉장한 숫자이지만— 뒤를 바로 이어서 다음 세대가 밀려온다. 한가로이 유년 시절을 보내고 있을 틈이 없다. 다른 종족들은 어린아이들을 소중히 여긴다. 학교를 만들어 거기서 가르친다. 일족의 미래가 달려 있으며, 그렇기에 오랜 세월에 걸쳐서 매일 비슷한 아이들이 둥지를 떠난다. 한편 우리는 학교를 가지고 있지 않지만, 우리 민족 가운데서는 끊임없이 미래의 아이들이 자라나고 있다. 어마어마하게 커다란 집단이다. 아직 찍찍 울지 못하는 동안에는 삐삐, 추추 소란을 피우며, 아직 달리지 못하는 동안에는 뒹굴뒹굴 서로를 밀치고, 아직 눈이 보이지 않는 동안에도 무리에 둘러싸여 무엇이든 휩쓸어간다. 이것이 우리들의 어린아이들이다! 저쪽의 학교에서는 언제나 비슷비슷한 아이들이 태어나지만, 우리의 경우는 언제나 하루하루 새로운 자손들이 끊임없이 속속 태어난다. 어린아이로구나 싶으면 벌써 어린아이가 아니며, 바로 뒤를 이어 끊임없이 다음 어린아이들이 얼굴을 장밋빛으로 붉히며 밀려든다. 그것이 그 얼마나 아름다운 모습이든, 얼마나 부러워해야 할 광경이든, 그렇다고 해서 앞서 말한 것처럼 유년 시절을 보장해준다는 것은 도저히 있을 수 없는 일이다. 그 결과라고 해야 할지, 보상이라고 해야 할지, 우리 일족에게는 유년 시절이 언제까지고 따라다닌다. 틀림없이 실용적인 이성을 갖추고 있지만, 한편으로는 때때로 더할 나위 없이 어리석은 짓을 하기도 한다. 그야말로 어린아이의 어리석은 행동이라고 할 수밖에 없는 식으로 한심한 짓을 하곤 한다. 마구 낭비하고 끝도 없이 관대해지며 굉장히 경솔해진다. 그것도 대부분은 아주 가벼운 기분 전환을 위해서다. 어린아이처럼 세상만사 잊고 열중하는 것은 아니지만, 그래도 역시 얼마간은 어린아이 같은 부분이 남아 있다. 우리 일족은 언제나 이 어린아이 같은 부분에서 이익을 얻고 있으며, 요제피네라고 해서 예외는 아니다.

아니, 어린아이 같은 부분만이 아니다. 우리는 일찌감치 늙어버린다. 유치함과 노숙함이, 다른 종족과는 차이가 있다. 청춘기 없이 단박에 어른이 된다. 그렇기 때문에 어른으로 있는 기간이 매우 길다. 따라서 전체적으로는 씩씩하고 희망을 버리지 않는 속성을 가지고 있음에도 불구하고 어떤 종류의 피로감, 그리고 절망이라는 것을 농후하게 가지고 있다. 음악에 서툰 것도 아마 이 문제와 관계가 있으리라. 음악을 즐기기에는 너무나도 늙어버린 것이다. 그것이 가져다주는 흥분이나 고양은 우리의 무게와 어울리지 않는다. 힘없이 손을 흔들어 거절한다. 찍찍 울고 있기만 하면 된다. 여기서 찍, 저기서 찍, 이것이 우리에게 어울린다. 음악적 재능이 잠재되어 있는가 하는 것은 또 다른 문제로, 혹시 그런 것이 있다 할지라도 일족의 성격이 재능의 발전을 억압한다. 본인이 노래라고 말하고 싶다면 그렇게 말해도 상관없다. 특별히 방해가 되지는 않는다. 우리의 습성에 맞는 것이어서 참을 수 있다. 가령 거기에 음악적 요소가 있다 할지라도 극히 일부이며, 그것으로 음악의 전통을 유지할 수 있다면 그것도 좋은 일, 우리는 전혀 신경 쓰지 않는다.

요제피네는 이와 같은 경향을 가진 일족에게 그 외의 다른 무엇인가도 가져다주고 있다. 특히 심각할 때, 젊은이들은 하나같이 여가수를 알현하듯 그녀의 콘서트로 달려간다. 그 입술의 움직임, 앞니로 들이쉬는 숨결을 숨죽인 채 바라본다. 그녀 자신도 자기 목소리에 넋을 잃어 숨이 끊어질 듯한데, 스스로의 도취를 이용해서 다시 새로운 매혹으로 휘몰아간다. 그러나 다른 대다수는 —이것은 분명히 알 수 있는 사실— 자기 자신 속에 가만히 잠겨 있는 것이다. 투쟁과 투쟁 사이의 짧은 휴식 시간에 우리 일족은 몽상에 잠긴다. 마치 온몸의 긴장이 풀어진 것처럼, 평안이 없는 자가 아주 잠시 따뜻한 민족의 침대에서 마음껏 몸을 쉬고 있는 듯하다. 이 꿈결 속 곳곳으로 요제피네의 찍찍 우는 소리가 밀려든다.

그녀에게는 구슬이 구르는 듯한 노래일지 모르겠지만, 우리가 느끼기에는 돌을 굴리는 것 같다. 하지만 마땅히 있어야 할 자리이기는 하다. 음악이 마침내 제자리를 얻은 것이라고 해야 하리라. 거기에는 애달프고 짧은 유년 시절의 무엇인가가, 그리고 잃어버린 채 다시 돌아오지 않는 행복의 무엇인가가 담겨 있다. 그와 동시에 나날의 생활과 관련된 무엇인가가, 사소하고 명확하지 않기는 하지만, 그러나 틀림없이 존재하고 있으며 언제까지고 숨이 끊어지지 않는 용기와 관련된 무엇인가가 있다. 그것은 소리 높여 말하는 것이 아니라 가만히 속삭이듯 귓가에서 때로는 쉰 목소리로 말한다. 물론 찍찍

거리는 울음소리다. 그 외에 어떤 울음소리가 있단 말인가? 찍찍 우는 소리는 우리 민족의 언어로 평생에 걸쳐서 찍찍 울어대지만 그것이 민족의 언어라는 사실을 깨닫지 못하는 무리조차 있다. 세상에 거칠 것 없는 울음소리로, 찍찍거리는 소리는 우리를 아주 잠깐 동안이나마 일상생활의 속박에서 벗어나게 해준다. 바로 그렇기 때문에 찍찍 우는 것을 그만둘 수 없는 것이다.

이 한 가지 사실과, 지금의 시대에 있어서 우리에게 미지의 힘 및 그 외에 여러 가지 선물을 하고 있는 것이라는 요제피네의 주장 사이에는 커다란 간극이 있다. 평범한 자들에게는 간극이지만, 요제피네에게 아첨하는 무리는 제외하고 하는 말이다.

"그건 아주 당연한 일이야."

아첨하는 무리들은 뻔뻔스럽게도 이렇게 말한다.

"바로 그렇기 때문에 서둘러 달려오는 거야. 이 엎치락뒤치락하는 성황을 보면 알 수 있어. 이것도 적절한 규제를 가하고 있기 때문에 참사가 벌어지지 않는 거야."

틀림없이 거기까지는 이르지 않았지만, 그렇다고 해서 요제피네의 명예가 되는 것은 아니리라. 하물며 그

집회가 적에게 짓밟혀 죽은 자까지 나왔다는 사실을 이야기할 때는 말이다. 모든 일의 장본인은 요제피네로, 그 찍찍거리는 울음이 적을 불러들인 것일지도 모르는데 그녀는 언제나 가장 좋은 자리에 있고 추종자들에 둘러싸여 보호를 받으며 누구보다 먼저 모습을 감춘다. 물론 이 사실도 누구나 알고 있는 일이지만, 그럼에도 불구하고 요제피네가 어느 날, 어느 곳에서 노래할 준비를 하고 있다는 사실이 알려지면 우르르 몰려든다. 이를 통해 살펴보건대 요제피네는 거의 세상의 규율 밖에 있으며 설령 일족을 위기로 몰아넣는다 할지라도 하고 싶은 일을 할 수가 있다. 모든 것이 허용된다. 만약 그렇다면 그 경우에는 요제피네의 주장도 완전히 이해가 된다. 일족이 그녀에게 부여한 자유 가운데, 누구에게도 허락되지 않았으며 원래는 규정에 반하는 이 터무니없는 선물에 대해서 우리 민족은 고백을 하지 않으면 안 될 것이다. 즉, 그녀의 주장대로 우리 일족은 그녀를 이해하지 못하고 있으며, 그저 이유도 없이 받들고 있는 것일 뿐으로, 그녀 자신의 가치를 알지 못하고, 피해를 입고 있다고 착각하여 그 보복에만 부심하고 있다는 것이다. 그녀의 예술은 어차피 우리의 이해력을 뛰어넘는 곳에 있고, 바로 그렇기 때문에 그녀 및 그녀가 소망하는 것은 치외법권이라는 것인데, 이는 조금도 옳지 않다. 아마 우리 민족은 개인으로 맞서면 요제피네에게 바로 항복해버리고 말 것이다. 누구에게도 무조건 항복 따위는 해서 안 되는 것과 마찬가지로 그녀에게도 그렇게 쉽게 항복해서는 안 되는 것 아닐까?

벌써 아주 오래 전부터, 아마도 여가수로서의 경력 당초부터 계속해서 자신의 노래에 비추어보아 모든 노동에서 면제받아야 한다고 요제피네는 주장해왔다. 나날의 양식에 대한 걱정, 그 외에도 생존경쟁에 늘 따라다니기 마련인 모든 것을 면제받아야 하며 그것은—생각컨대— 일족이 짊어져야 한다는 것이다. 경솔하고 경박한 자는—그런 부류의 무리는 어디에나 있는 법이다—요구의 특수성 및 그런 요구를 해오는 정신 상태를 감안해서 바로 정당성을 인정해버리는 법이지만, 우리 민족에게는 당치도 않은 소리, 조금 다르게 생겨먹었기에 조용히 요구를 거절한다. 요구의 이유에도 그다지 연연하지 않는다. 예를 들어서 요제피네는 노동을 할 때의 긴장이 목소리를 해친다고 주장하고 있다. 노래할 때의 긴장에 비하자면 그리 대단할 것도 없는 긴장이지만, 노래가 끝난 뒤 충분히 쉬며 새로운 노래로 자신을 고양시키기 위한 여유를 주지 않는다, 결국에는 지쳐서 원하는 만큼의 노래를 부를 수 없게 된다. 우리 민족은 주장을 듣기는 하지만 그대로 흘려버린다. 평소에는 경박하게 감격하는 일족이, 때로는 전혀 감격하지 않는다. 단호하게 거절하기 때문에 제아무리 요제피네라 할지라도 입을 다물어버리고 만다. 힘없이 정해진 일을 시작한다. 그러나 그것도 아주 잠깐 동안일 뿐, 곧 그녀는 다시— 이 점에 있어서는 지칠 줄을 모른다— 이래저래 주장을 해댄다.

그야 어찌 됐든 분명한 사실이 한 가지 있다. 요제피네가 요구하고 있는 것은 말 그대로의 것이 아니라는 점. 그녀는 냉정하고 노동을 싫어하지 않는다. 일하기를 싫어하는 게 아니다. 가령 요구가 용인된다 할지라도 지금까지의 생활방식을 바꾸리라고는 여겨지지 않는다. 노동은 노래에 방해가 되지 않으며, 그것을 면제받았다고 해서 노래가 좋아지는 것도 아니다. 즉, 그녀가 원하는 것은 자신의 예술을 공공연히, 의심의 여지없이 인정받는 것이다. 시대를 뛰어넘어 지금까지 한 번도 없었을 정도로 분명하게 인정해주기를 바라는 것이다. 그녀는 다른 모든 것은 손에 넣었으나, 바로 이것만은 거부당하고 있다. 아마도 처음부터 조금 다른 각도에서 공격해야 했던 것이리라. 어쩌면 그녀 자신도 자기가 틀렸다는 사실을 알고 있을지도 모른다. 하지만 이제는 돌이킬 수 없다. 그것은 자기 자신에 대한 불성실을 의미하는 것이기에 무슨 일이 있어도 요구를 주장하지 않을 수 없는 것이다.

본인이 주장하고 있는 것처럼 만약 그녀에게 적이 있다면 나는 손가락 하나 까딱할 필요도 없이 즐겁게 지켜보기만 하면 될 것이다. 하지만 요제피네에게 적 같은 건 없다. 가끔 그녀에게 트집을 잡는 자가 있기는 하지만 그것은 즐거운 볼거리가 되지 못한다. 평소 우리에게는 드문 일이지만, 우리 일족이 냉엄한 재판관과 같은 태도로 대하기 때문이다. 일족이 개인에 대해서 언젠가 같은 태도를 취할 것이라 생각하면, 그것은 즐기거나 재미있어할 여지가 없는 일이다. 요제피네의 요구와 마찬가지로 거부를 당한다 할지라도, 그 일 자체가 아니라 일족이 동포 중 하나에게 그처럼 영문을 알 수 없는 대처를 한다는 것이 문제다. 평소에는 누구에게나 아버지처럼, 그리고 아버지 이상으로 비굴하다 싶을 만큼 공손하게 대처한다는 점을 생각하면 더더욱 영문을 알 수가 없다.

일족을 개인으로 바꾸어 생각해보자. 그는 지금까지 요제피네에게 늘 양보해왔다. 언젠가는 양보에도 끝이 찾아오기를 바라며 결국은 양보를 한 것이었는데, 초인적으로까지 양보한 것은 양보도 언젠가는 당연히 한계에 이를 것이라고 굳게 믿고 있었기 때문이었다. 그 한계에 신속히 다다르게 하기 위해서 필요 이상으로 양보했다. 그랬더니 요제피네는 그의 계획대로 더욱 양보를 요구했으며, 결국은 깊이 숨겨두었던 요구를 꺼내들었다. 이렇게 되면 그의 의도대로 된 것이라 할 수 있는데, 미리 예정해두었던 결정적 거절을 냉정하게 내밀 것이다. 아니, 그렇게는 되지 않았다. 우리 일족은 그렇게까지 계책을 쓰지는 않는다. 게다가 요제피네에 대한 경의는 정당하고 흔들림 없는 것이며 또 요제피네의 요구는 집요한 것이어서, 아직 어려 분별력이 없는 어린아이라도 그 결말을 예견할 수 있다. 요제피네도 결말을 예상하지 않은 게 아니어서, 거절의 고통을 참고 있는 것일지도 모른다.

비록 예측은 하고 있었다 할지라도, 그렇다고 해서 창

끝을 거둬들이거나 하지는 않았다. 우선은 전법을 강화했다. 지금까지는 그저 말로만 주장했을 뿐이었으나 다른 수단을 동원하기 시작했다. 본인의 말에 의하면 효과적이라고 하지만, 우리가 보기에는 요제피네 자신에게도 위험한 방법이라고밖에 여겨지지 않는다.

요제피네가 밀려드는 세월의 무게를 견디지 못하고 목소리가 쇠퇴하기 시작했기에 여러 가지로 요구를 해오는 것이라는 의견이 있다. 자신을 인정케 할 마지막 기회이기에 공격을 강화한 것이라는 말인데, 나는 그렇게 생각하지는 않는다. 만약 그렇다면 그녀는 이미 요제피네가 아닐 것이다. 그녀에게 있어서는 밀려드는 세월 따위 아무것도 아니며, 목소리도 쇠하지 않았다. 무엇인가를 요구하는 것은 외적인 요인 때문이 아니라, 내적 일관성에 의한 것이다. 그녀가 최고의 화환을 잡으려 하는 것은 그것이 바로 지금, 살짝 아래로 처졌기 때문이 아니라 가장 최고의 위치에 있기 때문이다. 할 수만 있다면 한층 더 높은 곳에 걸려 할지도 모른다.

외적인 어려움을 경멸한다고 해서 치졸한 수단을 동원하지 않는 것은 아니다. 그녀에게 있어서 자신의 정당성은 의심의 여지가 없는 것으로, 문제는 그것을 어떻게 해서 손에 넣느냐 하는 것뿐. 그리고 지금까지 보아온 것처럼 이 세상에서 정정당당한 방법은 그다지 효과가 없다. 그런 이유로 그녀는 자신의 권리를 노래의 영역에서 한층 더 낮은 곳으로 옮긴 것이리라. 요제피네를 둘러싼 아첨꾼들은 그녀의 말을 그대로 떠들고 다녔다. 거기에 의하면 그녀는 일족 모두에게, 한쪽 구석에 숨어 있는 소수파에게도 노래를 통해 참된 기쁨을 줄 수 있다는 것이다. 이 기쁨을 오래도록 요제피네에게서 얻고 있다는 점은 일족 스스로가 해온 말인데, 사실은 그런 의미가 아니라, 요제피네의 욕구라는 의미에서의 기쁨인 것이다. 그녀는 고귀한 척 가장하지 않고, 천박함에 아첨하지도 못한다고 하는데, 바로 그렇기 때문에 어떤 상태에 머물 수밖에 없다. 노동에서의 해방을 둘러싸고는 또 다른 방법을 쓰고 있다. 그것은 노래를 위한 싸움이지만 그 노래라는 직접적인 수단으로 싸우는 것이 아니다. 수단은 그 외에도 얼마든지 있다.

예를 들자면 소문을 퍼뜨렸다. 요구를 받아주지 않기에 콜로라투라를 축소하겠다는 것이었다. 콜로라투라에 대해서는 전혀 아는 바가 없다. 그녀의 노래에서 그런 것을 들은 기억이 없다. 그럼에도 불구하고 요제피네는 그것을 축소하겠다고 했다. 우선은 그만두는 것이 아니라 축소하겠다고 했다. 말뿐만이 아니라 실행도 한 모양이지만 나는 그 차이를 전혀 깨닫지 못했다. 지금까지와 달랐다고는 여겨지지 않았다. 일족 전체가 평소와 다름없이 들었다. 콜로라투라에 대해서는 아무것도 느끼지 못했으며 역시 요구에도 응하지 않았다. 요제피네는 외모와 마찬가지로 사고에도 어딘가 가련한 부분이 있어서, 예를 들어 공연이 끝난 뒤 콜로라투라에 관해서 지나치게 엄격했으며 너무나도 갑작스러운 일이니 이 다음은 노래를 제대로 부르겠다고 선언하기도 한다. 다음 콘서트에서는 다시 생각이 바뀌어서, 콜로라투라는 이제 이번이 마지막이라고 언명했다. 결단을 바꿀 수는 없다는 것이었다. 우리 일족은 이러한 선언이네 언명이네 결단이네 하는 것들을 대수롭지 않게 들어 넘겼다. 어른이 어린아이의 말을 흘려들을 때처럼 귀를 기울이기는 했으나 부탁은 들어주지 않았다.

요제피네는 주눅 들지 않는다. 얼마 전에는 노동 중에 다리를 다쳤다고 말하기 시작했다. 노래하는 동안 서 있기가 힘들다는 것. 선 채가 아니면 부를 수 없기에 노래는 짧게 하겠다, 그렇게 예고하고 다리를 끌며 등장했다. 추종자들이 부축하고 있었다. 그러나 누구 하나 다리의 부상을 진심으로 받아들이지 않았다. 그녀의 조그만 몸은 부상을 입기 쉽다고는 하지만, 우리는 노동의 민족이고 그녀 역시 그 가운데 하나다. 살갗이 까진 정도로 다리를 끌어야 한다면 일족 전부가 다리를 끌어야 할 것이다. 비록 그런 상태였다 할지라도 그녀는 평소보다 더 자주 등장했으며 우리 일족도 평소와 마찬가지로 가만히 빠져들었다. 생략된 부분은 그리 대단할 것도 없었다.

언제까지고 다리를 끌고 있을 수만은 없었기에 그녀는 다른 방법을 생각해냈다. 피로에 지쳐서 기분이 좋지 않아 견딜 수 없다는 것이었다. 콘서트에 더해서 우리는 한바탕 연극을 보게 되었다. 요제피네 뒤에 추종자들이 대기하고 있다가 자꾸만 노래를 청했다. 애원했다. 노래하고 싶지만 부를 수가 없다고 그녀는 말했다. 추종자들이 달래기도 하고 어르기도 했다. 그리고 노래를 부르도록 예정된 순서대로 분위기를 만들어나갔다. 결국 그녀는 이해할 수 없는 눈물과 함께 마음을 바꿔, 마지막 힘을 짜내듯 노래를 부르기 시작했다. 두 손은 펼치거나 하지 않고 축 늘어뜨린 채, 몸도 축 늘어져서 당장에라도 고꾸라질 듯. 목소리를 가다듬으려 했으나 뜻대로 되지 않았으며, 갑자기 눈앞에서 푹 무너져 내렸다. 하지만 어찌 됐든 다시 바로 일어나 노래를 시작했다. 평소와 특별히 다를 것도 없었다. 귀가 예민한 자라면 뉘앙스의 차이에서 평소보다 약간 흥분했다는 사실을 느꼈을지도 모른다. 그 때문에 노래가 평소보다 좋았을 정도였다. 노래가 끝난 뒤에도 평소보다 더 지친 듯한 기색은 보이지 않았으며 야무진 걸음걸이로—그녀 특유의 쪼르르 달리는 모습을 이렇게 말하기로 하겠다— 부축하려는 자들의 손을 제지한 채, 공손하게 앞길을 터주는 청중들을 차가운 눈으로 노려보며 나갔다.

이것이 바로 얼마 전의 일이었다. 최신 정보에 의하면 노래가 예정되어 있었는데 요제피네가 나타나지 않았다고 한다. 요제피네가 사라졌다. 추종자들뿐만 아니라 많은 자들이 나서서 함께 찾아보았으나 어디에서도 볼 수 없었다. 요제피네가 사라져버렸다. 노래를 부르지도 않았으며, 노래를 불러달라고 청하기를 바라지도 않았다. 이번에는 우리에게서 깨끗하게 떠나버렸다.

그 영리한 요제피네가 이런 계산착오를 범하다니 신기할 정도다. 참으로 어처구니없는 계산착오로 그녀는 처음부터 계산 따위 하지 않고 자신을 운명의 손에 맡겼던 것 아니었을까 여겨진다. 운명이라는 녀석, 이 세상에서는 비극만을 가져다줄 뿐인데도. 노래에서 스스로 떠났고, 그것으로 유지하고 있던 힘까지도 자신의 손에서 잃고 말았다. 겨우 이 정도의 이치도 깨닫지 못하면서 어떻게 그 정도의 힘을 유지해올 수 있었던 것일까? 종적을 감춘 채 더는 노래하지 않는다. 그러나 일족에게 실망한 듯한 모습은 없으며, 평소와 다름없이 아무런 소동도 없었다. 겉으로 보기에는 어떨지 모르겠지만, 선물을 하기는 해도 받지는 않는 민족이다. 요제피네에 대해서도 마찬가지, 우리 민족은 아무 일도 없었다는 듯 길을 간다.

요제피네는 사라져간다. 마지막 찍 소리 한마디, 그것으로 끝. 결국 요제피네는 우리 민족의 영원한 역사 속 조그만 일화로 남으리라. 백성들은 상실감을 극복할 것이다. 어떻게 해서? 집회는 숙연하게 소리도 없이 진행될까? 물론 진행될 것이다. 요제피네가 있었을 때도 숙연하지 않았는가? 그 찍찍 소리는 기억에 있는 것 이상으로 높고 생생했던 것일까? 우리 일족은 자신들의 타고난 지혜로 요제피네의 노래를, 실제로 그것이 있는 한은 높이 평가해왔다. 단지 그랬던 것뿐 아니었을까?

틀림없이 이렇다 할 불편함은 느끼지 못할 것이다. 요제피네는 지상의 구속에서 해방되었다. 본인은 선택받은 자라고 생각했을지 모르나 우리 민족의 헤아릴 수 없는 영웅들 속으로 기분 좋게 사라져갈 것이다. 우리는 특별히 역사를 존중하지 않기 때문에 결국은 모두가 그녀의 형제들과 마찬가지로, 보다 깨끗한 모습을 취하며 속히 잊혀져갈 것이다.

31. 굴
Der Bau

굴을 완성했다. 생각한 대로 잘 만들어진 듯하다. 밖에서 보면 커다란 구멍이 입을 벌리고 있다. 하지만 그 구멍은 어디로도 통하지 않는다. 몇 걸음 들어간 곳에 있는 커다란 돌에 가로막힌다.

아주 교묘하게 만들어놓은 것 같지만 자랑할 만한 것은 되지 못한다. 실패에 실패를 거듭한 끝에 이 구멍은 그냥 남겨놓는 것이 좋겠다고 생각한 것뿐. 제 꾀에 제가 넘어간다고들 하는데 그것을 모르는 바가 아니며, 또 일부러 뭔가 이유가 있을 것 같은 구멍을 남겨두는 것은 대담하기 짝이 없는 짓이라고 하지 않을 수 없다. 나는 결코 겁쟁이가 아니다. 겁쟁이라서 이런 굴을 만든 것이라고 생각한다면 커다란 착각이다.

진짜 입구는 이 구멍에서 천 걸음이나 떨어진 곳에 있는데 위아래로 자유롭게 움직일 수 있는 이끼를 겹쳐서 덮개를 만들었다. 이보다 더 안전할 수는 없다. 반석같이 든든한 방비라고 해도 좋으리라. 물론 누군가가 이끼를 밟지 않으리라고도 할 수 없으며, 그렇게 되면 굴이 노출되어 마음만 먹는다면, ─미리 말해두겠는데 마음만 먹어서는 아무것도 할 수 없으며 나름대로의 재능이 있어야 한다─ 어쨌든 마음만 먹는다면 굴로 들어와 제멋대로 할 수 있다. 나 자신도 그 위험성을 모르는 것이 아니며, 바로 그렇게 때문에 생명의 기운이 가장 왕성한 지금 이 순간에도 그 어두운 이끼 부근이 내 죽음의 장소가 되지 않을까 하는 걱정 때문에 마음이 편치가 않다. 혐오스러운 코가 킁킁 냄새를 맡으며 돌아다니는 꿈을 꾸기도 한다.

그렇다면 구멍을 막아버리면 될 것 아니냐고 말할 자도 있으리라. 위는 얇고 아래로 갈수록 단단히 막아버리면 된다. 단, 언제라도 간단히 뛰쳐나갈 수 있도록 부드러운 흙을 채워 넣을 것. ─말은 쉽지만 실제로는 불가능하다. 조심해야 하기 때문에 바로 뛰쳐나갈 수 있는 구멍이 없어야 하는 것이며, 또 조심해야 하기 때문에 위험을 감수해야 하는 것이다. 살아간다는 건 바로 그런 것, 생각이 제자리를 맴돌고 있는 듯하지만 명석한 머리로 여러 가지 생각을 하기 때문에 제자리를 뱅뱅 맴도는 것이다.

당장에라도 뛰쳐나갈 수 있는 출구가 있어야 한다. 무릇 적이란 언제나 생각지도 못했던 곳으로 습격해오지 않는가? 굴 한가운데서 지금은 마음을 놓고 있지만 적이 어디서부터 가만히 다가오고 있을지 알 수 없다. 그 녀석이 나보다 뛰어난 후각을 가지고 있으리라고는 여겨지지 않는다. 아마도 피차일반이어서 상대방에 대해서는 전혀 알지 못할 것이다. 단, 탐욕스럽기 짝이 없는 도둑도 있는 법이어서 그저 닥치는 대로 부근을 파헤치다 널따랗게 펼쳐진 나의 굴에 다다르지 말라는 법도 없다. 설령 그렇게 되었다 할지라도 나의 우위는 부정할 수 없다. 누가 뭐래도 나의 굴이기에 어느 길, 어느 방향도 전부 꿰뚫고 있어서 별 어려움 없이 녀석을 해치울 수 있다. 아주 훌륭한 먹잇감을 얻게 되는 셈이다.

하지만 나도 어느 틈엔가 늙어가고 있다. 힘 센 놈들은 헤아릴 수도 없으며 적은 얼마든지 있다. 그 가운데

한 놈으로부터 멋지게 벗어났으나 그대로 다른 적의 수중에 떨어지지 말라는 법도 없다. 정말 무슨 일이든 일어날 수 있다. 바로 그렇기 때문에 어딘가에 출구가 있었으면 좋겠다. 바로 가 닿을 수 있고 쩍 입을 벌리고 있어서 아주 간단히 빠져나갈 수 있는 구멍 말이다. 설령 형식적인 것이라 할지라도 뚜껑이 달려 있으면 나갈 때 서둘러 흙을 긁어내야만 하며, 그 사이에—아아, 신이시여 저를 지켜주소서— 느닷없이 상대방의 이빨이 나의 허벅지를 덥석 물지도 모를 일이다.

　두려운 것은 지상의 적뿐만이 아니라 땅 속에도 있다. 내 자신의 눈으로 직접 본 것은 아니지만 여러 가지 전설이 있고 나도 그것을 굳게 믿고 있다. 바로 땅 속의 괴수다. 전설은 자세한 이야기를 들려주지 않으며, 희생될 뻔했던 자들도 그 모습을 분명히는 보지 못했지만 녀석은 틀림없이 엄습해온다. 발 바로 아래를 며느리발톱으로 긁는 소리가 들린다. 그것을 듣는 순간 모든 것이 끝장이다. 설령 자신의 굴에 있다 할지라도 달라질 것은 없다. 그때는 이미 상대방의 굴에 있는 것과 다를 바 없는 일이며, 만약 출구가 있다 할지라도 살아남지는 못할 것이다. 오히려 목숨을 빼앗기는 원인이 될지도 모르지만, 그래도 그것은 하나의 희망이니 출구 없이는 살아갈 수 없다.

이 커다란 통로 외에도 좁기는 하지만 꽤 안전한 통로가 몇 개 지상과 연결되어 있어서 공기를 넉넉하게 전해준다. 원래는 들쥐들이 파놓은 것인데 그대로 나의 굴로 삼았다. 덕분에 먼 곳의 냄새까지 맡을 수 있어서 안전하며, 여러 가지 조그만 짐승들이 뛰어들기 때문에 아주 좋은 먹이가 된다. 굴에서 한 발짝도 나서지 않아도 그럭저럭 식량은 마련할 수 있기에, 물론 매우 고맙다.

이 굴의 가장 좋은 점은 고요함이다. 어차피 한때의 고요함으로 언제 깨질지 알 수 없으며 일단 깨지면 그것으로 그만이지만, 당장은 확보되어 있다. 몇 시간이고 통로를 돌아다녀도 가끔 들리는 것이라고는 작은 짐승들의 희미한 발소리 정도, 그것도 바로 달려들어 물어서 조용하게 만들어버린다. 흙이 주르르 무너지는 소리가 들리는 경우도 있어서 수리가 필요하다고 생각하기도 하지만 그 외에는 고요하기 짝이 없다. 숲의 공기가 흘러 들어온다. 따뜻하기도 하고 차가운 것 같기도 해서 기분이 좋기 때문에 몸을 한껏 늘리고 나뒹구는 적도 있다. 나이를 먹은 자가 가을이 시작될 무렵 이런 굴을 가지고 있어서 한가로이 지낼 수 있다는 것은 누가 뭐래도 멋진 일이다.

대략 100m쯤 간격으로 통로를 넓게 파서 조그만 원형광장을 만들었다. 마음 편히 몸을 동그랗게 말고 몸을 덥히며 쉴 수 있는 곳이다. 편안한 잠으로, 소망을 채우고 자신의 집을 가지겠다는 목적을 달성했다는 데서 오는 감미로운 잠을 자는 것이다. 나도 모르게 습관적으로 그러는 것인지, 아니면 이 정도의 굴에도 역시 위험이 숨겨져 있는 탓인지, 때때로 깜짝 놀라서 일어나 가만히 귀를 기울이는 경우가 있다. 하지만 밤이고 낮이고 변함없는 정적이 있을 뿐이어서 안심의 미소를 지은 뒤 다시 몸을 편안히 하고 깊은 잠에 빠져든다. 자신의 거처를 얻지 못해 길이나 숲을 잠자리로 삼아야 하는 집 없는 자들은 참으로 가련하구나. 기껏해야 수북이 쌓인 낙엽 속으로 기어들어가거나, 무리를 이룬 동료들 사이로 섞여드는 것이 고작으로, 천지간의 온갖 위험에 노출되어 있다. 한편 나는 사방이 안전한 광장에 눕는다. 굴에는 그런 종류의 작은 광장이 50군데쯤이나 있다. 꾸벅꾸벅 졸기도 하고 깊은 잠을 자기도 하는 동안에 시간이 흘러간다. 마음 내키는 대로 하면 그만이다.

굴의 정중앙은 아니지만 만약을 대비해서, 그것도 누군가에게 쫓기는 위험이 아니라 점령당할 경우를 대비해서 중앙광장을 만들었다. 다른 곳은 육체보다 지혜를 짜내서 만들었으나, 굴 전체의 요새라고도 할 수 있는 이 광장은 그야말로 이마에 땀을 흘려가며 만들어낸 것이다. 너무나도 지친 나머지 몇 번인가 중간에 그만두려 했었다. 벌렁 드러누워 나의 이 굴을 저주하곤 했다. 엉금엉금 기듯 지상으로 굴러나가 굴의 입구를 열어놓은 채 버려둔 적도 있었다. 두 번 다시 돌아오고 싶지 않았기에 신경 쓸 필요도 없었다. 그래도 몇 시간쯤 뒤, 때로는 며칠이 지난 뒤에 마음을 바꾸어 되돌아와 보면 굴에는 조금의 변화도 없어서 그 완벽함에 노래라도 한 번 부르고 싶어질 정도였으며, 마음을 다잡고 다시 새로이 작업을 시작했다. 요새의 광장 만들기에 필요 이상으로 애를 먹은 것은—필요 이상이라고 말한 것은 그렇게 애를 썼는데도 별 효용이 없기 때문인데— 요컨대 계획상 무슨 일이 있어도 광장이 필요하다고 생각한 곳의 토질이 모래처럼 약했기 때문이었다. 크고 아름다운 원형 천장을 가진 원형 광장으로 만들기 위해서는 흙을 단단히 다지지 않을 수 없었다. 그런 종류의 작업에는 내 이마를 쓸 수밖에 없었다. 그랬기에 밤낮 가리지 않고 수백 번, 수천 번, 이마로 벽을 두드렸다. 이마에서 피가 뿜어져 나올 때마다 춤을 출 듯 기뻐했다. 벽이 강도를 더해가고 있다는 증거였기 때문이었다. 누구도 인정하지 않을 수 없을 테지만 요새의 광장은 그야말로 피와 눈물의 결정체였다.

이 광장에 식량을 비축해둔다. 굴에서 잡은 먹이 가운데 다 먹지 못하고 남은 것이나 밖에서 손에 넣은 것을 여기로 가져와 쌓아둔다. 반년 분은 족히 될 양을 쌓아두어도 광장에는 여전히 여유가 있다. 따라서 비축해놓은 것을 펼쳐놓고 주위를 돌아다니며 만지작만지작 즐길 수도 있고, 쌓아올린 산과 거기서 피어오르는 냄새를 즐기며 현재 보유량을 점검해볼 수도 있다. 배치를 새로이 해서 계절에 따라 필요한 예측이나 사냥 계획을 세우는데, 너무 많기 때문에 나도 모르게 먹는 것이 귀찮아져서 촐랑촐랑 주위를 지나가는 사냥감에는 눈길도 주지 않는 경우도 있으니 이는 약간 주의해야 할 일이리라. 왜냐하면 굴을 어떻게 지킬 것인가 끊임없이 생각하고 있자면 당연하게도 여러 가지 변경사항이 생기기도 하고 묘수가 떠오르기도 한다. 다시 고치고 싶어진다. 어쨌든 요새의 광장에만 방어계획을 집중하는 것은 위험한 일 아닐까? 굴이 만들어진 모습에 따라서 좀 더 여러 가지 방법이 있을 것이며, 비축품을 분산해두는 방법도 있을 것이다. 몇 개의 작은 광장을 비축용으로 할애하는 것이다. 예를 들어서 2개 걸러 세 번째에 나타나는 작은 광장들을 그것으로 쓰거나, 혹은 작은 광장을 2종류로 나누어 3개 걸러 네 번째 나타나는 것들을 대비축장, 하나 걸러 나타나는 것들을 소비축장으로 삼는 등의 방법이다. 아니면 적의 눈을 속이기 위해서 몇 개의 통로에는 전혀 비축을 하지 않는다거나, 출구의 위치에 따라서 아주 소수의 작은 광장에만, 그것도 띄엄띄엄 비축품을 배치하는 것은 어떨까?

새로운 생각에 따라 비축품을 운반하지 않으면 안 된다. 새로운 배치계획을 세우고 서서히 운반을 시작하는데, 물론 서두를 필요는 없기에 천천히 운반한다. 먹이를 입에 물고 옮기는 도중에 잠시 쉬다가 마음에 드는 것을 집어먹어도 상관없다. 그런데 가끔, 대부분은 깜짝 놀라 잠에서 퍼뜩 깨어날 때지만, 지금의 배치가 너무나도 어리석어서 어처구니없는 사태를 부를지도 모르겠다는 생각에 아무리 졸려도, 또 젖은 솜처럼 몸이 무거워도 지금 당장 어떤 조치를 취하지 않으면 안 된다는 마음이 들어 견딜 수 없을 때가 있다. 그럴 때면 새로이 예정하고 있던 배치계획에는 조금도 신경 쓰지 않고 주위에 있는 것을 닥치는 대로 입에 물고 끌고 간다. 끙끙 앓는 소리를 내기도 하고 넘어지기도 하고 숨을 헐떡이기도 하며 가장 위험하다고 여겨지는 곳에 응급처치를 하고 난 뒤 한숨을 돌리는데, 그러는 동안에 냉정함을 되찾으면 내가 생각해도 왜 그렇게 당황했던 것인지 이해할 수 없게 된다. 자기 굴의 깊은 평화를 스스로가 깨뜨린 셈인데 침상으로 돌아오면 커다란 피로 때문에 바로 잠에 빠져버리고 만다. 한바탕 자고 일어나면 조금 전의 소동이 마치 꿈처럼 여겨지지만, 꿈이 아니었다는 증거로 쥐가 한 마리 이빨 사이에 껴 있곤 한다.

그렇게 해서 결국은 다시, 누가 뭐래도 모든 비축물을 한 곳에 모아두는 것이 좋은 방법이라고 생각하게 된다. 작은 광장에 비축해둔들 무슨 도움이 되겠는가? 그렇게 많은 양을 배치할 수 있는 것도 아니고 옮겨다놓은 양만큼 길을 가로막아 위기 상황에는 물론 평소에 오갈 때도 방해가 된다. 무엇보다 한눈에 비축량 전부를 볼 수 있다는 사실이 중요하다. 그것이 자존심을 세워준다. 한심하다면 한심하달 수도 있을 테지만, 그래도 어쩔 수 없다. 여기저기 분산해놓으면 그 과정에서 잃는 것도 적지 않을 것이고, 모든 것이 제자리에 있는지 둘러보는 것도 쉬운 일이 아닐 것이다. 비축품을 분산해놓자는 생각 자체는 옳을지 모르겠으나, 그건 요새의 광장에 상당하는 것을 몇 개 가지고 있을 경우의 얘기 아닐까? 그것과 같은 광장을 몇 개나 가지고 있다니! 말은 쉽지만 대체 누가 그것을 만들 수 있겠는가? 게다가 우리 굴 전체의 모습에 다시 무엇인가를 추가한다는 것은 불가능한 일이다. 내 굴의 결점이라는 사실을 인정하지 않을 수 없을 듯하다. 애초부터 무엇이 됐든 딱 하나밖에 없다면 그것 자체가 결점이 되는 법이다. 틀림없이 굴을 만들 때에도 어렴풋하게나마 그 사실을 생각하고 있었다. 혹시 그럴 마음이 있었다면 복수의 요새를 필요로 하는 요구를 분명히 의식했을지도 모르겠지만 내 스스로가 요구를 무시하기로 했다. 어마어마한 노동이 되리라는 사실이 너무나도 명백했는데, 체력에 자신이 없었기에 상상하는 것만으로도 허리가 쑤셔왔다. 그랬기에 이대로라도 크게 문제될 것은 없으리라는 마음으로 스스로를 납득시킨 것이었다. 다른 자는 어떨지 몰라도 나의 경우는 예외적으로 어떻게든 될 것이다. 세게 쳐서 흙을 다지는 해머 역할을 하는 내 이마의 보호를 위해서도 이 생각에 따르기로 했다. 이렇게 해서 요새의 광장은 하나밖에 없으며, 결국은 하나만 있어도 크게 문제될 것 없으리라는 마음도 사라져버리고 만 것이다.

어쨌든 하나의 광장으로 만족해야 하며, 조그만 것을 여기저기에 아무리 만들어도 조그만 것으로 큰 것을 대신할 수는 없는 법이다. 그 사실을 분명히 알게 되었기에 비축한 것 전부를 다시 작은 광장에서 요새의 광장으로 옮겼다. 옮기기를 전부 마쳐 통로와 작은 광장 모두 완전히 비었을 때 아주 잠깐 동안이기는 하지만 너무나도 기뻐서 견딜 수가 없었다. 요새의 광장에는 비축해둔 고기가 산더미처럼 싸여 말로 표현할 수 없을 정도의 냄새를 발산했다. 여러 가지 것들이 뒤섞인 냄새로 그것이 통로의 끝까지 퍼져 나갔다. 냄새를 맡기만 해도 황홀할 정도였는데 멀리서도 무엇의 냄새인지 세세하게 구분할 수 있었다.

이런 일이 있고 난 다음에는 언제나 반드시 마음 편안한 시간이 찾아온다. 침상을 천천히 굴 바깥쪽에서부터 안쪽으로 옮겨간다. 서서히 냄새에 다가가는 것인데 그러는 동안 참을 수가 없어져 어느 날 밤 광장으로 돌진한다. 비축해둔 것 속에서 마음껏 뒹굴다 결국에는 아주 맛있는 녀석을 배 터지게 먹고 늘어져버린다. 더할 나위 없이 행복한 순간이지만, 한편으로는 위험하기 짝이 없는 상태이기도 하다. 기회를 엿보는 녀석이 있다면 습격을 가하기에 가장 좋은 순간이다. 이러한 점에 있어서도 제2, 제3의 요새가 없는 것은 안타깝기 짝이 없는 일. 일이 이렇게 되어버린 것도 비축품을 한 곳에 집중해두었기 때문으로 스스로도 여러 가지로 대책을 강구해보았다. 작은 광장으로 분산하는 것도 그 가운데 하나였으나 안타깝게도 그와 같은 다른 방법과 마찬가지로 과유불급이어서, 묘하게 이상한 상태가 되어버리고, 그러면 머릿속에서 제멋대로 이래저래 방어에 좋은 쪽으로 바꾸어버리곤 한다.

이런 상태 뒤에는 가능한 한 마음을 가라앉히고 굴을 점검하며 돌아다니는데, 필요한 수리가 끝나고 나면 한동안 굴을 비우기로 하고 있다. 오래도록 굴 밖에 몸을 두는 것은 벌 중에서도 지나치게 강한 벌이지만, 때로는 멀리까지 가보는 것도 필요한 일이다.

출구 가까이로 다가가면 언제나 한결 같이 가슴이 두근거린다. 평소에는 될 수 있는 대로 접근하지 않으며, 출구로 통하는 마지막 통로에도 다가가지 않는다. 애초부터 그 부근은 한가로이 돌아다닐 수 있을 만한 곳이 아니다. 왜냐하면 바로 거기에 조그맣기는 하지만 꽤나 복잡한 미로를 만들어두었기 때문이다. 내 굴의 발상지로 당시에는 이렇게 멋진 것을 예정대로 완성할 수 있으리라고는 꿈에도 생각지 못했었다. 처음에는 반쯤 장난삼아 시작했지만 결국은 심혈을 기울여서 미로 상태로 만들어낸 것이다. 그 무렵에는 미로야말로 가장 좋은 굴이라고 생각하고 있었기 때문이었지만, 이제 와서 생각해보면 약간 지나치게 복잡해서 가령 이론적으로는 옳다 할지라도 굴 전체에는 어울리지 않는 장식품이 되어버린 듯한 느낌이다.

자, 여러분, 여기가 바로 입구입니다, 라고 당시에는 보이지 않는 적을 향해 비아냥거리듯 말하곤 했었다. 입구로 들어온 무리들이 미로에서 헤매다 쓰러져가는 모습을 상상했다. 사실은 저급한 놀이터 같은 곳이어서 굳게 마음을 먹고 습격하거나, 미친 듯이 달려든다면 한시도 견디지 못할 것이다. 그렇다면 이 부분은 다시 지어야 하는 것일까? 그 점에 대해서는 결정을 내리지 못하고 있으며 아마도 이대로 그냥 둘 듯하다. 다시 지으려면 당연히 커다란 일이 될 것이고, 그 일 자체는 그렇다 치더라도 결과적으로 위험하기 짝이 없는 폭거가 될 것이기 때문이다. 굴을 처음 만들기 시작했을 무렵에는 비교적 조용히 작업을 할 수 있었다. 특별히 위험을 생각할 필요도 없었다. 그러나 지금은 세상의 주목을 이 한 점으로 모으는 일이 될지도 모른다. 다시 짓는다는 것은 도저히 있을 수 없는 일이며, 다시 지을 수 없다는 사실이 오히려 기쁘기도 하다. 누가 뭐래도 처녀작으로서의 풋풋함이 있으며, 또 만약 마음을 굳게 먹고 달려드는 자가 있다면 과연 어떤 구조가 유효하겠는가? 입구의 역할이 눈을 속이고 겉모습을 위장해서 적을 어려움에 빠뜨리는 것에 있다면, 그 정도의 일은 지금의 모습으로도 그럭저럭 목적을 달성할 수 있다. 어쨌든 이를 악물고 달려드는 자가 있다면, 굴의 온갖 기능으로 대처하고 전신전력을 다해 대응해야 할 것이다. 그것은 말할 필요도 없는 사실이니, 그렇다면 지금 이대로도 상관은 없으리라.

내가 저지른 실수도 있고 나중에 판명된 결함도 있지

만, 자연의 구조상 어쩔 수 없는 부분도 있다. 그렇다고 해서 불안이 가라앉는 것은 아니다. 때때로, 혹은 어쩌면 늘상일지도 모르겠지만 살짝 마음에 걸린다. 산책을 할 때, 나도 모르게 출구 쪽을 피하는 것은 그런 이유 때문인지도 모르겠다. 그것을 보는 것이 불쾌한 것이다. 의식 속에 언제나 결함에 대한 생각이 자리를 잡고 있어서 실제로 보기가 싫어지는 것이다. 입구 부근에 결함이 있다면 가능한 한 그것을 보고 싶지 않다. 출구 쪽으로 발걸음을 옮기려 하면 아직 몇 개의 통로와 작은 광장을 사이에 두고 있는데도, 벌써부터 위험한 곳으로 들어선 듯한 느낌이 들어 견딜 수가 없다. 갑자기 모피가 얇아진 듯하고 심지어는 알몸인 채 서 있는 듯해서 지금 당장이라도 적이 들이닥칠 것만 같다. 이와 같은 음울한 감정은 출구라는 일상적 보호의 밖으로 나가려 할 때면 늘 느끼는 것이기는 하지만 출구 자체가 가지고 있는 구조에 의한 것이기에 그것이 특히 마음 아프다. 종종 꿈을 꾸는데, 꿈속에서는 믿을 수 없는 힘을 발휘해서 하룻밤 만에 다시 짓는다. 누구도 알아채지 못하게 전혀 다른 곳처럼 만들어놓는다. 이제는 난공불락이어서 그때의 잠은 꿀처럼 달콤하다. 눈을 뜬 뒤에도 기쁨과 안도의 눈물이 입가의 수염에서 반짝이고 있다.

밖으로 나설 때면 육체적으로도 고통을 참아야 한다. 자신이 만들어놓은 미로에서 자신이 헤매다니 화가 나는 일이기도 하지만, 그와 동시에 감동적이기도 하다. 자신이 만든 작품이 존재를 주장하고 있으며, 평가에는 변함이 없지만 존재의 정당성을 양보하지 않고 있는 셈이다. 미로에서 빠져나오면 이끼로 된 덮개의 아래에 다다른다. 여기서 약간 애를 먹는 것은 오랜 시간 굴 안에 숨어 있는 동안 이끼가 다른 것과 서로 엉겨 자라서 박치기를 한 번 하지 않으면 안 된다는 점 때문이다. 그러고 나면 나의 몸은 이제 밖에 있다.

겨우 이게 전부지만 오래도록 망설이고 있었다. 이번에도 입구의 미로에 구애받지만 않았다면 역시 그만두고 원래의 굴로 돌아갔을지도 모른다. 어찌 보면 그것도 당연한 일이리라. 너는 굴의 보호를 받고 있으며 그것은 빈틈없이 만들어져 있으니. 아늑하게 생활하고 있고 쾌적하며, 먹을 것도 풍부, 모든 통로와 광장을 혼자 독차지하고 있으며 무슨 일이든 마음대로 할 수 있다. 그것을 희생으로 삼는다고까지는 할 수 없으나, 말하자면 버리려 하고 있다. 포기하려는 것은 아니지만 위험하기 짝이 없는 도박을 하고 있다. 확실한 이유가 있는가? 아니, 아니, 이런 행위에 확실한 이유가 있을 리 없다. 그럼에도 불구하고 내려진 덮개를 가만히 올려 밖으로 나선다. 다시 덮개를 살짝 내리고 단숨에 달려 유혹의 지점에서 벗어난다.

하지만 밖에서 마음껏 활개를 치는 것은 아니다. 틀림없이 통로를 지날 때처럼 몸을 웅크릴 필요는 없으며, 널따란 숲을 마음껏 달릴 수 있고 전신에 새로운 힘을 느끼고 있다. 굴에서는 그것을 느끼지 못한다. 요새의 광장이 열 배 더 넓다 해도 도저히 맛볼 수 없을 것이다. 또한 먹을 것도 밖에 있는 것이 훨씬 좋다. 먹잇감은 얼마 되지 않으며, 또 잡기도 힘들지만 어떤 점에 있어서나 성과는 훨씬 뛰어나다. 그것을 부정하지는 않으며 스스로도 잘 알고 있기에, 적어도 다른 것들에 뒤지지 않고 오히려 훨씬 더 능숙하게 즐기고 있다. 왜냐하면 들판을 싸돌아다니는 무리들처럼 어림짐작이나 절망에서가 아니라 목적을 가지고 차분하게 사냥을 하기 때문이다.

또 나는 자유로운 생활 속에 태어난 것도 아니고, 그렇게 운명 지어지지도 않았다. 자신의 때라는 것을 알고 있으며 언제까지고 여기서 사냥을 하고 있을 필요도 없다. 내가 원하기만 한다면, 또는 이곳에서의 생활에 싫증이 나면, 마치 누군가에게 부름을 받은 것처럼 부름에 저항할 수 없을 것이다. 그때까지는 시간을 마음껏 즐기며 내가 좋아하는 일을 할 수 있다. 원래는 그렇지만 실제로는 그렇게 하지 못한다.

굴이 자꾸만 마음에 걸린다. 입구에서 단걸음에 떠나왔지만 얼마 지나지 않아서 되돌아가 근처에 몸 숨길 좋은 장소를 찾아내서는 우리 집의 입구를—이때는 바깥에서부터— 밤낮없이 감시한다.

남들은 이런 나를 어리석다고 할지 모르겠으나 나는 말로 표현할 수 없이 기쁘며, 그 이상으로 차분함이 찾아온다. 우리 집 앞이라기보다는 내 자신을 앞에 두고 있는 듯해서, 잠을 잘 때, 그것도 다행스럽게도 깊은 잠에 빠졌을 때, 잠을 자면서 내 자신을 감시하고 있다. 내게는 특별한 점이 있는데 밤의 망령들을 다른 것에 의지하지 않고, 또 무심히 잠에 빠져 있을 때뿐만 아니라, 깨어 있을 때도, 동시에 분명한 판단력의 지배를 받을 때도 그것들을 볼 수가 있다. 그런데 그것은 내가 생각하고 있는 것만큼, 또 굴로 들어가면 틀림없이 생각하는 것처럼 기묘한 일이기는 하나, 그렇게 나쁜 상태는 아니라고 믿고 있다. 이러한 점에서—물론 다른 점에 있어서도 그렇지만— 굴 밖으로 나가보는 것은 필요한 일이다.

입구에서 떨어진, 눈에 띄지 않는 장소에 앉아 있다. 여러 가지 사정 때문에 마음에 쏙 드는 곳은 바랄 수도 없지만, 일주일쯤 관찰을 하고 있자니 주변의 상황이 이해되기 시작했다. 생각보다 왕래가 꽤 활발했다. 아마도 생물이 살 수 있을 만한 곳은 어디나 이와 비슷하리라. 이처럼 왕래가 심한 곳은 그 자체로 움직이고 있기 때문에 오히려 좋을지도 모르겠다. 한적하고 고립된 곳은 집요하게 냄새를 맡고 온 첫 번째 놈에게 그대로 당할지도 모른다. 여기에는 적이 많지만, 또 그 적의 적도 아주 많아서 서로 맹렬하게 다투고 있기 때문에 굴에는 신경을 쓰지 못한다. 지금까지 내 굴의 입구를 냄새 맡으며 돌아다닌 놈은 한 번도 본 적이 없다. 내게는 행운이지만 상대방에게 있어서도 행운이다. 만약 내 눈에 띄었다면 그만 이성을 잃고 녀석의 숨통을 향해 달려들었을 것이다. 물론 가까이에 있기도 싫은 녀석들이 있어서, 녀석들이 조금이라도 냄새를 맡았다 싶으면 바로 도망치기로 하고 있다. 녀석들이 내 굴을 눈치챘는지 못 챘는지에 대해서는 뭐라 말할 수 없지만, 어쨌든 되돌아와서 본 바에 의하면 녀석들의 모습은 보이지 않고 입구에도 이상이 없으니 틀림없이 눈치채지 못한 것이리라.

때로는 나 자신에게 말하고 싶을 정도였다. 이쪽을 노리는 놈은 아무도 없으며, 그것은 모습을 감췄다고. 혹은 굴 덕분에 생사를 건 투쟁에서 해방되었다고. 지금까지 생각했던 것 이상으로, 또는 구멍 안에서 혼자 생각했던 것 이상으로 굴은 나를 지켜주고 있는 것일지도 모른다. 그랬기에 때로는 어린아이 같은 일을 꿈꾸곤 했다. 이제 두 번 다시 굴에는 돌아가지 않고 입구 부근에서 살겠다. 앞으로도 계속 구멍의 입구를 바라보며 그 안에서 자신이 보호받고 있다는 사실에서 오는 행복을 마음껏 맛보겠다.

얼마 지나지 않아서 어린아이 같은 꿈은 사라졌다. 여기서 지켜보고 있는 안전이라는 게 과연 무슨 의미란 말인가? 굴 안의 위험을 지상의 체험으로 판단해도 되는 것일까? 본인이 안에 없는데 적들이 어찌 제대로 내 냄새를 맡을 수 있겠는가? 물론 어느 정도는 냄새를 맡았을지도 모르겠지만, 확실하게 냄새를 맡은 것은 아니다. 확실하게 냄새를 맡았을 때에만 비로소 위험의 실체가 있는 것 아닐까? 그렇다면 내가 어떤 행동을 하든 덧없는 위안에 지나지 않으며, 위험의 실체를 보지 못했기 때문에 커다란 위험에 몸을 노출시키고 있는 셈이 된다. 자신의 잠을 지켜보고 있다고 착각하고 있지만, 사실은 그렇지가 않으며 단지 잠을 자고 있을 뿐이고 적이야말로 눈을 뜨고 있다. 틀림없이 적은 평범하게 입구 부근을 지나는 무리들 속에 섞여 있을 것이다. 나와 마찬가지로 입구가 견고하게 닫혀 있어서 남은 방법이라고는 깨부수는 것밖에 없다는 사실을 잘 알고 있다. 전혀 눈치채지 못한 척 지나치는 것은 굴의 주인이 안에 없다는 사실을 알고 있기 때문이다. 어쩌면 순진하게도 근처의 수풀에 가만히 웅크리고 있다는 사실까지 전부 꿰뚫어보고 있을지도 모른다.

나는 자리에서 일어났다. 바깥 생활에 싫증이 나기 시작했다. 여기서는 배울 것이 더 이상 없다. 지금도 배우지 못하고 있으며 앞으로도 배우지 못할 것이다. 지상의 모든 것에 작별을 고하고 굴로 돌아가 두 번 다시는 여기로 나오지 않으리라. 모든 것을 자연의 흐름에 맡기고 일부러 감시하거나 해서 쓸데없이 일을 만들지는 말자.

하지만 입구 부근에서 감시하는 것에 완전히 익숙해졌기 때문에 그것을 그만두기 또한 쉽지 않다. 애초부터 굴로 돌아간다는 것 자체가 남들의 시선을 끄는 행위로, 안에서 무슨 일이 일어났는지, 닫혀 있는 덮개 안쪽은 어떤 상태가 되어 있는지 짐작할 수 없다는 것은 괴로운 일이다. 우선은 폭풍이 부는 밤 등에 노획물을 가만히 던져 넣어 본다. 별일 없는 듯하지만 정말 그런지는 직접 내려가 봐야 알 수 있는 일이다. 하지만 이상이 있다고 판명된다면 그때는 이미 손을 쓸 수 없는 상황에 서 있게 되는 셈이다.

그러니 굴로 내려가는 것은 포기하고 구멍을 파자. 물론 입구에서 충분히 거리를 두어 정찰용으로 파는 것이다. 기껏해야 내 키 정도의 깊이, 이끼로 덮개를 했다. 구멍으로 기어들어가 덮개를 닫고 여러 가지 시간대에 걸쳐서, 때로는 오래, 때로는 짧게 숨을 죽이고 숨어 있는다. 가만히 덮개를 벗겨내고 밖으로 나와 정찰 기록을 만든다. 좋은 것도 있고 나쁜 것도 있고, 여러 가지 경험을 할 것이다. 그렇다고 해서 굴로 내려가기 위한 법칙이나 틀림없는 방법을 발견할 수 있는 것은 아니리라.

오히려 진짜 입구로 내려가지 않아도 된다는 사실이 기쁘고, 언젠가 내려갈 수밖에 없다는 사실을 생각하면 마음이 편안하지가 않다.

어딘가 멀리로 가서 예전 같은 생활로 되돌아가자는 생각을 버린 것은 아니다. 위험에 노출된 생활이었으나, 여러 가지 위험이 넘쳐나면 안전한 굴과 굴 밖의 비교가 가르쳐주는 것과 같은 개개의 위험은 알 수 없으며, 그것 때문에 겁을 먹을 필요도 없다. 말할 필요도 없이 이와 같은 결단은 어리석음의 극치여서 너무 오랜 시간 쓸데없는 배회를 하다 떠오른 것일 뿐이리라. 굴은 아직도 여전히 내 것이며, 안으로 살짝 한 걸음 들여놓기만 하면 몸의 안전을 보장받을 수 있다.

바로 그렇기 때문에 의혹은 전부 털어버리고 밝은 빛이 쏟아지고 있는 속에서 입구를 향해 똑바로 다가갔다. 이제 남은 것은 덮개를 들어 올리는 일뿐이지만, 바로 그것을 할 수가 없다. 위를 달려 지나가고 일부러 가시나무 수풀 속으로 뛰어든다. 내 스스로를 벌하기 위해서다. 자신을 모른다는 죄 때문에 자신을 벌한다. 왜냐하면 결국은 인정하지 않을 수 없기 때문이다. 역시 옳은 선택이어서, 굴로 내려간다는 것은 완전히 불가능한 일이다. 그렇게 하면 어쩔 수 없이 내가 가지고 있는 가장 소중한 것을 주위의 지상이나 나무 위나 공중에 있는 적에게 비록 한순간이라 할지라도 노출시키는 셈이 된다. 이 위험은 상상 속의 것이 아니라 실제의 위험이다. 의심을 품고 가만히 뒤를 쫓는 것이 원래의 적이 아니라 할지라도 마찬가지다. 아주 보잘 것 없는 놈, 형편없는 놈일지도 모르나 신기하다는 듯 따라와서는, 자신은 그런 줄도 모르고 세상의 적의에 불을 붙일지도 모른다.

그런 부류가 아닐지도 모른다. 훨씬 더 좋지 않은, 여러 가지 점에서 최악이라고 할 수 있는 것은 그것이 나와 같은 부류인 경우다. 굴에 대해서 잘 알고 있는 숲의 형제, 다툼을 좋아하지는 않지만 성격이 좋지 않은 떠돌이로 자신이 만들지 않고 굴의 주인이 되고 싶어 하는 악당이다.

지금 그녀석이 올지도 모른다. 더러운 고무 같은 코로 입구의 냄새를 맡고 이끼를 들어 올려 안으로 쏙 들어갈지도 모른다. 꼬리를 얼핏 내보였다가 안으로 사라지려 한다면 그 모든 사태에 광란 상태가 되어 나는 지금까지의 망설임 따위 전부 잊고 굴 안으로 달려들어 덥석 물고, 물어뜯고, 숨통을 끊어놓아 그 시체를 포획물의 산더미 위로 던질 것이다. 그러고 나면 나는 마침내 자신의 굴에 머물게 될 것이다. 그때는 미로를 칭찬할 수도 있을 것이다. 덮개를 열어두고 남은 인생을 여기서 보낼 마음도 생길 것이다.

하지만 여전히 아무도 오지 않는다. 그렇기 때문에 역시 스스로가 결정을 내릴 수밖에 없다. 어쨌든 이 골치 아픈 문제로 골머리를 썩히다보면 불안감이 옅어져 언뜻 아무렇지도 않다는 듯 입구에 다가가기까지 한다. 원을 그리며 주위를 어슬렁거리는 것이 마음에 드는 일상이 되었다. 마치 나 자신이 적이 되어 그대로 굴 안으로 들어갈 기회를 엿보고 있기라도 하다는 듯.

대신 감시를 해줄 믿을 만한 친구가 있다면 서둘러 내려갈 것이다. 친구와 약속을 해놓는다. 내가 굴 속으로 사라진 뒤, 주위를 가만히 감시한다. 만약 위험한 조짐이 있다면 이끼로 된 덮개를 두드릴 것. 그렇지 않다면 아무것도 하지 않아도 된다. 이럴 경우 모든 문제가 깨끗이 해결되지만, 역시 친구의 문제가 뒤에 남는다. 왜냐하면 보수를 달라고 하지는 않을지 모르겠지만, 그는 적어도 굴을 보여 달라는 정도의 말은 할지도 모른다. 생판 모르는 타인을 내 굴 안으로 들이다니 그보다 더 견딜 수 없는 일도 없을 것이다. 나는 자신을 위해서 이것을 만든 것이지 견학 따위는 있을 수도 없는 일이다. 분명히 안으로 들이거나 하지는 않을 것이다. 그 녀석 덕분에 굴로 들어갈 수 있을지는 모르겠으나, 그것을 포기하는 한이 있어도 안으로 들이기는 죽어도 싫다. 절대로 있을 수 없는 일이다. 왜냐하면 만약 안으로 들인다면 혼자서 들어가게 해야 하는데 그런 일은 애초부터 생각할 수도 없는 일이며, 그렇다면 나와 같이 들어가는 형태를 취해야 하는데 그러면 내 대신 감시를 해야 하는 친구의 역할이 사라져버리고 만다. 게다가 신뢰라는 점은 또 어떨까? 얼굴을 마주하고 있다면 모르겠지만, 모습이 보이지 않고 이끼로 된 덮개를 사이에 두고 있다면 얘기는 또 달라진다. 내 쪽에서도 감시를 해야 하나? 감시를 할 수 있다면 나름대로 신뢰를 할 수 있을 것이다. 물론 멀리 있기에 신뢰할 수 있는 경우도 있기는 할 것이다. 그러나 굴 안에서, 다시 말해 전혀 다른 세계에서 밖에 있는 누군가에게 전폭적인 신뢰를 보낸다는 건, 있을 수 없는 일은 아니지만 불가능하다.

애초부터 생각할 필요가 없는 일이었을지도 모른다. 잠깐 상상해보면 알 수 있으리라. 내가 굴로 들어가는 동안 이 세상의 우연이라는 녀석이 헤아릴 수도 없이 친구를 찾아와 감시의 의무를 방해할지도 모른다. 예측할 수 없는 결과가 바로 영향을 미치곤 하는 법이다. 이래저래 생각을 해보니 내가 외톨이로 믿을 만한 친구가 없다는 사실을 한탄하는 것은 옳지 않다. 그렇다고 해서 무엇인가를 잃은 것도 아니고 오히려 있을 법한 재난에서 벗어났다고도 할 수 있다. 결국 신뢰할 수 있는 것은 나 자신과 굴뿐이다. 이 사실은 조금 더 일찍 명심했어야 할 사실로, 그렇게 했다면 번거로운 일에 어떤 식으로든 대책을 세워둘 수도 있었을 것이다.

굴을 처음 만들기 시작했을 무렵 얼마간의 일이 가능했을 것이다. 예를 들자면 필요한 간격을 두고 입구를 2개 만들어두는 것과 같은 일. 미로를 설치해놓은 하나의 입구로 들어가자마자 첫 번째 통로를 서둘러 지나 다른 하나의 입구로 가서, 미리 만들어놓은 이끼로 된 덮개를 가만히 들어 올려 거기서 며칠 동안 밤낮 가리지 않고 감시를 한다. 이것만이 해결책이었다. 입구가 2개 있으면 위험도 2배가 될 테지만 걱정할 것 없다. 감시용 입구는 아주 작게 만들어두면 되니. 그러려면 자연히 기술적인 문제를 생각해야 한다. 그 순간 다시 완벽한 굴을 꿈꾸지 않을 수 없게 된다. 그러면 마음이 약간 편안함을 느낀다. 황홀경에 잠겨서 자유롭게 드나들 수 있는 굴의 구조를 생각한다. 선명하게 눈에 그릴 수 있는 것도 있고 희미하게 상상할 뿐인 것도 있다. 온 신경을 집중해서 가능성을 생각한다 할지라도 기술적인 범위 때문에 현실까지는 미치지 못한다. 도대체 자유롭게 드나든다는 것은 무엇을 말하는 것일까? 가만히 있지 못하는 것은 마음이 안정되지 않고, 자신을 믿을 수 없고, 이런저런 좋지 않은 일을 생각하고 있어서 침착할 수 없기 때문이 아닐까? 굴을 앞에 두고 그런 꼴은 한심한 일이다. 마음을 있는 그대로 열어야만 굴의 평안을 맛볼 수 있는 법이다. 지금의 나는 굴 바깥에 있고 귀환 방법을 생각하고 있다. 그를 위해서는 기술과 관계된 것이 필요한 듯하지만, 의외로 그렇지 않을지도 모른다. 지금의 초조함과 불안 속에서 굴을, 몸을 지키기 위한 구멍이라고만 생각한다면 상당히 과소평가하고 있는 것 아닐까? 틀림없이 그러한 종류의 안전한 구멍이기도 하고, 또 그래야만 한다. 그리고 위험의 한가운데 있다면 이를 악물고 의지의 힘을 총동원해서라도 몸을 지켜야 한다. 그럴 경우 굴은 목숨을 구제하기 위한 용도로 정해진 구멍에 불과하며, 그 임무를 가능한 한 완벽하게 수행하는 것만을 염두에 두고 그 외의 다른 역할은 모두 면제를 받는다.

하지만 현실에서는 사정이 달라진다. 위기 존망의 때가 되면 현실이 보이지 않게 되는 법이며, 그러한 때가 아니라 할지라도 현실을 보는 눈을 일깨워야 하는 법인데, 틀림없이 안전한 구멍이기는 하지만 매우 완벽하고 완전한 것은 아니다. 굴 안에 있으면 여러 가지 걱정거리가 사라지지만 또 다른 그것이 생겨난다. 보다 자부심 강하고 내용이 풍부하고 때로는 깊은 곳에 자리 잡은 걱정인데, 그것이 미치는 힘이라는 점에서는 바깥 세계에서 나날이 발생하는 걱정거리와 거의 다를 바가 없다. 생명을 지키기 위해서 굴을 만든 것이라고 한다면 그 범위 안에서는 옳은 일이지만, 그것을 위해 필요로 했던 어마어마한 노동과 안전도의 관계를 생각해보면 실제로 느낀 것은, 또 은혜를 입고 있는 한도에 있어서, 내게는 그다지 고마운 것도 아니다. 이렇게 말하기란 매우 괴로운 일이지만 역시 말하지 않을 수 없다. 시공자이자 소유자인 나에 대해서 지금 굴은 입구를 닫고 있다. 그 앞에서 시공자 본인은 떨고 있다.

굴은 단순히 생명을 지키기 위한 구멍이 아니다! 요새의 광장에 서면 잘 알 수 있다. 주위에는 비축해둔 고기가 산더미처럼 쌓여 있다. 광장을 기점으로 해서 10개의 통로가 연결되어 있다. 모두가 전체의 모습에 따라 정연하게 늘어서 있는데 어떤 것은 내리막, 어떤 것은 오르막, 직선을 이루는 것, 반원을 그리는 것, 점점 넓어지는 것도 있고 좁아지는 것도 있지만, 모두가 하나같이 고요하고 기척이 없어서 가만히 기다리고 있는 것 같다는 느낌이다. 각각이 자기만의 양식을 가지고 있어서 각자의 방법으로 다음에 이어진 작은 광장까지 안내를 해준다. 이 기척이 없고 고요하기 짝이 없는 굴을 내려다보고 있자면 안전이라는 효용은 조금도 떠오르지 않는다. 여기가 나의 요새라고 새삼스레 생각하게 된다. 긁어내기도 하고 물어뜯기도 하고 다지기도 하고 박치기를 하기도 해서, 결코 만만치 않은 대지로부터 빼앗은 것이다. 다른 누구의 것도 될 수가 없다. 언젠가는 적에게 커다란 상처를 입어 나는 여기에 빈사의 몸을 눕히리라. 바로 그렇기 때문에 더욱 더 내 것이라고 할 수 있는 것이다. 왜냐하면 나의 피가 흙으로 스며들어 사라지지 않을 것이기 때문이다. 거기에 언제나 저기서 반은 편안하게 잠들고 반은 즐겁게 눈을 뜨며, 늘 통로에서 보내고 있는 감미로운 시간이 있지 않은가? 오로지 나 혼자만의 통로여서 기분 좋게 몸을 뻗기도 하고 아이처럼 뒹굴기도 하고 달콤한 기분으로 누워 행복한 잠을 자는 곳. 어떤 작은 광장도 낱낱이 잘 알고 있다. 모두 똑같아 보이지만 눈을 감고 있어도 손끝에 전해지는 벽의 상태로 분명하게 구별할 수 있다. 벽에 부드럽고 따뜻하게 둘러싸여 있다. 그 어떤 새의 둥지도 이렇게 보드랍게 새를 품어주지는 않는다. 그리고 아무런 기척도 없으며 그저 고요하기만 하다.

그렇다면 어째서 망설이고 있는 것일까? 어째서 침입자를 두려워하는 것일까? 두 번 다시 굴로 돌아가지 않을 것처럼 두려워하고 있는 것일까? 다행스럽게도 두 번 다시 돌아가지 않는 일은 결코 없을 것이다. 내게 있어서 굴이 어떤 의미인지를 분명히 하기 위해서 천천히 생각할 필요 따위는 조금도 없다. 굴은 이미 나와 일심동체나 다를 바 없는 것으로, 설령 불안은 있다 할지라도 여기에 편안한 모습으로 대기하고 있다. 망설이며 입구를 열기 위해 새삼스레 기력을 짜낼 필요도 없다. 아무것도 하지 않고 여기서 기다릴 뿐, 그것이면 충분하다. 나를 굴에서 오래도록 떼어놓는 것은 아무것도 없으며, 결국은 어떻게 해서든 밑으로 반드시 내려갈 것이다. 그때까지 얼마만큼의 시간이 흐를지, 또 그 사이에 이곳 지상에서, 그리고 저쪽의 지하에서 얼마나 많은 일들이 일어날지. 그 시간을 단축하고 마땅히 해야 할 일을 하는 것은 오로지 나의 의지에 달린 문제다.

이제는 너무나도 지친 나머지 정신이 희미해져서 머리를 떨어뜨리고 비틀거리며 절반은 조는 상태로 걷는다기보다 기듯이 해서 입구로 다가가 천천히 이끼를 들어 올리고 슬금슬금 구멍으로 내려갔다가, 깜빡하고 입구를 열어둔 채로 왔다는 사실을 깨닫고 다시 위로 올라간다. 무엇을 위해서 다시 나왔더라? 그래, 맞아, 이끼의 덮개를 닫기 위해서. 그거야, 그거. 이렇게 해서 다시 구멍으로 내려가 마침내 덮개를 닫는다. 오로지 이런 모습, 참으로 이런 상태가 아니면 끝장이라는 것을 보지 못한다.

지금 있는 곳은 굴의 가장 높은 곳, 이끼의 바로 아래로, 가지고 들어온 포획물과 함께 누워 있다. 주위는 피와 고기로 가득 들어차 있다. 그렇게도 바라던 잠을 자려는 것이다.

방해가 되는 것은 아무것도 없다. 뒤따라오는 것은 아무것도 없었다. 적어도 지금까지는 이끼 위에 아무런 이상도 없었으며, 설령 어떤 이상스러운 조짐이 있다 할지라도 이제는 감시를 할 방법이 없다. 머무는 장소를 바꾸었다. 위의 세계에서 굴로 들어왔다. 이동의 효과가 벌써부터 나타나 새로운 세계가 새로운 힘을 부여해준다. 위에서는 피곤했지만 여기서는 그렇지가 않다. 하나의 여행에서 돌아왔다. 긴장한 탓으로 젖은 솜뭉치처럼 피곤하지만 굉장히 바쁘다. 익숙한 주거와의 재회, 마음속에 있는 복구에 대한 계획, 우선 한 바퀴 점검을 해야 한다. 요새의 광장을 서둘러 봐둘 것. 지친 채로 있어서는 안 된다. 돌아다니며 이것저것 하고 싶다. 굴에 발을 들여놓은 바로 그 순간, 길고 깊은 잠을 자고 난 듯한 느낌이다.

첫 번째 일은 번거롭고 끔찍할 정도로 손이 가는 일이다. 좁고 벽이 약한 미로를 따라서 포획물을 옮겨야 한다. 온몸의 힘을 다 짜내서 앞으로 향했으나 좀처럼 나아가지를 못한다. 조금이라도 가볍게 할 요량으로 포획물의 일부를 물어 떼어냈다. 위에 올라 걸터앉고 안으로 기어들어가고 버릴 것은 버려서 마침내 옮기기에 적당해졌다. 그래도 여전히 고기조각이 좁은 통로를 가득 막고 있다. 틈을 빠져나가기조차 힘들다. 하마터면 나의 비축물 사이에 껴서 숨이 막혀 죽을 뻔했다. 다급한 마음에 마구 물어뜯고 피를 빨아 간신히 숨을 쉴 수 있었다.

간신히 옮기기를 마쳤다. 생각했던 것보다 시간을 들이지 않고 일을 마쳤다. 미로에서 빠져나오자 다행스럽게도 똑바로 뻗은 통로가 나왔다. 연결 통로를 지나 이런 경우를 위해서 특별히 만들어놓은 커다란 통로로 옮겼다. 곤두박질치는 형식으로 요새의 광장과 연결되어 있기 때문에 애를 먹지 않아도 된다. 포획물 자체가 저절로 구르기도 하고 미끄러지기도 하며 앞으로 나간다.

드디어 요새의 광장으로 나왔다! 이것으로 마침내 안심할 수 있게 됐다. 아무것도 변하지 않았다. 특별히 이렇다 할 만한 불행도 찾아오지 않았다. 얼핏 조그만 손상이 눈에 띄었으나 곧 복구할 수 있다. 그에 앞서 굴 전체를 둘러보아야 하지만 그건 일도 아니다. 오히려 친한 친구들과 이야기를 나누는 것과 다를 바 없는 일이다. 아직 그렇게 나이를 먹은 것은 아니지만, 그래도 많은 것들이 기억 속에서 사라져가고 있다. 친구들과 밤새

수다를 떨었던 것처럼 여겨지지만 그저 그런 식으로 기억하고 있는 것일 뿐일지도 모른다.

두 번째 통로에 착수했다. 일부러 천천히 둘러보는 것은 이미 요새의 광장을 확인했으니 시간은 얼마든지 있기 때문이다. 굴 안에 있으면 시간은 얼마든지 있다. 무엇을 하든 행위에는 과오가 없고 의미를 가지며 만족스럽다. 두 번째 통로에서 시작한 일을 중간쯤에서 중단하고 세 번째 통로를 지나 요새의 광장으로 돌아왔다. 그런 다음 다시 두 번째 통로로 새로이 들어선다. 점검이라는 이름으로 놀면서 시간을 들이고, 소리 내어 웃고, 우쭐해 하기도 하고, 그러다 할일이 많음에 당황하면서도 중지하지는 않는다.

너, 나의 친애하는 통로여, 작은 광장들이여. 특히 요새의 광장이여, 너희를 위해서 내가 돌아왔다. 어리석게도 오랜 시간 두려워하며 몸을 떨었다. 돌아오기를 망설이고 있었다. 이제 나의 목숨 따위가 무엇이겠는가? 너희들 한가운데 있으며 위험 따위는 조금도 없다. 너희들은 나의 것이며 나는 너희들의 것, 서로 끈끈히 연결되어 있다. 무슨 일이 있어도 물러나지 않겠다. 땅 위에서는 수상한 놈들이 코를 킁킁거리며 이끼로 된 덮개를 찔러볼지도 모른다. 하지만 너는 침묵으로, 그리고 아무 일도 없었다는 듯 맞아주었다. 나의 말에 고개를 끄덕여 주었다.

뭔가 피로가 엄습해오기 시작했다. 가장 사랑하는 것, 그 광장에 잠시 몸을 눕히기로 하자. 아직 굴의 점검을 마치지는 못했다. 곧 나머지를 샅샅이 조사할 생각이고 지금 여기서 잠들고 싶지는 않지만 졸음을 견딜 수가 없다. 어쨌든 잠을 자는 척이라도 하자. 내 굴이 예전과 변함없이 견고하기 짝이 없는지 한시라도 빨리 내 눈으로 확인하고 싶지만, 쏟아지는 잠만은 견딜 수가 없다. 생각과는 달리 깊은 잠에 빠져간다.

아주 오랜 시간 잠을 잔 모양이다. 졸음이 저절로 사라져버린 상태로 돌아와, 그 때문에 잠이 얕아진 것이리라. 희미한 소리가 들려와 눈을 떴다. 바로 어떻게 된 일인지 알 수 있었는데 틀림없이 조그만 생물의 짓이리라. 평소에는 마음에도 두지 않고 되돌아보지도 않던 녀석들이다. 내가 이곳을 비운 사이에 녀석들이 새로이 굴을 판 것이다. 통로의 어딘가와 연결이 되어 있어서 공기가 통하기 때문에 이상한 소리가 들리는 것이다. 가볍게 촐랑거리는 놈들로 한시도 가만히 있지 못한다. 통로에 귀를 기울이고 시험 삼아 파서 소리가 나는 곳을 밝혀내기로 하자. 그러면 소리는 멈출 것이다. 시험 삼아 파는 것은 헛수고가 아니다. 잘만 하면 굴의 환기구로 쓸 수도 있다. 어쨌든 앞으로는 출랑거리는 놈들에게도 신경을 쓰기로 하자. 그 어떤 놈도 용서하지 않겠다.

구멍을 파는 것은 나의 특기, 그리 오래 걸리지는 않을 것이다. 당장 시작하기로 하자. 이 외에도 해야 할 일이 있지만 우선은 이것을 먼저 하기로 하자. 나의 굴은 고요하고 편안해야 한다. 참으로 하찮기 짝이 없는 잡음이다. 굴에 돌아왔을 때 이미 소리가 나고 있었을 테지만 조금도 들리지 않았다. 한잠 자고 일어나 안정이 되어서야 비로소 깨달았다. 굴 주인으로서의 귀가 마침내 그것을 들은 것이다.

그런데 소리도 일반적인 소리와는 달라서 일정하지가 않다. 자주 끊긴다. 공기의 흐름에 막힘이 있기 때문이리라. 바로 작업에 착수했지만 어디부터 손을 대야 할지 알 수 없었기에 우선은 닥치는 대로 두어 개의 구멍을 파보았다. 당연한 일이지만 효과가 없었다. 구멍을 파는 것도 큰일이지만 파낸 구멍을 메우는 것이 훨씬 더 큰일인데, 전부 헛수고여서 소리가 나는 곳에 가 닿지 못했으며 여전히 일정한 간격을 두고 들려온다. 휘이휘이 하는 소리처럼 들리기도 하고 슉슉 하는 소리처럼 들리기도 한다. 잠시 내버려두기로 하자. 틀림없이 귀에 거슬리기는 하지만 내 짐작에 어긋남은 없으리라. 더 세지거나 하지는 않을 것이다. 반대로 언제 갑자기—그러기를 은밀히 기다리고 있지만— 멈출지도 모를 일이다. 촐랑거리는 놈들이 구멍을 더욱 파낸 결과로, 설령 그렇지 않다 할지라도 아주 사소한 우연이 소리가 나는 곳을 가르쳐줄지도 모른다. 조직적인 탐색보다, 때로는 우연이 커다란 작용을 하는 법이다.

그런 식으로 내 스스로를 달랬다. 오히려 통로와 작은 광장의 점검에 나서는 편이 더 낫지 않을까? 오랫동안 게을리 했던 일이기도 하니, 요새의 광장을 돌아다니는 것도 나쁘지는 않으리라. 이렇게 생각하면서도 여전히 시험 삼아 파기를 계속하지 않고는 견딜 수가 없다. 헛수고이자 시간 낭비다. 그 촐랑거리는 놈들 때문에 어처구니없는 헛수고를 하게 되었다.

이러한 때면 나는 오로지 기술적인 일에만 신경을 집중한다. 예를 들자면 귀의 식별에 관한 문제, 흘러 들어오는 소리를 정밀하게 구분하는 훈련을 쌓아왔기 때문에 소리가 나는 곳에 대해 가설을 세운다. 그것이 현실과 일치하는지 시굴을 통해서 확인한다. 이는 필요한 일이기도 하리라. 아직까지 소리가 나는 곳을 특정하지 못해서 조금은 불안한 느낌이 들지 않는 것도 아니기 때문이다. 벽에서 떨어진 모래 한 알이 어디로 굴러가는지까지 내 귀는 분명히 듣고 구분해낼 수 있다. 그런데도 도무지 알아낼 수가 없다. 무릇 이 잡음 자체가 그리 대단할 것도 없는 것이기 때문이리라. 그럼에도 불구하고 찾아도 보이지 않는다. 그도 아니면 혹시 너무 많이 찾아냈기 때문일까? 하필이면 내 사랑하는 굴에서 일어났다. 광장에서 떨어진 곳, 다음에 있는 작은 광장으로 가는 통로의 한가운데 부근. 사건 자체가 하나의 웃음거리여서 광장이 주인에게 농담을 건넨 것이라고 생각해본다. 소리는 어딘가 다른 세계의 소리라며 그냥 웃어넘기고 싶어지지만 웃음은 곧 사라져버린다. 왜냐하면 변함없이 소리가 계속되고 있기 때문이다.

　오랜 경험으로 잘 알고 있다. 나 이외에는 누구도 듣지 못하는 소리다. 잘 훈련된 귀에는 아주 평범한 소리라도 매우 강하게 들린다. 나는 통로 한가운데서 귀를 기울인다. 벽에 귀를 댈 필요도 없다. 소리는 일정해서 강해지거나 하지는 않았다. 이번에는 숨을 죽이고 여기 저기 코를 지면에 문지르듯 해서 소리의 결을 가늠해보았다. 소리가 일정해서 변함이 없다는 점이 유독 마음에 걸린다. 그도 그럴 것이, 그것은 처음의 가정과 일치하지 않기 때문이다. 소리의 출처를 상정할 때, 그건 특정한 장소에서 나는 소리여서 가까워지면 세지고 멀어질수록 약해져야 한다. 그 가정이 유효하게 작용하지 않다니 이건 대체 어떻게 된 일이란 말인가?

다른 가능성이 있다. 소리의 발원지가 2곳인 경우로 지금 나는 그 2곳의 가운데에 있는 것이다. 한쪽으로 다가가면 그쪽 소리는 강해지지만, 다른 한쪽의 소리가 약해지기 때문에 그 결과 귀에는 거의 일정한 소리가 계속 전해지는 것이다. 다시 한 번 귀를 기울여보니 소리에 미묘한 차이가 있어서 새로운 가설에 부합하는 듯도 하지만 분명하게는 단언할 수 없다. 어쨌든 시굴 장소를 지금까지보다 훨씬 더 넓히지 않으면 안 되리라.

통로를 내려가 요새의 광장에 이르러, 거기서 다시 귀를 기울여보았다. 참으로 기묘하게 거기서도 소리가 똑같이 들려왔다. 어떤 하찮은 생물이 내가 이곳을 비운 사이에 뻔뻔스럽게도 구멍을 판 것이다. 어쨌든 이곳을 노리고 한 일은 아니다. 요컨대 그냥 파본 것일 뿐으로 방해될 것이 없기에 계속 파 내려왔지만, 곧 방향을 바꿀 것이다. 그것은 충분히 예측할 수 있는 일이지만, 조금도 예상하지 못했던 사태가 벌어졌기에 마음이 흐트러져 작업이 손에 잡히지 않는다. 굳이 내 요새의 광장으로 접근해 오리라고는 지금까지도 상정하지 못하고 있었다. 그야말로 요새가 깊은 의미의 깊은 곳에 있기 때문인지, 아니면 굴이 널따랗게 펼쳐져 있기 때문인지. 기다란 통로에는 공기가 종횡으로 흐르고 있으니, 거기에 이끌려서 오는 것일까? 혹은 녀석들의 둔감한 코로 장려한 광장의 냄새를 맡았기에 다가오는 것일까? 나는 지금까지 광장의 벽을 가만히 살펴보거나 하지는 않았다. 틀림없이 미지의 짐승이 다가오고 있다. 산더미처럼 쌓인 포획물에 마음을 빼앗겼기 때문으로, 덕분에 간단히 숨통을 끊어놓을 수 있을 것이다. 어쨌든 위쪽의 통로에 구멍을 뚫고 기어서 다가온다. 지금도 역시 벽에 구멍을 뚫고 있다. 나는 젊었을 때나 장년기에 접어들려 할 무렵에 여러 가지 계획을 세운 적이 있었는데, 그것을 실행에 옮겼다면 이렇게 되지는 않았을 것이다. 실행할 만큼의 힘이 없었다. 의지에는 부족함이 없었다.

가장 마음에 들었던 계획 중 하나는 요새의 광장을 주위의 지면에서 떼어놓자는 것이었다. 다시 말해서 사방의 벽을 한 길 정도의 두께로 남겨두고, 그 바깥쪽에 빙 둘러서 빈 공간을 만들어두는 것이다. 안타깝게도 주변 지면과의 연결을 완전히 끊을 수는 없지만 어쨌든 사방에 빈 공간을 만들어두고, 나는 언제나 거기에 진을 치고 있는 것이다. 생각할 수 있는 곳 중에서 가장 최고의 보금자리라고 해도 결코 과장은 아니리라. 거기서 매달리기도 하고 몸을 둥그렇게 말기도 하고 미끄럼을 타기도 하고 공중제비를 돌기도 해서 발아래에 있는 굴의 안전을 확인한다. 그것도 원래의 굴은 소중하게 만들어놓은 뒤의 일이어야 한다. 즐겁게 바라보며, 자신이 거기에 없어도 언제나 훤히 들여다볼 수 있는 상태다. 이야말로 내 손 안에 있는 셈이다. 그리고 두 손으로 한번 긁어내서 통로를 만들기만 하면 몸은 벌써 그곳에 있다. 그 어느 곳보다 좋은 감시 장소다. 눈으로 직접보지 않아도 이보다 더 좋은 장소는 없다는 사실을 알 수 있다. 따라서 요새의 광장이나 빈 공간 중에서 보금자리를 하나 고르라고 한다면 나는 영원히 빈 공간 쪽을 택하리라. 끊임없이 그곳을 오가며 광장을 지키리라.

그럴 경우 벽에서 소리가 들린다는 것은 있을 수 없는 일이다. 광장에 구멍을 뚫는다는 건 말도 되지 않는 소리다. 언제나 평화가 유지되고, 나는 영원한 감시꾼으로 하찮은 무리들의 듣기 싫은 소리를 듣는 일도 없었을 것이다. 바로 지금 결여되어 있는 그것, 광장을 점령한 고요함 속에서 황홀경에 잠겨 있었을 것이다.

바로 그 멋진 것이 결여되어 있다. 싫어도 작업을 시작하지 않을 수 없으니, 그것이 요새의 광장과 관계가 있다는 사실을 그나마 다행으로 여기자. 그러자 힘이 솟아올랐다. 처음의 예측과는 달리 전력을 다해 임하지 않으면 안 되리라. 광장의 벽에 귀를 대고 소리를 들어보았다. 높고 낮게, 벽인가 싶으면 지면, 입구 쪽인가 싶다가도 전혀 반대가 되는 안쪽 방향, 어느 쪽에서나 똑같이 들려왔다. 사이를 두고 소리가 계속되고 있어서 나도 모르게 전신을 긴장시킨 채 귀를 기울이고 있지 않을 수 없었다. 이 광장의 넓이 때문인지 통로에서와는 달리 여기서는 벽에서 귀를 떼면 소리는 들리지 않았다. 잠깐 동안의 착각에 안심하기도 했다. 스스로를 위로하기 위해서 일부러 착각에 빠져보았다. 귀를 기울여보지만 다행스럽게 아무런 소리도 들리지 않았다. 그야 어찌 됐든 대체 어떻게 된 일인지 지금까지의 가설이 전혀 도움이 되지 않았다. 그 외에도 떠오른 것은 있었으나 그것도 역시 도움이 되지 않았다. 지금 들려오는 소리는 하찮은 녀석들이 구멍 파는 일을 하는 소리라고 여겨지지 않는 것도 아니었다. 하지만 그것은 지금까지의 내 경험칙에 반한다. 그런 소리라면 끊임없이 들어왔으며, 지금처럼 갑자기 듣는다는 것은 있을 수 없는 일이다. 굴을 만드는 동안 장애에 대한 감수성이 높아졌다 할지라도, 해를 거듭할수록 청각이 예민해진다는 것은 있을 수 없는 일이다. 하찮은 생물의 경우 그들이 내는 소리는 귀에 거슬리지 않았으며 위험을 상정할 필요도 없었다. 바로 그것이 하찮은 생물들의 본질이라 할 수 있는 것이다.

생각을 한 걸음 더 진전시키지 않으면 안 되리라. 끊임없이 소리가 들려오는 것은 지금까지 알지 못했던 짐승이 관여하고 있기 때문은 아닐까? 있을 법한 얘기다. 지금까지 오래도록, 또 매우 신중하게 지하 세계를 관찰해왔다. 하지만 이 세계는 다채로워서 생각지도 못했던 끔찍한 일격도 그리 드문 것은 아니다. 개개의 짐승이 아니라 하나의 무리일지도 모른다. 그것이 갑자기 이쪽 영역으로 건너온 것일지도 모른다. 조그만 짐승의 집단으로, 내 귀에 들려오는 것으로 보아 작지만 조금은 크다. 크다고는 해도 역시 조그맣다. 그건 소리가 작다는 사실로도 알 수 있다. 그렇다면 미지의 짐승이 무리를 이루어 이동하고 있는 것이다. 스쳐 지나가는 무리들로 지금은 방해가 되지만 곧 사라질 것이다. 그러니 그냥 기다리기만 하면 된다. 쓸데없는 작업을 벌일 필요도 없다.

그런데 만약 낯선 짐승이라면 어째서 그놈들을 보지 못했던 것일까? 녀석들을 잡기 위해 많은 구멍을 팠지만 하나도 보질 못했다. 그렇다면 그놈은 아주 작은 녀석일까? 지금까지 본 것들보다 훨씬 작은 놈으로, 내는 소리만 큰 것일까? 생각을 바꾸어 파낸 흙을 던져보았다. 흙이 사방으로 흩어져 떨어졌다. 그러나 거기에 숨어 있는 기척조차 보이지 않았다.

여기저기 닥치는 대로 파헤쳐보아야 아무런 소용도 없다는 사실을 깨닫기 시작했다. 애써 굴의 벽을 허물고 있을 뿐이다. 여기저기 분주하게 구멍을 내놓고 메울 시간이 없었기에 곳곳에 흙더미가 산처럼 쌓여 길을 가로막고 있을 뿐만 아니라 시야도 나빠졌다. 지금은 걷는 것도 둘러보는 것도 쉬는 것조차 마음대로 할 수가 없다. 문득 정신을 차리고 보면 종종 파내고 있던 구멍 속에서 그대로 잠을 자고 있곤 했다. 손톱을 푹 찌른 채절반은 잠든 상태로 흙을 긁어내고 있었던 모양이다. 방침을 바꾸지 않으면 안 되리라. 소리가 나는 곳을 향해서 직선으로 커다란 구멍을 파자. 그 어떤 가설도 무시하고 소리의 원인에 다다를 때까지 파기를 멈추지 말것. 힘이 닿는다면 잡음을 제거할 수 있을 것이고, 힘이부족한 경우라 할지라도 나름대로 납득은할 수 있을 것이다. 안심하며 납득할지, 아니면 절망과 함께 납득하게될지는 알 수 없지만 어쨌든 둘 중 하나일 테니 망설일여지가 없다.

마음이 정해지자 속이 후련해졌다. 지금까지의 모든일은 굴에 돌아왔다는 흥분 때문에 허둥지둥 한 일인것처럼 여겨졌다. 땅 위의 걱정거리가 어딘가에 똬리를틀고 있으며 아직 굴에 충분히 적응하지 못한 것이다.서먹서먹함에 의한 과민증으로, 거기에 낯선 놈이 촐랑거리고 있기 때문에 그만 이성을 잃은 것이다. 그저 작은 소리에 불과하지 않은가? 상당한 간격을 두고 간신히 들려온다. 단지 그것뿐. 특별히 신경 쓸 일도 아니다.언젠가 익숙해질 것이라고는 말하고 싶지 않다. 익숙해지거나 할 수는 없다. 하지만 당분간 아무것도 하지 않고 잠시 사태를 지켜볼 수는 있다. 어디까지나 사태를 지켜보는 것으로, 즉 몇 시간 간격으로 귀를 기울여 인내심을 가지고 그 결과를 기록하는 것이다. 지금까지 해온 것처럼 벽에 귀를 찰싹 붙이고 있다가 소리가 들려오면 바로 벽을 파내거나 하지는 않을 것이다. 무엇인가를 찾으려 하지 말고 마음속 불안에 상응하는 행동에만 한정할 것.

지금부터는 다른 방법을 쓰겠다고 생각하면서도, 그렇게 해서는 안 된다는 마음도 있었다. 눈을 감고 생각해보면 내 몸을 짓밟고 싶어진다. 불안은 집요하게 전과 다름없이 마음에 똬리를 틀고 있다. 이성으로 억누르고 있기에 망정이지 인내심이 다하면 아마 당장이라도 부근 어딘가를 소리가 나는 곳이든 아니든, 그저 파야 한다는 충동에 휩싸여 닥치는 대로 파헤쳤을 것이다. 그런 점에서 보자면 의미도 없이 구멍을 파고 있거나 흙을 먹어치우고 있는 저 무리들과 다를 바 없는 짓을 하는 것이다.

이성에 바탕을 둔 새로운 계획에 마음이 끌릴 듯, 끌리지 않는다. 불만스러운 구석은 없다. 적어도 나 스스로는 불만을 품을 만한 구석을 찾지 못하겠다. 내가 이해하고 있는 한, 실행할 만한 가치가 있는 계획이다. 그럼에도 불구하고 마음속 깊은 곳에서는 존중하고 있지 않은 것이다. 그다지 중히 여기고 있지 않기 때문에 거기에 수반되어 발생할지도 모를 두려움도 실감이 나지 않는다. 두려워해야 할 결과를 믿지 않는다. 처음 소리를 들었을 때부터 이렇게 논리 정연한 시굴을 생각하고 있었던 것 같다는 느낌이 들기도 한다. 그저 생각하기만 했을 뿐, 진지하게 받아들이려고는 하지 않았으며, 바로 그렇기 때문에 지금까지 실행에 옮기지 않은 것이다. 그 마음에 변함은 없으나, 물론 시굴을 시작하리라. 달리 방법이 없지 않은가? 하지만 바로는 시작하지 않는다. 조금이나마 뒤로 미룬다. 이성이 합당한 판단을 내리면 천천히 시작할 것이다. 무턱대고 작업에 착수하는 일은 없으리라.

그에 앞서 보수를 해두지 않으면 안 된다. 홧김에 마구 내놓은 굴의 생채기를 치료해나간다. 상당한 시간이 걸릴 테지만 이것만은 무슨 일이 있어도 해야 한다. 새로운 시굴은 반드시 당연한 결과에 이를 테니 그것은 오랜 시간을 필요로 한다. 당연한 결과에 이르지 못할 경우는 어떨까? 결국 끝도 없이 계속 파지 않으면 안 될 것이다. 어느 쪽이든 상당히 오랜 시간 굴을 비우게 될 것이다. 똑같이 굴을 비우는 것이라 할지라도 지상에 있었을 때처럼 좋지 않은 경우가 아니어서, 언제든 작업을 중지하고 한달음에 되돌아올 수 있다. 설령 돌아오지 않는다 할지라도 요새의 광장에서 흘러들어오는 공기를 언제나 접할 수 있으니 작업 중에도 같은 공기에 둘러싸일 것이다. 하지만 굴에서 멀어져 불확실한 운명에 몸을 맡겨야 한다는 사실에는 변함이 없다. 바로 그렇기 때문에 굴을 깔끔하게 정리된 상태로 남겨두고 싶은 것이다. 굴의 평안을 위해서 싸우고 있는 당사자가 그 굴에 생채기를 낸 채로 내버려둔다는 것은 용서할 수 없는 일이다.

이렇게 해서 나는 보수를 시작했다. 발아래에 있는 흙을 구멍에 발라 넣었다. 익숙한 작업이어서 지금까지도 작업이라고는 생각지 않고 거듭 되풀이해왔던 일이다. 슥 채워 넣고 평평하게 다지는 손놀림은—자화자찬이 아니라 사실이기 때문에 이야기하는 것인데— 그야말로 천하일품, 명인의 기술이라고 부를 만한 것이다. 그런데 이번에는 작업 속도가 느려 터져서 영 신이 나지 않는다. 걸핏하면 도중에 갑자기 귀를 벽에 대고 소리를 엿듣고 있곤 한다. 위로 퍼 올린 흙이 흘러내려 주위에 흩어져도 신경을 쓰지 않는다. 일의 마지막 순서인 마무리 작업에는 세심하게 주의를 기울여야 하지만 그것도 포기한 채로 내버려둔다. 눈에 거슬리게 울퉁불퉁한 곳이 있고 틈새가 벌어졌다. 우아하게 곡선을 그리고 있던 벽면의 재현은 바랄 수도 없게 되어버렸다. 당분간은 임시로 이렇게 해두자고 스스로를 달랬다. 돌아와서 평안이 다시 찾아오면 전부를 다시 고치자. 단번에 원래대로 복구해보이겠다.

옛날얘기에서는 무엇이든 한순간에 실현하는 법인데, 이러한 위로도 옛날얘기의 부류에 속하는 것이리라. 지금 당장이라도 제대로 보수를 해두는 편이, 작업을 중단하고 쉴 새 없이 통로를 돌아다니며 소리가 나는 곳을 찾으려 하는 것보다는 훨씬 더 낫다. 유용한 일이라고 할 수 있다. 안이함으로 흘러가서는 안 된다. 어슬렁거리는 편이 더 간단하며, 마음 내키는 대로 발걸음을 멈추고 귀를 기울일 뿐. 게다가 쓸모없는 발견을 하게 된다. 때때로 소리가 멈춘 것 같다는 생각이 드는 것이다. 사이가 아주 길다. 귓속의 피가 고동치고 있어서, 그것 때문에 소리를 놓치는 경우도 있다. 간격이 서로 겹쳐서 오래도록 계속된다. 이젠 소리가 영원히 그친 것이라는 생각을 억누를 수가 없다.

이제는 귀를 기울이거나 하지 않는다. 펄쩍 뛰어오르고 바닥을 뒹군다. 굴의 고요함은, 마치 샘물의 입구가 열린 듯하다. 발견을 확인하고 싶어서 견딜 수가 없다. 비밀을 털어놓을 상대가 필요하다. 이에 급히 서둘러 요새의 광장으로 달려간다. 이제는 새로운 삶에 눈을 뜬 것이나 다를 바 없으며, 그 영향도 있어서 오래도록 아무것도 먹지 않았다는 사실을 떠올렸다. 절반쯤 파묻힌 비축품 가운데서 닥치는 대로 아무 것이나 꺼내 거기에 달려든다. 그런 다음 기꺼운 발견 현장으로 달려 돌아가 입을 우물거리며 그저 온 김에 해본다는 기분으로 다시한 번 확인을 해본다. 별 생각 없이 귀를 기울인다. 순간 커다란 실수를 깨닫는다. 여전히 멀리서 소리가 계속되고 있다.

입 안의 것을 탁 내뱉고 발로 짓밟아버리고 싶어진다. 바로 작업에 들어가지만 어디가 가장 적당한지 알 수가 없고 그러고 보면 전부가 필요한 곳인 것처럼 여겨져 닥치는 대로 일을 시작한다. 마치 감독이 근처로 다가왔기에 서둘러 일에 착수한 것처럼 보이기도 한다.

한동안 작업을 계속하다 새로운 사실을 깨닫게 되었다. 소리가 조금 강해진 듯했다. 물론 아주 조금에 지나지 않지만 여기서는 미묘한 차이가 문제이며, 아주 조그만 차이를 귀가 틀림없이 포착해냈다. 소리가 커지는 것은 접근을 의미한다. 소리가 커진 것을 포착해낸 것보다 훨씬 더 명료하게, 가까이 다가오는 발걸음을 눈앞에서 떠올린다. 서둘러 벽에서 얼른 물러나 이 발견이 결과적으로 가져다줄 것을 한눈에 꿰뚫어보고 싶어 견딜 수 없어진다. 그러고 보니 지금까지 한 번도 공격에 대한 방어를 생각해서 굴 자체를 만든 적은 없었던 것처럼 여겨진다. 생각하지 않았던 것은 아니지만, 생의 경험칙에 반해서 공격받을 위험, 따라서 방어를 위한 설비에 신경을 쓰지 않았던 것이다. 신경을 쓰지 않았다기보다는(그랬을 리가 없다!), 그보다 우선순위가 뒤떨어지는 편안한 생활을 더욱 중히 여겨 굴을 오로지 그 방향으로만 만든 것이다.

전체적인 구상을 해치지 않으면서도 방어 면에서 여러 가지를 할 수 있었을 터였다. 내 자신도 이해할 수 없는데, 어째서 그것을 게을리 했던 것일까? 지금까지의 세월은 행운 그 자체였다. 행운에 안주하고 있었다. 불안을 느끼지 못했던 것은 아니지만, 행운 속의 불안은 아무것도 가져다주지 않는다. 원래 지금 가장 먼저 해야 할 일은 굴을 방어 면에서 다시 살펴보고, 있을 법한 모든 경우를 상정해 보는 것이리라. 서둘러 방어계획 및 거기에 따른 건축계획을 세워 젊은이와 같은 기상으로 당장이라도 시작해야 한다. 그것이야말로 필요한 작업이며, 아울러 말하자면 물론 너무 늦었지만 그래도 하지 않으면 안 될 일이다. 대대적인 시굴 따위에 얽매여 있을 때가 아니다. 그것은 기껏해야 힘을 허비해서 위험을 들춰내는 일에 지나지 않는다. 어리석게도 서서히 위험이 나타나기를, 두려워하면서도 추구하고 있는 것이다. 갑자기 계획의 의도를 알 수 없어졌다. 내게 적잖이 갖추어져 있는 이성에 비추어봐도 작업 중지, 귀를 기울여 듣는 것도 중지, 그 외의 좋지 않은 발견은 사절, 지금까지도 쓸데없는 일에 충분히 신경을 써왔다. 모든 것을 중단하고 마음을 위로하는 일에만 만족하자.

다시 흐느적흐느적 통로에서 벗어나 훨씬 안쪽에 있는, 지상에서 돌아온 뒤 한 번도 발걸음을 옮기지 않아 아직 전혀 손을 대지 못했던 곳으로 들어갔다. 고요함이 눈을 떠 내 위로 스며드는 듯했다. 그래도 역시 마음이 가라앉지 않았다. 서둘러 자리에서 일어났다. 무엇을 찾고 있는 것인지 나 자신도 전혀 알 수가 없었다. 아마도 그저 시간을 미루고 있는 것일 뿐이리라.

무엇인가에 이끌리듯 미로가 있는 곳까지 왔다. 이끼로 된 덮개 부근에서 귀를 기울이고 있고 싶다. 지금 이 순간, 멀리에 있는 것이 그립다. 덮개를 살짝 들어 올리듯 해서 귀를 기울였다. 깊은 정적이 있을 뿐이었다. 이 굴에 신경을 쓰고 있는 자 따위 하나도 없다. 각자가 자신의 일로 바쁘다. 나와는 아무런 관계도 없고 나 역시 그들과 관계하지 않는다. 아마도 지금 이 이끼로 된 덮개 주변이야말로, 설령 귀를 기울인다 할지라도 소리 하나 들리지 않는 유일한 장소일 것이다. 굴 안의 사정이 단번에 바뀌었다. 지금까지 위험한 장소였던 곳이 평안의 장소가 되었고, 반대로 안전의 요새가 세상의 잡음과 위험의 장소로 바뀌어버렸다. 아니, 전보다 훨씬 더 좋지 않다. 여기만 해도 평안의 장소일 리 없으며, 사실은 무엇 하나 바뀌지 않았다. 고요하든 고요하지 않든 위험은 여전히 이끼 위에 숨어 있다. 내가 지상의 위험에 둔감해진 것일 뿐이다. 굴 안의 소리에 정신을 완전히 빼앗겨버리고 만 것이다. 너무 빼앗기고만 있는 것 아닐까? 소리는 높아지고 있으며, 무엇인가가 다가오고 있다. 그에 대해서 나는 아무런 이유도 없이 미로를 돌아다니다 지상으로 가는 출구의 이끼 아래에 들러붙어 있다. 이래서는 마치 소리의 장본인에게 우리 집을 내주고, 나는 출구 부근에서 조그만 평안을 얻을 수만 있다면 만족하겠다는 것처럼 보이지 않겠는가?

소리의 장본인이라고? 소리의 근원지에 대한 새로운 견해가 분명히 정해진 것인가? 그 소리는 조그만 놈들이 구멍을 판 데 기인한다. 그것이 지금까지의 견해 아니었는가? 그 생각을 바꾸지는 않았다. 구멍이 직접적인 원인이 아니라 할지라도 어떤 식으로든 관련이 있다. 하지만 조그만 무리들의 짓이 아니라면 가설이 전혀 맞지 않게 되기 때문에 원인을 실제로 밝혀내거나 그것이 저절로 판명될 때까지 기다리지 않으면 안 된다. 물론 지금도 역시 이런저런 가설을 세워볼 수는 있다. 예를 들어서 어딘가 먼 곳에서부터 물이 침입하고 있는 것으로, 휘이휘이이라거나 슉슉 하는 소리가 들려오는 것은 결국 물의 소리라는 생각이다. 물에 관해서 나는 거의 경험이 없다. 처음 발견한 지하수는 바로 다른 곳으로 물길을 돌렸으며, 그 이후 모래가 많은 이곳에는 물이 들어오지 않았다. 설령 경험이 미천하다 할지라도 저 소리는 결코 물소리는 아니리라.

억지로 안심시켜보려 해도 소용없는 일이었다. 상상력은 한시도 쉬지 않았으며, 나는 실제로 거의 믿기 시작했는데—일부러 자신을 속이려 해봐야 무슨 소용 있겠는가— 저 소리는 짐승이 내는 소리로, 그것도 조그만 무리들이 아니라 한 마리의 커다란 짐승이다. 반증은 얼마든지 있을 것이다. 소리는 어디에서도 들리며 언제나 일정하게 밤낮 가리지 않고 들려온다. 그렇기에 역시 조그만 놈들 여럿이라고 생각하기 쉬우나, 그렇다면 지금까지의 수많은 시굴로 찾아낼 수 있었을 테지만 한 마리도 찾아내지 못했다. 그러니 커다란 짐승이라는 가정을 세울 수밖에 없는 것이다. 모순되는 점도 여럿 있지만 이 가정을 버리기보다는 오히려 그 짐승이 상상을 초월해 위험한 것이라고 생각해야 하는 것 아닐까? 그 한 가지 점 때문에 나는 이 가정을 피해왔던 것인데, 언제까지고 계속해서 자신을 기만해서는 안 된다. 훨씬 전부터 은밀하게 생각하고 있던 점인데, 아주 멀리 떨어져 있어도 소리가 들린다는 점에 대한 것이다. 그놈이 맹렬하게 작업을 하고 있기 때문이 아닐까? 마치 산책 중인 사람이 들판을 성큼성큼 걸어가듯, 그렇게 흙을 파헤쳐 나가고 있다. 어마어마한 기세로 파헤치고 있기 때문에 판 뒤에도 주위의 흙이 흔들리고 있어서 여진과 작업 소리가 하나로 합쳐져 그것이 멀리서부터 전해지는 것이다. 굴에 다다르는 것은 거의 사라져가려 하는 상태로, 그렇기 때문에 곳곳에서 일정한 소리로 들리는 것이다. 짐승은 나를 노리고 오는 것이 아니라 오히려 확실한 계획이 있는 듯하다. 그것이 어떤 계획인지 짐작이 가지는 않지만, 상상컨대 녀석은 이곳을 포위하려 하고 있는 듯하다. 나의 존재는 모를지도 모르겠으나, 내가 있는 곳을 중심으로 원을 그려 이미 내 굴을 감싸고 있으며, 두어 개의 원주를 만들어놓았을지도 모른다. 지금 소리가 강해지고 있는 것은 원이 점점 작아지기 시작했기 때문이다.

소리의 종류, 즉 휘이휘이, 혹은 슉슉 하는 소리에 관해서인데 매우 시사적이라고 할 수 있다. 내가 나만의 방식으로 벽을 긁어내기도 하고 파내기도 할 때는 전혀 다른 소리로 들릴 것이다. 저 휘이휘이 하는 소리로 짐작할 수 있는 것은, 짐승의 주요한 도구가 손톱이 아니

라는 사실이다. 손톱은 보조적으로 사용할 뿐이며 주된
것은 코 내지는 턱이다. 그것 자체도 굉장한 힘을 가지
고 있지만, 거기에 더해서 어떤 예리한 것도 갖추고 있
다. 아마도 코를 있는 힘껏 흙에 처박아 커다란 덩어리
를 파내는 것이리라. 그 사이에는 아무런 소리도 들리지
않는다. 바로 소리가 끊기는 때에 해당하는 것이다. 그
런 다음 코를 빼고 다음 일격을 가하기 위해서 숨을 들
이쉰다. 이 흡인이 대지를 흔들 만큼 커다란 소리를 내
는 것임에 틀림없다. 짐승 자체의 힘뿐만 아니라 그 작
업의 속도와 맹렬함 때문에도 나는 소리로 그것이 순서
대로 전해져, 그 희미한 소리로 내 귀를 때리는 것이다.

그야 그렇다 해도 밤낮 쉬지 않고 일하는 능력은 나
의 이해력을 뛰어넘는다. 소리가 들리지 않는 시간이 짧
은 동안의 휴식일지 모르겠다. 느긋하게 쉬는 일은, 아
무래도 지금까지 한 번도 없었던 듯하다. 밤이고 낮이고
가리지 않고, 언제나 변함없는 힘과 기세로 숨을 헐떡이
며 계획을 실현하기 위해 일하고 있다. 그것을 실현시킬
능력을 충분히 갖추고 있다.

이와 같은 적을 만나게 되리라고는 꿈에도 생각지 못
했다. 무시무시한 특성은 그렇다 해도, 문제는 오히려

그 다음에 있다. 실은 나 자신도 더욱 두려워하고 있었어야만 했으며, 그에 대비한 준비를 하고 있었어야만 했다. 무엇인가가 시시각각 다가오고 있다. 지금까지는 오래도록 아무런 일도 없었다. 행복했다. 그건 무엇을 의미하는가? 적은 커다란 호를 그리며 내 굴을 향해 다가오고 있다. 누가 그런 길을 가르쳐준 것일까? 이제 와서 혼비백산할 거였다면 어째서 지금까지의 긴 기간 동안에 자위책을 강구해두지 않았던 것일까? 조그마한 여러 위험에 신경을 쓰느라 커다란 하나를 잊고 있었다. 굴을 소유하고 있으니 어떤 것이 쳐들어와도 내가 유리할 것이라 착각하고 있었던 걸까? 이 크고 상하기 쉬운 굴의 주인으로서 강대한 적에 대해 너무나도 무방비한 상태였다. 굴을 가지고 있다는 데서 오는 행복에 안주하고 있었다. 굴이 상하기 쉽다는 것은 그 주인을 상하게 하기 쉽다는 뜻으로, 그 상처는 내 몸의 상처처럼 아플 것이다. 바로 이 점을 예측하고 있었어야만 했다. 자신의 상처만을 생각하는 것이 아니라—이 얼마나 경솔하고 헛된 짓을 하고 있었단 말인가—, 굴의 방비를 생각했어야 했다. 무엇보다 먼저 굴의 곳곳에, 그것도 가능한 한 여러 곳에 걸쳐서, 혹시 적의 공격을 받게 되면 흙을 무너뜨려서 차단하는 장치를, 그것도 순간적으로 그 조치를 취할 수 있도록 궁리를 해두었어야만 했다. 가능한 한 대량의 흙이 흘러내리게 해서 효과적으로 차단한다. 그로 인해서 적은 그 너머에 굴이 있으리라고는 생각지 못한다. 그 흙이 적을 차단하는 것뿐만 아니라, 매몰시켜준다면 더욱 좋으리라.

이런 종류의 일은 조금도 생각지 않았었다. 무엇 하나, 말 그대로 무엇 하나, 이런 쪽으로는 고려하지 않았다. 어린아이처럼 가볍게 들떠서 시간을 보냈으며, 한창 왕성하게 일을 할 시기에도 오로지 아동극에만 심취해 있었다. 위험에 대해서는 거의 장난삼아 생각해보았을 뿐, 진짜 위험을 진지하게 생각하기를 게을리 해왔다.

경고의 목소리가 없었던 것도 아니었다. 지금 가까이 다가오고 있는 것 정도는 아니지만, 어쨌든 비슷한 일이 굴을 파기 시작했을 무렵에 있었다. 가장 커다란 차이는 굴의 건조 초기에 있었다는 점. 그때는 젊은 수습공이나 다를 바 없는 몸으로 처음의 공정에 들어갔다. 미로가 어설프게나마 간신히 모습을 드러내기 시작했을 무렵으로, 조그만 광장을 하나 파냈을 뿐이었는데 그나마 크기와 벽의 처리 모두 실패작이라고 할 수 있는 것. 다시 말해서 모든 것을 이제 막 시작했을 무렵으로, 시험 단계에 지나지 않았기에 그러다 진력이 나서 포기했다 할지라도 그다지 아깝지 않을 수준이었다.

어느 날, 휴식을 취하고 있을 때의 일이었는데—그러고 보니 나는 평생에 걸쳐서 끊임없이 휴식만 취하고 있었던 듯하다—, 흙더미 사이에 누워 있자니 멀리서 갑자기 소리가 들리기 시작했다. 아직 젊은 때였기에 불안을 느끼기보다는 호기심에 사로잡혀 일은 내팽개치고 온 신경을 집중해서 귀를 기울였다. 가만히 귀를 기울이고 있었다. 이끼가 있는 곳으로 달려 올라가 얼굴을 내밀어 밖을 살펴보는 등의 일은 하지 않았다. 그저 집중해서 귀를 기울이고 있었다. 무엇인가가 땅을 파고 있었다. 그 점은 이번과 마찬가지지만, 소리의 정도가 조금 약했다. 어느 정도의 차이인지는 모르겠다. 긴장하기는 했지만 머리는 냉정하고 차분했다. 어쩌면 내가 다른 굴로 파고들어 원래의 주인이 이쪽을 향해 파오고 있는 것일지도 모르겠다. 만약 그렇다면 나는 정복욕도 없을뿐더러 투쟁에 굶주린 것도 아니니 바로 장소를 옮겨 다른 곳에 굴을 만들겠다.

한참 젊기도 했고, 아직 굴 자체를 가지고 있지도 않

았기에 냉정하기도 했으며 흔들림이 없기도 했다. 계속되는 정세의 변화에도 그다지 흥분하지 않았다. 단지 해석에 애를 먹었다. 상대방은 내가 파기 시작한 것을 들었을 테니, 그래서 이쪽을 향해 파 들어오기 시작한 것일까? 아니면 이번 경우처럼, 단지 방향을 바꿨기 때문에 이렇게 된 것일까. 내가 쉬고 있는 동안에 거점을 찾아 다가오고 있는 것일까, 아니면 의도적인 행동일까? 어쩌면 모든 것이 나의 환상으로 상대방은 나에 대해서 조금도 생각지 않고 있을지도 몰랐다. 그야 어찌 됐든 소리는 한동안 점점 강해져갔다. 내 쪽으로 다가오고 있었다. 젊었던 나는 무엇인가가 천천히 흙 속에서 튀어나온다 할지라도 상대방에게 불만은 없을 것 같았다. 하지만 그런 일은 벌어지지 않았다. 어느 시점부터 소리가 점점 약해졌다. 상대방이 천천히 방향을 바꾼 모양으로 더욱 희미해지더니 마침내 뚝 끊어졌다. 완전히 반대방향으로 틀어 그대로 멀어져간 듯한 느낌이었다. 다시 찾아온 고요 속에서 나는 여전히 한동안 귀를 가만히 기울이고 있었다. 그런 다음 다시 작업에 들어갔다.

분명한 경고였으나 나는 바로 잊었으며, 굴의 계획에도 참고하지 않았다. 그때와 지금 사이에는 생애의 길이에 버금가는 시간이 놓여 있지만 마치 아무것도 없었다는 듯, 나는 끊임없이 휴식을 취하고 있으며 벽에 귀를 대고 있다. 상대방은 생각을 바꾼 것이다. 우향우를 해서 되돌아온 것이다. 여행에서 돌아온 것이다. 자신을 맞아들이기에 충분한 시간을 줬다고 생각하고 있는 것이다. 나는 그때와 마찬가지로 조금도 맞아들일 준비를 하지 않았다. 굴은 완전히 무방비 상태이며, 그 주인은 더 이상 젊은 수습공이 아니라 나이 든 장인이 되어서 무슨 일이 일어나면 힘이 달린다. 아무리 나이 들었다 할지라도 조금 더 오래 살고 싶다는 생각이 든다. 이끼 아래의 침상에서 더는 몸을 일으킬 수 없을 정도, 그 정도의 나이까지 살고 싶다.

실제로 아직 이렇게 건강해서 벌떡 일어나 새로운 비축물을 위해 사냥감을 뒤쫓다 돌아오곤 한다. 정세는 어떻게 됐지? 소리가 약해지지 않았을까? 아니, 반대로 더욱 커진 것 같기도 하다. 임의의 10곳에 귀를 대본 결과, 착각이었다. 소리는 처음 그대로여서, 조금도 변하지 않았다. 상대방은 변경할 필요 따위 느끼고 있지 않은 것이다. 유유히 시간을 초월해 있는 데 비해서 나는 귀를 세우고 촐랑촐랑 뛰어다니고 있다.

나는 다시 긴 통로를 달려서 요새의 광장으로 되돌아왔다. 주위의 모든 것이 주인과 마찬가지로 마음이 가라앉지 않는 듯, 나를 바라보다 방해가 되지나 않을까 걱정해서 바로 시선을 다시 돌리고, 그러다 다시 나의 몸짓에서 어떤 결단을 읽어내기 위해 숨을 죽이고 있었다. 나는 머리를 흔들었다. 아직 결단에 이르지 못했다. 요새로 온 것도 마땅히 해야 할 어떤 안을 실행하기 위해서도 그 무엇도 아니었다. 시굴 중인 곳 옆으로 갔다. 다시 확인을 해보아도 방향을 잘 잡았다. 공기의 흐름이 좋은 곳을 향하고 있어서 작업하기가 쉽다. 소리가 나는 곳에 이를 때까지 그렇게 깊이 파지 않아도 될지 모른다. 정찰을 위한 구멍이면 충분하지 않을까? 스스로에게 이렇게 말해보아도 도무지 작업욕이 솟아오르지 않았다.

파고 들어간다 한들 정확한 사실을 알 수 있을까? 나 자신도 분명하게 알고 싶지 않은 것 아닐까? 나는 포획물의 알몸뚱이 가운데서 가장 좋은 것 하나를 골라내 그것을 물고 흙더미로 되돌아갔다. 아직 고요함이 있었다면 흙 속으로 들어가는 것이 가장 좋을 것이다. 고기 조각을 핥기도 하고 씹기도 하면서 미지의 짐승에 대해서 생각했다. 지금 멀리서 구멍을 파고 있다. 그리고 뒤이어 나는 충분한 비축량을 가지고 있는 몸이니 그것을 가능한 한 활용할 수 있는 방법에 대해서 생각했다. 현시점에서는 유일하게 실현 가능한 계획일지도 몰랐다. 아울러 상대방의 계획도 감안했다. 그는 이동 중인 걸까, 아니면 자신의 굴을 만들고 있는 걸까? 이동 중이라면 여기에 왔을 때 협상을 해볼 수도 있지 않을까? 내 굴에 도달했을 때 비축품 가운데 무엇인가를 주고 계속해서 앞으로 가게 하는 것이다. 별 탈 없이 보낼 수 있을 것이다.

흙 속에 잠겨 있으면 무엇이든 꿈을 꿀 수 있다. 협상도 꿈 가운데 하나다. 그러나 나 자신도 잘 알고 있는 일이지만 협상은 결코 이루어지지 않을 것이다. 얼굴을 마주한 순간, 아니 가까이에서 서로를 느낀 순간 이미 나도 모르게, 그리고 내가 먼저인지 상대방이 먼저인지도 모르게, 설령 배가 부른 때라 할지라도 불타오르는 듯한 식욕으로 서로가 발톱을 세우고 맹렬하게 물어뜯기 시작할 것이다.

결국은 그렇게 되고 말 터이니, 이동 중이라면 설령 앞쪽에서 굴을 발견했다 할지라도 이동계획을 변경하거나 하지는 않을 것이다. 게다가 상대방은 자신의 굴을 만들고 있는 것일지도 모르는데, 그런 경우라면 협상의 여지는 조금도 없다. 상대방이 이웃 굴과의 공존을 꾀하는 별스러운 자라 할지라도 내가 용서할 수 없다. 적어도 소리가 쉴 새 없이 들려오는 이웃은 절대 사양이다. 지금은 아직 저 멀리에 있는 듯하니, 만약 조금이라도 뒤로 물러나준다면 소리는 틀림없이 그칠 것이다. 그러면 예전처럼 평화로운 시간이 찾아올 것이다. 유쾌하지는 않았지만 교훈 가득한 체험으로, 위험이 떠나 안정을 되찾게 되면 곧 여러 가지 개선을 가할 차례가 될 것이다. 아직 그 정도의 작업을 할 수 있을 만큼의 힘은 가지고 있다.

어쩌면 상대방은 굴을 이쪽으로 넓히기를 그만두고 반대 방향으로 전환할지도 모른다. 워낙 굉장한 힘을 가진 짐승이어서 무슨 일이든 가능하기 때문이다. 물론 이건 협상에 의해서 생겨나는 일이 아니라 상대방의 의향에 따른 것, 혹은 내가 발하는 무언의 압력에 의한 것이리라. 이 점에 있어서는 상대방이 나에 대해서 알고 있는지, 또 알고 있다면 과연 무엇을 알고 있는지가 문제가 된다.

이 점에 대해서 생각할수록 상대방이 내 소리를 들었으리라고는 여겨지지 않는다. 나에 대한 정보를 가지고 있으리라고도 여겨지지 않는데, 어쨌든 그것은 있을 수 있는 일. 하지만 내 소리를 들었다는 건 있을 수 없는 일이다. 내가 아직 그 소리를 듣지 못했을 무렵, 상대방도 내 소리 같은 건 듣지 못했을 것이다. 나는 조용히 일을 처리했으며, 더 이상은 불가능하다 싶을 정도로 살짝 굴로 돌아왔다. 시굴을 시작했을 때는 어땠을까? 나는 언제나 조용히 파야 한다는 생각을 가지고 있었지만, 어쩌면 들렸을지도 모른다. 하지만 상대방이 들었다면 나 자신도 어떤 조짐 같은 것을 느꼈을 것이다. 작업 중에 나는 몇 번이고 일손을 멈춘 채 귀를 기울였지만, 이상한 점은 조금도 없었으며, 또⋯⋯

■ 해 설

카프카가 프루스트, 조이스, 포크너 등과 함께 20세기의 가장 중요한 작가 중 한 사람이라 여겨지기 시작한 것은 그가 세상을 떠난 지 20여 년이 지난 제2차 세계대전 후의 일이라고 해도 좋을 것이다. 예를 들어서 1930년 무렵에 출판된 독일 현대문학사를 펼쳐보면, 그 가운데 카프카에 대한 내용은 겨우 10여 줄에 지나지 않는다. 또한 1936년에 미국에서 간행된 독일문학사를 보면, 거기에서는 카프카라는 이름조차 찾아볼 수가 없다. 원래 카프카 자신은 생전에 겨우 몇 권의 소품·단편만을 발표했으며, 유언으로 모든 유고의 파기를 요구했었다. 그 뜻에 반해서 장편 유작 3편을 비롯해서 모든 단편을 정리, 간행한 것은 그의 친구였던 작가 막스 브로트의 공적이었는데, 그의 열의와 경도가 없었다면 오늘날의 카프는 결코 존재하지 않았을 것이다. 브로트는 자신의 『프란츠 카프카전』(증보판)에서, 카프카 사후 유작을 출판해줄 대형 출판사를 찾는 데 어려움을 겪었다고 말했다. 이에 그의 작품에 대한 유명작가의 관심을 끌기 위해 노력했는데 게르하르트 하우프트만은 "안타깝지만 카프카라는 이름은 아직 들어본 적이 없습니다."라고 답했다고 한다.

오늘날 카프카에 관한 문헌은 헤아릴 수도 없이 많다. 그리고 그 만큼의 카프카에 대한 해석이 있다. 그것을 일목요연하게 정리한다는 것은 도저히 불가능한 일이다. 하지만 카프카 해석에 있어서 하나의 커다란 기둥은 말할 것도 없이 브로트의 해석이다. 브로트는 열광적인 유대주의자로, 그 입장에 선 카프카 해석은 단편적이라고 많은 사람들로부터 격렬한 공격을 받았다. 그는 『카프카의 신앙과 사상』이라는 저서의 서문에서, 카프카의 올바른 해석을 위해서는 아포리즘에서의 카프카와 서사작품(장·단편)에서의 카프카, 이 2개의 흐름을 구별해야 한다고 했다. 그에 의하면 '아포리즘에서의 카프카는 인간 내면의 '파괴되지 않는 것'을 인식하고 있으며, 세계의 형이상학적 핵심에 대해 적극적으로 신앙적인 관계를 가지고 있다. 이런 면에서 카프카는 인류에 대해 해야 할 적극적인 말, 하나의 신앙, 각 사람의 개인적 생활을 바꿔야 한다는 엄격한 요구를 이야기하고 있으며, 이는 톨스토이의 사상과 밀접한 관계를 가지고 있다. 한편 소설 및 이야기에서의 카프카는 공포와 고독감 속에서 방황하고 있는 인간, 즉 아포리즘이나 일기 속에서 이야기한 그 '파괴되지 않는 것'을 잃은 인간, 신앙적 확신을 갖지 못하게 되어 착란을 일으킨 인간을 내보이고 있다. 여기서는 아포리즘에서 볼 수 있는 적극적인 말을 듣지 않고 올바른 길에서 벗어났을 때 나타나는 무시무시한 처벌을 묘사하고 있다. 이 양면을 이해하지 못한다면 카프카를 이해할 수 없다.'는 것이다. 여기서 2가지 문제가 생겨난다. 첫 번째는 카프카의 작품은 완결된 문학작품으로 봐서는 안 되는 것일까 하는 문제다. 두 번째는 지금까지 카프카의 아포리즘은 우리 독자들에게 충분히 제공되지 않았다는 문제로, 수많은 유고와 일기와 편지가 간행되어 전집이 거의 완결된 것은 비교적 최근의 일이다. 첫 번째 점에 관해서는 이른바 문학상의 영원한 문제이자, 브로트의 해석에 대한 수많은 비판이 바로 이 점에 집중되어 있다고 해도 좋을 것이다. 두 번째 점에 대해서는, 카프카 연구에 대한 커다란 문이 이제 열린 것일 뿐, 이 영역은 아직 문제를 해결하지 못한 채 남아 있다고 할 수 있다.

브로트는 위의 주장에 입각해서 프랑스 실존주의자들의 니힐리즘적 해석에 반대했으며, 또한 가톨릭적 해석을 충분하지 못한 것이라고 보았다. 즉, 니힐리즘적 해석은 카프카로부터 초월자에 뿌리를 두었다는 핵심을 제거해버리는 것이며, 가톨릭 내지 과격한 기독교적 해석은 카프카를 초월자에게만 귀속시켜 카프카가 매우 숭고한 의미에서 존중하고 있던 적극적인 현세의 힘을 무시해버리는 것이라고 했다. 여기서 브로트가 비판하고 있는 니힐리즘적 해석, 그리고 기독교적 해석은, 카프카 해석에 있어서 중요한 2개의 기둥이다. 전자는 문학적인 면에서 생산적이며, 후자는 사상적인 면에서 의미가 크다. 이른바 '부조리 문학'의 선구자로서의 카프카는 매우 커다란 영향력을 가지고 있어서 수많은 모방자들까지 나타나기에 이르렀다. 카프카의 문학은 종교적 우의성을 찾기에 매우 적합한 것이며, 니힐리즘적 해석도 이른바 뒤집기 형식으로 그 문제와 관계를 맺고 있다. 브로트의 수년간에 걸친 주장은 자신의 해석 이외에는 그 무엇도 인정하지 않겠다는 도발적인 것으로, 그 점에서부터 이미 반감을 사고 있다. 그러나 공정하게 보아 그의 주장에는 문제성이 많으며, 앞으로도 좀 더 중요한 단서로 다루어지게 될 것이다.

그런데 최근 행해지고 있는 카프카에 대한 연구의 동향을 살펴보면 무엇보다 실증적 연구 분야에서의 작업이 눈에 띈다. 이는 카프카의 작품을 문학으로 바라보려는 지향과 상반되는 것이다. 뒤에서도 말하겠지만 브로트가 편집한 카프카 작품의 텍스트에 대한 비판이 여러 가지 형태로 제공되고 있다. 이 문제에 대해서는 이전부터 의문이 제기되고 있었는데 튀빙겐 대학의 바이스너 교수가 그 시발점이 되었다. 그는 강연 『이야기 작가 카프카』(1952)라는 소책자에서 '지금 카프카에게 있어서 하나하나의 단어와 센텐스에서 시작해, 전체적 의미성을 띈 구성으로까지 상승해가는 문헌학적 해석은 불가능합니다. 왜냐하면 신뢰할 수 있게 편집된 텍스트가 없기 때문입니다.'라고 말했다. 바이스너 교수는 이 책자의 주에서 그 이유도 설명했다. 브로트는 『심판』 제2판의 맺음말에서 텍스트를 읽기 쉽게 하기 위해 문장기호와 단어의 철자와 문장구조를 최소한이기는 하나 일반 독일어의 관용에 따라서 바꿨다고 말했다. 바이스너는 브로트의 이러한 태도를 비판하고, 그 예로 단편 「판결」의 원문 비판을 행했는데, 카프카가 생전에 출판한 판과 브로트에 의한 전집판을 비교해 60개소 정도의 다른 곳을 열거했다. 또한 슈투트가르트 공업대학의 마르티니 교수는 단편 「마을의 학교교사」에 대한 원문 비판에서, 원고와 간행본 사이에 약 280개소 정도의 차이가 있음을 지적했다. 이는 우리 외국인으로서는 그 뉘앙스를 쉽게 알 수 없는 문장부호 등이 대부분이기에 너무 엄격하다면 엄격하다고 할 수도 있다. 가장 깊이 있고 뛰어난 카프카 연구가 중 한 사람인 쾰른 대학의 엠리히 교수는 '원고의 사진판을 조사해보았는데 문장기호에 대한 의문과 알아보기 힘든 원고의 오독에 의해 생겨난 매우 소수의 잘못 외에는 의식적으로 변경을 가한 원문 침해는 어디에서도 볼 수 없었다.'고 하고, '브로트는 많은 점에서 비판적이지 못한 방법을 취했는지는 모르겠으나, 원래 간행본에 밝은 문헌학자가 아니니 어쩔 수 없는 일이다. 제대로 된 텍스트를 간행하고자 했던 그의 성실한 노력은 누구도 부정할 수 없을 것이다.'라고 말했다. 여러 가지 문제는 있지만 우선은 이 엠리히의 말이 온당하다고 볼 수 있을 것이다. 어쨌든 우리 외국인으로서는 좀처럼 접근하기 쉽지 않은 영역이다.

프랑스의 사르트르, 카뮈, 블랑쇼, 바타이유 등이 본

카프카에 대한 견해는 매우 흥미로운 것이다. 그러나 여기서는 생략하기로 하고, 카프카 문학의 해석 가운데 특히 근본적인 문제를 이야기하고 있는 것은 앞서 이야기한 엠리히다. 그는 비교적 짧은 한 에세이 속에서 다음과 같이 말했다.‘카프카의 단편이나 장편을 읽을 때면 우리는 이상한 세계 속으로 들어간 듯한 느낌을 받는다. 그 세계에서 일어나는 일들은 시간 · 공간에 의해서 규정된 외적 현상계에서는 있을 수 없는 일이며, 우리에게는 마치 꿈속에서나 볼 수 있는 일처럼 여겨진다. 그러나 그것은 결코, 틀림없는 꿈이라고만 받아들일 수는 없는 것이다. 외적인 현상계와 직접적으로 연결되어 있어서, 실제의 꿈처럼 의식하의 연상에 의해 진행되는 것이 아니다. 이렇게 해서 시간과 공간, 원인과 결과 등과 같은 경험적 질서를 여기서는 볼 수가 없다. 물론 과거의 수많은 문학에서도 문학은 현실을 뛰어넘은 이념적 허구의 세계로 이해되어 왔으며, 그 세계에서 온갖 경험적인 자연 현상은 보다 높은 정신적 의미성 아래에 놓여 있거나, 혹은 그것 자체가 상징이 되어 하나의 정신적 질서의 의미를 담당해왔다. 그렇다면 카프카가 묘사한 일들의 배후에서 그 정신적 의미를 찾아보고, 대체 그것은 무엇을 의미하고 있는지 생각해보기로 하자. 그러나 그 경우에도 역시 명쾌한 해석은 불가능하다. 카프카 문학 속에서 사건의 의미는 끊임없이 반성되고, 해명되고, 분명하게 분석되고 있다. 그러나 그렇게 해서 획득된 의미가 곧 작품 속에서 의심받게 되고, 배척받는다. 그렇기에 정신적인 의미성을 찾는 것이 불가능해져버린다. 게다가 그것은 이중으로 불가능하다. 첫째로 카프카의 문학에서는, 성은 천상이나 은총의 장소를 나타내며 그 아래의 마을은 인간계를 나타낸다고 보는, 이른바 비유로서의 암시를 읽어낼 수가 없다. 종전의 비유적 문학에서처럼 감각적으로 지각할 수 있는 현상과 정신적 의미 사이에 분명한 관계가 있는 것이 아니기 때문이다. 둘째로 카프카 문학은 고전주의, 혹은 낭만주의에서 말하는 의미의 상징성을 포함하고 있지도 않다. 즉, 괴테가 말한 것처럼 특수함 속에서 보편성을 나타내고 있는 것도 아니고, 또 노발리스 등의 낭만파 문학처럼 자연이 정신으로 화하고 정신이 자연으로 화해 무한히 높아져 가는 과정을 나타내고 있는 것도 아니다. 묘사되어 있는 여러 가지 일들 사이의 의미적 연관성이 부정되고, 심지어는 현상 그 자체가 의심을 받고 있다. 이처럼 카프카에서는 현상계와 예술작품의 의미구조도 파괴되어 있는 것처럼 보이기 때문에 독자는 이상한 느낌과 곤혹스러운 느낌을 품게 되는 것이다. 예전의 예술에도 그로테스크, 풍자, 비전, 환상문학 등처럼 표현하는 현상이나 이미지를 파괴하거나, 그것을 변형하는(데포르메) 경우는 있었다. 그리고 이와 같은 변형을 만나면 독자는 불편함이나 혐오감을 일으키는 경우가 있다. 그러나 그와 같은 그로테스크나 풍자나 비전의 의미를 일단 깨닫기만 하면, 그러한 불편함이나 혐오감은 쾌감이나 놀라움이나 찬탄으로 바뀌어간다. 하지만 카프카에서는 그러한 의미를 끝내 잡지 못하고 끝나기 때문에 미로와 같은 무의미함 속에 빠져든 듯한 마비감에 휩싸이게 된다.

그렇다면 카프카 문학을 어떠한 것으로 이해해야 할까? 카프카의 형상 세계는 이른바 인간존재 자체를 나타내는 시적인 상형문자인 것이다. 일정한 세계관적, 신학적, 윤리적, 사회적, 정치적인 여러 가지 이념을 감각적인 사상이나 행위 속에서 구체화하고, 그들 이념에 시적인 형태를 부여하려는 것이 아니다. 또한 그와는 반대로 우리가 이미 잘 알고 있는 공간·시간적인 현실, 혹은 정신적인 현실을 가능한 한 생생하게 진짜처럼 묘사해서, 그러한 현실의 의미를 계시하거나 해석하려는 것도 아니다. 오히려 희망과 절망, 진실과 허위, 죄와 무죄, 자유와 속박, 존재와 비존재, 신앙과 회의, 생과 사, 지와 무지, 현세의 생활과 내세의 생활 등과 같은 여러 가지 대립의 끝없는 긴장 속에 놓인 인간 존재 자체가, 이미지와 정신적인 표현 속에 형태화되어 있는 것인데, 만약 그러한 것이 모순으로 가득 찬 긴장, 인간적인 여러 가지 대립의 동시적 병존을 충실하고 진실하게 반영해야 하는 것이라면 아무래도 역설적으로 형태화되지 않을 수 없다. 이처럼 카프카 문학은 일정한 이념이나 일정한 문제를 일정한 현상 속에서 형태화하거나, 표현하거나, 해결한 것이 아니라 표현형식 그 자체가 의미를 짊어진 것이 되어 있으며, 표징이 되어 있다. 그렇다면 카프카의 소설이 무한히 계속되며, 완결도 완성도 참된 결말도 없다는 사실 역시 이해할 수 있을 것이다. 왜냐하면 여기서 문제가 되고 있는 것은 개개인의 일정한 문제를 일정한 방법으로 형태화하여 결론으로 이끌어가는 것이 아니라 인간 존재의 모형을 만들어내는 것이기 때문이다. 그런 인간존재의 모형은 그 본질적 의미에서 완결될 수 없는 것이 될 수밖에 없다. 카프카 문학의 이와 같은 단편적 · 비완결적인 성격에서, 어떤 형상도, 어떤 줄거리의 전개도, 어떤 사상도 그것 자체를 위해서 묘사된 것이 아니라 단지 기능적인 의미를 가진 것에 지나지 않는다는 결론을 다시 이끌어낼 수 있다. 그것은 상징으로 묘사된다는 이론에 따른 예전의 문학 표현에 서의 경우보다 더 절대적인 의미에서 그런 것이다. 이와 같은 절대적 기능성을 가진 카프카의 문학은 일정한 역 사적, 이데올로기적, 혹은 심리적인 내용을 가진 것으로 읽어서는 안 되며, 인간 존재의 모형으로써 형식 그 자 체의 면에서 이해되어야 한다.' 이상이 엠리히의 주장이 다. 이러한 태도로 실제 개개의 작품을 대하면 어떻게 되는지를 이야기한다는 것은 어려운 문제지만, 카프카 의 모든 작품을 어떤 가치로 이해하려 할 때, 그러한 시 도는 좌절되지 않을 수 없다. 엠리히의 견해는 깊은 시 사를 포함하고 있는 것이다. 그리고 여러 가지 사상적, 종교적인 카프카 해석이 일단 나올 만큼 나온 오늘날, 카프카 문학을 문학의 문제로 생각하려 하는 매우 적절 한 재반성으로 받아들일 수 있으리라 여겨진다. 심심찮 게 들을 수 있는 카프카의 이른바 '우화적 방법'이란, 오히려 이 엠리히의 설처럼 이해해야 하는 것이리라.

다음으로 빌리 하스가 자신의 자전적 회상 『문학적 세계』에서 상당히 단정적으로 카프카관을 표명한 것도 놓쳐서는 안 된다. 하스는 1891년에 프라하에서 태어났는데 자신보다 나이 많은 친구인 브로트를 통해서 카프카를 개인적으로 알게 되었다. 그의 짧은 카프카론은 그의 『시대의 다양한 복장』이라는 평론집에 실린 것인데, 카프카 작품에 대한 가장 좋은 해설 가운데 하나로 여겨지고 있다. 그리고 카프카와 연애관계에 있었던 밀레나 예젠스카로부터 카프카가 보냈던 편지를 받아, 제2차 세계대전 이후에 카프카 전집 가운데 한 권으로 수록하기 위해 편집한 것도 그였다. 하스는 이렇게 말했다. '카프카만이 두엇의 단편적이기는 하나 장대하고 멸하지 않을 이미지 속에, 특히 「심판」과 「성」 속에 우리들 청춘의 세계를 집약하고 구성했다. 이들 작품을 읽는 동안 우리 청춘이 매우 친숙했던 파노라마를 읽는 듯한 기분에 사로잡혔다. 그 속에서는 어떤 거리의 숨겨진 구석, 모퉁이, 어떤 먼지 뒤집어쓴 복도, 어떤 추잡함, 어떤 깨닫기 어려운 암시도 나는 그것을 바로 알아볼 수 있을 정도다. 그렇기 때문에 나는 카프카 작품에 대해서 쓴 실존주의적이네, 비실존주의적이네 하는 수많은 에

세이를 하나도 이해할 수가 없다. 카프카의 세계적 명성조차, 뜻밖에도 내게는 일종의 우스움을 불러일으킨다. 프라하에서 태어나지 않은, 그리고 1890년이나 1880년 무렵에 태어나지 않은 사람이 카프카를 이해할 수 있으리라고는 생각지 않는다. 카프카의 기묘하게 말이 적고 우의적(현실적)인 통찰력 속에는, 매우 암시적인 지방적 풍경의 세계─즉, 그의 2대 장편인 「심판」과 「성」의 환경─를 현실에서 알지 못하는 사람에게는 단지 이 지방적인 조그만 세계 속, 그리고 그와 같은 조그만 세계에 의해서 존재하고 있는 참으로 농밀한 형이상학적인 유추를 진심으로는 알 수 없는 부분이 있다. 그렇기 때문에 참으로 한심한 오해가 지금까지 생겨났던 것이며 지금도 생겨나고 있다. 카프카는 폐쇄적이고 오스트리아적(유대적)인 프라하의 비밀인 것처럼 여겨진다. 그것을 풀 열쇠는 오직 나만이 가지고 있다. 카프카의 '세계적 명성'이라는 일그러진 오해의 누적이 점차로 줄어들어, 우리가 그라는 친구를 되찾게 된다면 그것은 내게 있어서 가장 커다란 기쁨이 될 것이다. 사실을 말하자면 카프카는 우리가 1910년 무렵에 이미 알고 있었으며, 종종 몇 밤이고 논의하며 생각하고 있던 문제(신의 범

접하기 어려움이나 원죄 등과 같은 문제)만을 쓴 것이다. 그의 위대한 업적은 그것을 천재적인 상징으로 형상화해냈다는 점에 있다. 그러나 그 이상으로, 어떤 낙관적인 환상에 의해서도 눈이 어두워지지 않았다는 점에 있다. 그가 그렇게 빨리 세상을 떠나버린 것은 아마도 다행스러운 일이었다. 만약 그가 조금 더 오래 살았다면, 브로트가 상상하고 있는 것처럼 틀림없이 실제에 있어서 열성적인 시오니즘의 신봉자, 이른바 '멋진 신세계'의 충성스러운 국민이 되었을 것이다. 즉, 실제 존재했던 그보다 훨씬 더 적극적인 사람이 되었을 것이다. 만약 그랬다면 어떤 사상에도 영향을 받지 않았던 그의 특수한 천재는 슬프게도 발휘되지 못했을 것이다. 그러나 카프카는 있는 그대로의 카프카로 끝나버리고 말았다. 따라서 우리는 그의 세계적 명성은 곧 끝나버릴 것이라고 예언한다. 원자력에 위협받고 있는 오늘날의 인류에게 그가 혹시 줄 수 있을지도 모를 것이라고는, 단지 그가 만년에 쓴 몇몇 짧은 이야기가 가진 멋진 골계미를 띤 유머뿐이리라. 하지만 그의 이 씁쓸한 웃음조차도 사람들은 곧 믿지 않게 되리라.'

위와 같은 하스의 설 및 예언에는 매우 독단적인 부

분이 있고, 또 이러한 카프카관을 갖게 된 데는, 친구였던 작가 프란츠 베르펠에 대한 하스의 경도가 적잖이 영향을 준 것이라 여겨지지만, 한편으로는 귀를 기울여야 할 부분도 가지고 있다. 카프카의 문학은 소재적으로 당시 프라하의 분위기를 반영하고 있으며, 또 개인적인 체험을 여러 가지 형태로 삽입한 경우가 매우 많다. 그렇기 때문에 카프카의 모든 작품에서 자전적인 요소를 더듬어 확인하려는 억지스러운 시도조차 있을 정도다. 어쨌든 젊은 평론가이자 작가인 발터 옌스는 한 짧은 글 속에서 하스의 위와 같은 견해에 찬성하고 카프카 문학을 카뮈가 알제리아의 향토문학인 것과 같은 의미에서의 향토문학이라고 했다. 이는 카프카 문학에서 장대한 사상체계를 이끌어내려 했던 종전의 카프카관에서, 다시 한 번 그의 작품을 자세히 맛보려 하는 하나의 기운이 상당히 강하게 일어나고 있다는 사실의 증거라 여겨진다. 카프카는 프라하 출신으로, 약간의 여행을 제외하면 언제나 프라하의 세계에서 벗어나지 않았다. 그런 점에서 같은 프라하 출신인 릴케나 베르펠과는 차이가 있다. 우리에게는 이해할 수 없는 것이라고 매정하게 말한다면 더 이상 할 말은 없지만, 카프카 문학을 성급하게 해석하기 전에 우리도 역시 그의 작품을 허심탄회하게 접하는 것이 중요하리라.

　물론 현대소설의 발전에 있어서 카프카가 차지한 역할의 의미는 잊혀지지 않을 것이다. 제2차 세계대전 이후 독일 현대문학에서 가장 중요한 작가 중 한 사람으로 평가받게 된 헤르만 브로흐는 제임스 조이스의 방법을 자신의 이상으로 삼아 작품을 썼는데, 그는 다음과 같이 말했다. '조이스의 「율리시스」는 현대소설의 특질인 신화를 형성하려는 의도의 표현이다. 그러나 조이스가 묘사한 인물들은 신화적 인간상이 되지는 못했다. 왜냐하면 신화라는 것이 현대에는 있을 수 없기 때문이다. 신화는 인간을 위협하고 파괴하려는 근원력을 그린 것인데, 그러한 힘을 상징하는 여러 가지 모습에 대해서 거기에 뒤지지 않는 커다란 프로메테우스적 영웅의 상징적 모습을 마주 놓는다. 그러나 현대에서 그처럼 인간을 위협하는 힘은 더 이상 근원적인 자연이 아니며, 단지 문명에 의해 길들여진 자연이 있을 뿐이다. 따라서 현대에 가능한 것은 '반신화'라 불러야 할 것이리라. 현대의 이와 같은 극도의 절망상태를 표현한 것은 조이스가 아니라 카프카다. 그야말로 그러한 절망상태 자체의 상징화를 행하는 것이 가능했던 예외적 힘을 가진 작가였다. 졸라의 「루공-마카르 총서」 이후 현대 소설은 신화가 되려 노력해왔다. 그러나 어떤 예술적 난해한 방법도, 수법도 거기에는 도움이 되지 못했다. 그것을 위해서는 오히려 어떤 진솔함이 필요한 것이리라. 그러한 진솔함을 만들어낼 수 있었던 것은 오직 카프카뿐이었다. 사람들은 내가 조이스의 뒤를 좇고 있다고 생각한다. 나는 틀림없이 이론적으로는 조이스와 맞닿은 부분이 있기 때문이다. 그러나 만약 내게 카프카만큼 커다란 시적 역량이 있었다면, 나는 틀림없이 이 극히 비조이스적인 카프카의 방향으로 끌려갔을 것이다. 하지만 나는 그와 같은 불손한 짓은 하지 않는다. 하나의 세대에 두 명의 카프카가 있을 수는 없다.' 그리고 카프카의 방법에 대해서 이렇게 말했다. '카프카는 하나의 새로운 신화를 실현한 작가다. 실존주의자의 작품이 사실은 그들의 철학적 이론을 예증하고 구체화하려는 우화나 전설 같은 것이며, 그런 의미에서는 전통적인 문학의 영역에 그치고 있는데 반해서, 카프카의 목표는 전혀 반대방향, 즉 추상이라는 것이 있었지 구체화에 있지는 않았다. 카프카는 이와 같은 '비이론적 추상'에 성공한 매우 드문 작가다.' 카프카의 작품을 '추상소설'이라고 부르는 말은, 이런 의미에서 이해해야 할 것이다.

하지만 카프카의 추상이라는 작업이 결코 현실적인 것을 떠나서 이루어진 것은 아니다. 카프카는 '어디에나 흔히 있는 것, 그 자체가 이미 하나의 기적이다! 나는 그저 그것을 기록할 뿐이다. 마치 내가 어두운 무대 위의 조명인 것처럼, 단지 사물을 살짝 비추고 있다는 것은 있을 수 있는 일이다.'라고 말했다. 그 독자적인 조사력 (照射力)이야말로 카프카의 수법이었다고 해도 좋을 것이다. 도스토예프스키는 「작가의 일기」 속에서 이렇게 말했다. '가장 커다란 기적은 때때로 현실 속에서 일어나는 일이다. 우리는 현실을 언제나 단지 우리가 보고 싶다고 생각하는 대로만, 우리 자신이 선입견을 가지고 생각하고 있는 대로만 보려 한다. 그러나 다음에 갑자기 현실을 보다 정확하게 살펴보고 눈에 보이는 것 가운데서 우리가 보고 싶다고 생각하는 것이 아니라 정말 있는 그대로의 것을 보게 되면 우리는 그것을 곧 기적이라 생각한다.' 이러한 현실의 투시력이야말로 위대한 작가들의 일에 다름 아닐 것이다. 카프카가 글쓰는 일을 '기도의 형식'이라고 부른 것은 유명하다. 그는 이렇게 해서 겸허한 일을 계속했으며, 얼마 되지 않는 작품만을 남기고 거대한 몸통은 매장하겠다는 결의로 죽은 것이다. 그의 일이 인간의 절망을 노래한 것이든, 그 구제를 추구한 것이든 우리는 그에게서 현실을 보는 법을, 현대의 인간적 상황에 대응하는 현실을 보는 법을 배우게 될 것이다. 여러 카프카 해석자들이 즐겨 인용하는 카프카의 말이 있다. '그 누구도 가장 깊은 지옥 속에 있는 사람들만큼 순수하게 노래하는 자는 없다. 우리가 천사들의 노래라고 생각하고 있는 것은 그러한 사람들의 노래인 것이다.'

개개의 작품에 대해서는 하스의 작가론이 짧기는 하지만 깊은 통찰력을 가진 해석을 내렸다는 점을 참고해 주기 바란다. 하나같이 오래 전에 기술된 것이라 여겨지지 않을 만큼 적절한 해설을 가하고 있는 듯 여겨진다.

카프카의 단편은 응집력을 가지고 있으며 틀림없이 완결성을 가진 것이라 생각해도 좋으리라. 이 분야에 있어서의 그의 작업은 인간의 생의 단면을 포착해 인간존재의 각각의 문제를 다루고 있다고 볼 수도 있을 것이다. 장편소설은 말할 필요도 없이 삶 전체를 포착하려한 것이다. 그 장편이 비완결적인 성격으로 끝난 것에 대해서는 최근의 한 평론가가 주목할 만한 견해를 밝혔다. '카프카 소설의 비완결성은 엠리히가 말한 것과 같은 의미에 의해서만이 아니라, 하나의 현상을 반대가 되는 것으로도 이야기하는 것을 극한으로까지 실행한 그의 방법에서도 온 것이다. 어떤 서술의 가능성에 대해서도 무수히 서로 다른, 때로는 모순되는 가능성을 대치시키는 것이 그의 방법이었다. 진실의 전체를 포착하기 위해서 이러한 방법을 취한 것인데, 전체적인 인간존재의 현상은 너무나도 다양한 모습을 띠고 있으며 복잡하게 얽혀 있기 때문에 여러 가지로 받아들일 수 있는 비유적인 형상을 극도로 추상화해 나간다 할지라도 모든 가능성을 포괄하는 완전한 전체상을, 카프카가 머릿속에 그리고 있는 대로 표현하기까지는 도달하지 못한 것이다.'라고 말했다. 한편 이와 관련해서 카프카가 장편 속에서 장황하게 기술한 논의의 기묘한 전개에 대해서도 이해를 해두어야 할 것이다. 그것들은 아무리 지루하게 보인다 할지라도 카프카의 변증법이라고 해야 할 중요한 특질을 나타내는 부분이라고 봐야 한다. 「심판」 속 변호사와 화가의 서술, 「성」 속 바르나바스의 집에서의 올가의 서술, 혹은 비서 뷔르겔의 서술과 같은 부분은 그 가장 현저한 예라 여겨진다.

지금부터는 참고를 위해 약간의 노트를 덧붙여두겠다.

『심판』은 1914년 가을에 착수해서 이듬해에도 작업이 계속되었다. 그 가운데 「법 앞에서」는 1914년 12월 13일에 썼다. 한편 이 부분은 단편집 『시골의사』에 수록되어 생전에 발표되었다. 두어 개의 단어에 차이가 있을 뿐이다. 브로트는 이 작품의 원고를 1920년 6월에 입수, 바로 정리했다고 한다. 그보다 조금 앞서 벨기에 겐트 대학의 유이텔스프로트 교수가 이 작품의 장의 배열을 고쳐야 한다고 제안해서 카프카 연구에 커다란 화제를 던졌다. 이 새로운 배열을 자세히 설명할 시간은 없지만 그 결론만을 현행의 장의 순서 번호로 바꿔보면 1, 4, 2, 3, 5, 6, 9, 7, 8, 10의 순서가 되며, 그 사이에 남아 있는 작은 단편을 끼워넣는 것이다. 물론 브로트는 격렬하게 반론을 가했고, 원고의 사진판을 제시하며 논박했다. 이 유이텔스프로트의 논거를 대략적으로 말하자면, 작품 속 문구를 살펴서 시간적 진행에 따라 앞뒤를 맞추자는 것인데, 그것에 따르자면 그 자신의 배열에도 모순이 생긴다. 게다가 작품 해석상의 중대한 결함도 다른 연구자에 의해서 지적되었다. 따라서 대부분은 반박당하고 말았다. 단, 이 작품의 시간적 순서는 세세한 점에서 이상한 부분이 있는데, 그것은 이 작품이 미완이기에 일어난 것이라고 해석해야 할 것이다. 『심판』이라는 제목으로도 알려졌지만 원래 제목은 '소송'이라는 의미다. 그러나 이 작품의 내용을 생각해보면 제목으로 매우 적절하다 여겨진다. 작품 속 뷔르스트너 양은, 카프카가 1914년에 만나 2번 약혼했다가 2번 모두 파혼한 펠리체 바우어 양의 모습을 간직한 인물이라 여겨지고 있다.

『성』은 1921년, 그리고 1922년에 주로 집필되었다. 즉, 밀레나라는 여성과의 위기적 관계 속에서 집필된 작품으로 밀레나는 작품 속의 프리다, 클람은 그 남편을 반영한 것이라 알려져 있다. 하스가 말한 것처럼 무대는 취라우라는 마을을 소재로 한 듯한데, 카프카는 1918년에 거기서 머물던 중 키르케고르 연구를 시작했다. 작품 속의 아말리아와 소르티니와의 관계에서 키르케고르의 영향을 보려하는 설도 있다. 1914년 6월 11일의 일기에 「마을에서의 유혹」이라는 단편이 실려 있는데 이는

『성』과 유사성을 가지고 있다. 『심판』과 『성』 모두 갑작스럽게 창작한 것이 아니라 주제를 오래 생각해왔던 것이라는 상상도 성립되리라 여겨진다.

단편집을 살펴보면 「변신」은 1912년에 집필했다. 그 작품에 대한 바이스너 교수의 지적은 매우 흥미롭다. 1916년에 나온 이 작품의 표지에는 오토마르 슈타르케의 그림이 실려 있다. 이는 아마도 작가의 동의 없이 그린 것이 아니리라. 우리가 흔히 생각해볼 수 있는 것은 카프카 자신의 협력, 혹은 희망에 의해서 그려졌을 것이라는 점이다. 그 그림은 잠옷을 입고 슬리퍼를 신은 한 남자가 절망해서 두 손으로 얼굴을 감싸는 모습을 나타내고 있다. 그 모습으로 봐서 이는 그레고르의 아버지가 아니라 그레고르 자신이다. 즉, 작품 속에서 그레고르는 처음부터 커다란 독충으로 변신해 있지만, 이 암시적인 그림 속에서는 인간으로 그려져 있는 것이다. 그 사실을 어떻게 받아들이든 이 작품을 생각하는 데 있어서 가장 중요한 단서가 될 것이다. 거기서는 벌레로 변신했다는 특이한 착상이 아니라, 인간적 처지를 바라보는 작가의 응시를 느낄 수 있을 것이다.

「유형지에서」는 1914년 10월에 쓰여 1919년에 단행

본으로 출판되었다. 엠리히는 틀림없이 세계대전 발발로 받은 인상을 바탕으로 쓴 것이라 추정하고 있다. 카프카 자신이 출판자에게 쓴 편지 속에서, 이 작품에 대해 시대 전환의 문제를 의식했다는 사실을 밝혔기 때문이다. 엠리히는 이 단편을 옛 규율과 새로운 규율의 대립으로 해석하고 있다. 즉, 옛 질서는 구제(수형자의 괴로움에 의한 인식이 묘사되어 있다)를 위해 인간을 희생하고, 새로운 '인간적인' 질서는 인간을 위해 구제를 희생한다고 여겨진다는 것이다. 한편 이 작품은 뜻밖에도 나치스의 강제수용소를 예언한 것이라고 보는 시선도 있으나 이는 지나친 생각이라 하지 않을 수 없다.

「화부」는 장편 『아메리카』의 서장이다. 『아메리카』는 1912년부터 집필했다. 이 『아메리카』라는 작품은 카프카의 일기 속 기술 때문에, 지금은 연구자들 사이에서 『실종자』라 불리는 것이 일반적이다. 틀림없이 이 작품은 상당한 미완성품인데 유이텔스프로트와 같은 사람들은 이 작품이 『심판』이나 『성』의 결말처럼 주인공의 죽음으로 끝나야 한다고 단정 짓고 있다. 일반적으로 다른 두 장편에 비해서 밝은 해학미로 넘쳐나는 작품이라 여겨지는 것과는 다른 견해이다. 카프카는 이 작품을 디킨스의 작풍을 참고한 것이라고 일기에서 말했다. 즉, 『판결』 이후의 작품과는 차이점이 있다는 사실을 느낄 수 있을 것이다.

이 「화부」는 1913년에 단독으로 출판되었고, 1915년에 폰타네 상이라는 상당히 권위 있는 문학상을 수상했다. 지금은 현대 독일문학의 대작가라 일컬어지고 있는 로베르트 무질이 1914년에 짧은 서평에서 이 작품을 언급했는데, 그 의도된 소박함이라는 것을 논하며 소년의 근원적인 선의에의 충동을 잘 묘사했다고 말했다. 그리고 그 가운데 하녀의 유혹이라는 짧은 에피소드에 주목해서 '매우 의식적인 예술가'를 감지했다. 한편 작품 속 카를 소년의 외삼촌의 모습은 카프카 자신의 외삼촌으로 스페인에서 성공한 인물의 모습을 반영한 것이라 일컬어지고 있다.

「판결」은 1912년 9월 22일부터 23일 밤에 걸쳐서 썼으며 1916년에 출판되었다. 이 작품은 방법상의 새로운 전환점이 되는 경계석이라 여겨지고 있다. 카프카는 이 작품을 쓴 해의 8월에 펠리체 바우어 양을 만났다. 아버지와의 관계도 기묘한 것이었다. 따라서 상당한 정도로까지 신변의 사정을 반영한 것이라고 보아도 좋을 것이다. 이 단편에는 「사형선고」라는 제목이 붙어 번역되기도 했다. 카프카는 야누프와의 대화 속에서 이 작품을 '하룻밤의 망령'이라고 불렀다. 하지만 당신은 그것을 쓰지 않았는가, 라는 반론에 대해서 '그것은 단지 확인의 행위이며, 그렇게 해서 망령을 막는 것입니다.'라고 답했다. 그가 문학작품에서 일종의 정화력을 믿고 있었다고 받아들여도 좋을지 모를 말이다.

「황제의 사자」 및 「가장의 근심」은 단편집 『시골의 사』(1919)에 수록된 것이다. 이 단편집에는 14편의 비교적 짧은 작품들이 담겨 있는데 그 대부분은 1916년부터 1917년에 걸쳐서 쓴 것들이다. 「황제의 사자」는 단편 「만리장성이 축조되었을 때」의 한 구절로 포함되어 있는 것이다. 결코 도달하지 않는 황제의 말, 그것을 헛되이 기다리는 신하, 이 양자의 관계는 카프카의 종교관을 생각함에 있어서 매우 좋은 단서로 즐겨 인용되는 것이다.

이 2개의 소품은 참으로 카프카다운 우화인데, 앞서 이야기한 것처럼 엠리히는 카프카의 이른바 우화는 비유나 상징으로 받아들일 수 없다고 주장했다. 엠리히의 생각이 실제의 작품해석을 어떤 식으로 행하는지 가장 잘 알 수 있는 예를 이 「가장의 근심」의 해석법에서 볼 수 있으니 하나의 예로 대략을 살펴보기로 하겠다. 엠리히에 의하면 서두에 나오는 오드라덱(Odradek)이라는 말부터가 인간의 말인 것처럼 보이지만, 언어로서의 의미를 가지고 있지 않은 것이다. 하지만 카프카는 비꼬는 듯한, 혹은 유머러스한 방법을 교묘하게 사용했다. 서슬라브어에는 odraditi라는 동사가 있는데 그것은 '충고해서 무엇인가를 그만두게 한다'는 의미다. 어원을 따지자면 이는 독일어인 Rat(충고)에서 왔다. 어미인 ek는 축소명사의 접미어로, 즉 '조그만……것'을 의미한다. 어쩌면 카프카의 머릿속에서는 다른 말의 울림, 예를 들자면 체코어인 radost(기쁨), 혹은 rad('좋아하는'이라는 의미의 형용사), 또는 독일어인 Rad('수레'라는 의미로 이 기묘한 물건의 형태에 가까울 것이다)가 동시에 떠올랐을지도 모른다. 하지만 '충고해서 그만두게 하는 조그만 것'이라는 의미가 중심이 되었으리라. 즉, 이 물건의 이름 자체가 어떤 한정된 의미도 포기하라고 권하고 있는 것이다. 이렇게 해서 카프카는 이 작품에서 수수께끼를 던져놓고, 동시에 수수께끼를 풀어 보인 것이다. 그 모습을 자세히 읽어나가면 마치 오드라덱이라는 말처럼 여러 가지 요소가 뒤섞여 있다. 여러 가지 모순되는 요소가 하나가 되어 의미가 없는 것처럼 보이면서도 전체로서는 일정한 형체를 갖추고 있다. 종잡을 수 없지만 하나의 전체, 구분할 수 없이 완결된 것이다. 그리고 이것이 앞으로 어떻게 될 것인가 생각해봐도 알 수 없다. 즉, 이 오드라덱은 삶과 사고의 진행과정에는 따르지 않는다. 사멸하지도 않고 모든 것으로부터 떨어져 있으며, 그렇기 때문에 일정한 주거도 없다. 따라서 가장의 근심 내지 걱정, 즉 자신의 지상의 집에 대한 책임을 지고 있는 사람의 불안한 마음은, 이 오드라덱 속에서 온갖 지상적인 존재의 한정을 보게 되어 어떤 인간적인 의의에 의해서도 포착할 수 없는, 자신보다 후세에까지 살아남을 '일정한 형체를 갖춘 것'과 마주하게 되며, 그로 인해서 자신의 인간적인 목표와 목적이 무익하고 의미가 없는 것이라는 사실을 되돌아 생각해보지 않을 수 없게 된다는 점에 있다.

이렇게 해서 이 오드라덱 속에는 카프카의 세계상이 극한으로까지 표현되어 있다. 사물이면서 사물이 아니고, 인간이면서 인간이 아니다. 그리고 오로지 정신의 영역과 물질의 영역을 벗어나야만 현실에 있는 정리된 것이 될 수 있는 것이다. 이 존재의 것으로서의 성격은 더 이상 분명한 의미를 가진 정신적 성격을 나타내는 상징이 아니다. 이 존재가 이야기하는 말은 더 이상 사물을 해석하는 것도 아니다. 그렇다, 지상적인 존재로 머물며 언어의 모든 요소, 물질과 정신의 모든 요소를 유지하고 있기는 하다. 그러나 그것은 어떤 정의도 지양하고 있다. 그리고 절대적인 자유 속에서 살고 있다. 물론 그것은 생명을 희생하고 모든 분명한 지향을 희생해야만 도달할 수 있는 것이다. 게다가 아주 낡아서 버려진 쓸모없는 것 같은 모습을 하고 있다. 삶의 잡동사니 속에서만 자유가 눈을 뜨고, 그러한 잡동사니 속에서만 인간은 살아갈 수 있는 것이라고 카프카는 일기 속에서 말했다.

그리고 이와 같은 자유에서 다시 오드라덱의 '웃음'이 들려온다. 그것은 별세계에서 들려오는 것 같은 웃음인데, 젊은 카프카가 한 편지에서 말한 것처럼 이른바 '달'에서 들려오는 웃음인 것이다. 카프카의 이와 같은 웃음을 나타내는 말로 흔히 사용되고 있는 후모어(유머)는 적절하다고 할 수 없다. 후모어는 포기의 미소 속에 주어진 것을 시인하고 그 넘을 수 없는 한계와 대조를 시인하는 것이다. 하지만 오드라덱의 웃음은 '폐 없이도 낼 수 있는 것처럼' 들리며, 모든 것을 거부하는 것이자, 카프카가 말한 것처럼 '살아가는 것은 불가능하다는 사실의 증명'을 재미있어하는 것이다. 이러한 생과 사, 희극과 비극의 경계는 이미 사라졌다. 카프카의 이른바 후모어에서, 사람은 웃어야 하는 것인지 진지해야 하는 것인지 알 수가 없다. 왜냐하면 이 이른바 후모어라는 것은 엄숙함과 명랑함이 뒤섞였다는 의미에서의 희비극이라는 말로는 부를 수 없는 것이기 때문이다. 엠리히의 해석은 이후로도 계속되지만 이상으로 오드라덱이라는 의문의 존재를 어떻게 받아들이고 있는지는 알 수 있을 것이다.

「첫 번째 고뇌」 및 「단식쟁이」는 카프카가 세상을 떠난 직후에 출판된 단편집 『단식쟁이』(1924)에 수록되었다. 이는 4편의 이야기를 모아 1921년부터 죽음 직전까지 쓴 작품들의 작품집이다. 「단식쟁이」에 대해서는 예술가의 운명을 그린 것이라고 보는 해석도 있다. 카프카 만년의 쓸쓸하고 어두운 웃음이 배어 있는 두 작품이다.

마지막으로 카프카는 톨스토이, 도스토예프스키를 읽

고 깊은 감명을 받았는데 대학 졸업 전후에 읽었으며, 도스토예프스키는 펠리체 바우어와 연애를 하던 때도 읽었으나 그 정확한 연도를 분명히는 알 수 없다.

(하라다 요시토)

『변신』의 표지 그림

■ 연 보

1883년 7월 3일

당시 오스트리아 제국령이었던 프라하에서 태어났다. 일가는 체코 토착의 독일어를 사용하는 유대인계 상인이었다. 아버지 헤르만 카프카는 보헤미아 남부의 한적한 마을에서 태어나, 노력 끝에 프라하에서 크게 잡화상을 운영했던 인물. 이 아버지는 천성적으로 민감하고 세심한 성격을 가진 프란츠의 감탄의 대상이었으나, 동시에 혐오와 거부감도 품지 않을 수 없었다. 어머니 율리에 카프카는 프라하의 상당한 집안 출신으로 스페인과 아프리카에서 성공한 형제가 있었다. 어머니의 이복동생 가운데 한 사람인 지크프리트 뢰비는 시골의사로 있었는데 특이한 인물이어서 카프카에게 상당한 영향을 준 듯하다. 일가의 주거는 카프카가 태어난 뒤 프라하 시내에서 6번이나 바뀌었으나 1907년부터 마침내 고정되었다.

1885년(2세)

9월 동생 게오르크가 태어났다(생후 6개월 만에 사망).

1887년(4세)

9월 동생 하인리히가 태어났다(생후 1년 반 만에 사망).

1889년(6세)

시내 플라이쉬마르크의 초등학교(독일계)에 입학했다.

9월 동생 엘리(가브리엘레)가 태어났다.

1890년(7세)

9월 동생 발리(발레리에)가 태어났다.

1892년(9세)

10월 동생 오틀라(오틸리에)가 태어났다. 카프카는 여동생들과 비교적 나이 차가 있었기 때문인지 그다지 친하지는 않았으나 막내 동생 오틀라와는 어른이 된 후

마음이 잘 맞았다. 세 동생은 훗날 모두 나치스의 강제
수용소에 수감되었다가 목숨을 잃었다.

1893(10세)

시내 알슈타트의 국립 독일 김나지움에 입학했다. 19
01년까지의 재학기간 중 반에서도 성적이 우수한 학생
가운데 하나였다. 1898년(15세) 무렵, 몇몇 친한 친구
가 있었는데 그 가운데서도 특히 오스카 폴라크와의 친
분은 1904년 초까지 계속되었으며, 소년 시절의 카프카
에게 영향을 주었다. 폴라크는 훗날 유명한 미술사가가
되지만 제1차 세계대전에서 전사했다. 카프카가 고등학
교 시절에 애독했던 문학자는 괴테, 클라이스트, 그릴파
르처, 슈티프터 등이었다.

1899년(16세)

『쿤스트아트』라는 예술 잡지에 커다란 영향을 받았
다. 이 무렵부터 이미 초기 작품을 썼으나 전해지지 않
는다.

1900년(17세)

니체를 읽었는데 그 영향은 한동안 계속되었다.

1901년(18세)

7월 김나지움 졸업시험(대학입학자격시험)에 합격했다. 여름방학 동안 혼자 북해의 2개 섬을 여행, 가을부터 프라하 대학에 입학했다. 처음에는 화학을 배웠으나후에 법학을 선택했다. 아버지의 희망도 있었던 듯하다.

1902년(19세)

여름학기에 독일문학을 배웠다. 특히 헤벨을 연구했다. 겨울학기부터 뮌헨 대학에서 독일문학연구를 계속할 계획을 세웠으나 아버지는 문학 같은 실제에 도움이 되지 않는 것을 배우는 데 찬성하지 않았다. 겨울학기부터 다시 프라하 대학에서 법학전공을 계속하게 되었다.

8월에 에르베 강가 리보흐(아마도 친척의 집이었으리라)에 있었으며, 8월 말에 메렌 지방 이그라우 근처에 위치한 트리슈의 외삼촌(시골의사) 집에서 머물렀다.

대학에서 독일인 학생 클럽에 다니던 중, 막스 브로트의 쇼펜하우어에 관한 강연을 들었는데 니체를 공격한 브로트에게 조용히 반론을 가하기 위해 그를 찾아갔다. 브로트는 1884년 생으로 카프카보다는 1살 아래인 법과학생이었으나 일찍부터 문학적 재능이 빛을 발했다. 이때부터 두 사람의 숙명적인 교우관계가 시작되었다.

1903년(20세)

7월 로마법, 교회법, 독일법, 오스트리아법제사에 관한 국가시험(전반 2년 동안의 수료시험에 해당)을 좋은 성적으로 마쳤다. 이 무렵에 「어린이와 길」이라는 제목을 붙인 장편의 일부와, 이전에 쓴 것이라 여겨지는 시와 산문을 친구인 폴라크에게 보냈으나 이것들은 전부 전해지지 않는다.

1904년(21세)

가을부터 이듬해인 1905년 봄까지 「어느 싸움의 기록」을 집필. 이 작품에서는 호프만스탈의 「시에 대한 대화」의 영향이 엿보인다고 알려져 있다. 이해부터 이듬해에 걸쳐서 바이런, 아미엘, 그릴파르처 등의 일기, 괴테의 편지와 대화 등을 자주 읽었다.

1905년(22세)

7월, 8월에 혼자 슐레지엔 지방 추크만텔의 요양소에 머물렀다. 여기서 한 연상의 유부녀와 가깝게 지낸 듯하다. 그 체험의 반영을 단편 「시골에서의 결혼 준비」에서 볼 수 있다는 설도 있다. 뒤이어 여동생들과 고모의 집을 방문했다.

이 무렵부터 오스카 바움, 막스 브로트, 펠릭스 벨취들과 정기적으로 만나기 시작했다.

11월 7일에 제1차 졸업시험(민법 · 형법)을 마쳤다.

1906년(23세)

3월 16일, 제2차 졸업시험. 4월부터 9월까지 삼촌의 변호사 사무소에서 실무수습을 하며 시험공부를 했다.

6월 13일, 제3차 졸업시험(전반 2년 동안의 총복습)을 마치고 7월 18일에 법학사 칭호를 받았다.

여름방학 중에 다시 홀로 슐레지엔에 머물렀다. 10월부터 만 1년 동안 처음에는 형사재판소, 다음으로 민사재판소에서 '법무실습'을 했다.

이 무렵부터 단편 「시골에서의 결혼 준비」를 집필, 1907년에도 계속했다.

1907년(24세)

8월을 트리슈의 외삼촌 집에서 보냈다. 여기서 헤트비히 바일러라는 아가씨(19세)를 만났다. 1909년 4월까지 그녀에게 보낸 10여 통의 편지가 남아 있다.

빈의 엑스포르트아카데미에서 공부할 계획을 세웠는데 이는 외삼촌의 영향으로 외국에서 일할 의도를 가지고 있었기 때문이라 여겨진다. 10월 '수습조수'로 '일반보험회사'에 입사했다.

1908년(25세)

2월부터 5월까지 프라하 상과대학에서 노동보험에 관한 강좌를 수강했다. 7월 15일에 '일반보험회사'를 그만두고 7월 30일에 '임시직원'으로 민관합자인 '노동자상해보험협회'에 채용되었다. 여기서의 근무는 시간적으로도 여유가 있었기에 선택한 듯했지만, 카프카는 직무에도 상당히 열심이었기에 지위도 점점 올라갔다. 이해에 이미 북부 보헤미아로 수차례 출장을 갔었다.

이 무렵부터 막스 브로트와의 친분이 깊어져 위스망스, 플로베르 등을 함께 읽기도 하고 여행에 나서기도 했다.

1909년(26세)

잡지 『휴페리온』에 처음으로 작품을 발표(「어느 싸움의 기록」 중 2개의 대화)했다.

휴가로 9월 4일부터 열흘 동안 브로트 형제와 함께 이탈리아 북부의 호숫가 리바로 갔다. 근처에서 당시로서는 아직 보기 힘들었던 비행기 실연습을 보았다. 그 감상을 며칠 후 프라하의 일간지 『보헤미아』에 실었다. 이 무렵 브라크의 아나키스트들과 교류가 있었다.

1910년(27세)

이해부터 일기를 쓰기 시작했다. 이는 단순히 메모나 성찰을 기록한 것이 아니라 스케치, 우화, 이야기를 포함한 창작상의 자기 훈련을 행하기 위한 것이었다. 이 무렵부터 동유럽 유대인이 유대독일어(독일어, 슬라브어, 히브리어가 혼합된 지방어)로 연기하는 극단의 민중극에 흥미를 갖기 시작했다. 또한 프라하 약제사의 부인인 베르타 판타의 문학 살롱을 찾는 단골 중 한 사람이 되었다.

10월 8일부터 브로트 형제와 함께 파리에 갔으나 갑자기 병이 나서 10월 17일에 프라하로 돌아왔다. 이 파리 여행은 그다지 인상에 남지 않았다. 12월 초에는 혼자 베를린으로 여행했다.

1911년(28세)

1월 말부터 2월 하순까지 업무 차 프리트란트, 뒤이어 2월 말에는 라이헨베르크를 여행. 4월 말에도 역시 업무 차 와른스도르프로 여행했다. 이때 슈니처라는 부자 공장주를 만났는데 그가 카프카에게 자연요법을 권했다. 원래 카프카는 채식주의자로 이 무렵에는 술도 마시지 않았다고 한다. 한편, 이들 지역은 카프카의 공무상의 감독지역이었다. 여름휴가를 얻어 8월 26일부터 브로트와 둘이서 여행에 나섰다. 취리히, 루체른, 루가노, 밀라노, 스트레사, 파리를 둘러보고 9월 12일에 프라하로 돌아왔다가 다시 혼자 스위스 에를렌바흐의 자연요법 요양소에 일주일간 머물렀다. 이해에도 10월부터 이듬해에 걸쳐서 동유럽 유대인 극단을 종종 관람했다.

1912년(29세)

이 무렵부터 유대 역사, 유대교, 유대 문학 등에 흥미를 가지고 연구하게 되었다.

2월 18일에 동유럽 유대인 극단 배우의 낭독의 밤에 앞서 해설적 강연을 행했다.

초여름부터 「실종자」(「아메리카」)의 집필에 착수했다. 6월 28일부터 브로트와 함께 여행에 나서 라이프치히에 들른 후, 29일부터 바이마르에 머물며 괴테, 실러의 유적을 둘러보았다. 브로트와 헤어져 7월 8일부터 29일까지 혼자 하르츠 산지의 자연요법 요양소에 머물렀다.

8월 13일 브로트의 집에서 베를린 출신의 펠리체 바우어를 만났다. 이 여성과 카프카는 매우 기묘한 관계를 갖고 있었는데 후에 2번 약혼했다가 2번 파혼했다. 카프카 특유의 결혼관, 남녀관에 기인한 것일 테지만, 그는 이 연애에 크게 고뇌했다.

소품집 『관찰』을 모아 8월 14일자로 원고를 로볼트 출판사로 보냈다. 9월 22일부터 23일 밤에 단편 「판결」을 집필했다. 아직 디킨스적 방법으로 쓴 「실종자」와는 달리, 이 「판결」은 새로이 카프카 독자의 방법을 개척한 작품이 되었다. 빌리 하스의 권유로 그가 편집하는 잡지의 동인회에서 이 「판결」을 낭독한 듯하지만 날

짜는 정확하지 않다. 이 무렵에 「변신」을 집필, 11월 2
4일에 친구 바움의 집에서 낭독했다.

1913년(30세)

1월 『관찰』을 로볼트 출판사에서 출판했다. 「판결」
을 브로트가 발행하던 『아르카디아 연감』에 발표했다.
2월 11일에 친구 벨취의 집에서 「판결」을 낭독했다. 3
월 『화부』(「아메리카」의 제1장)를 쿠르트 볼프 출판사
에서 간행했다. 이해와 이듬해에는 앞서 이야기한 여성
펠리체 바우어에 관한 부분이 눈에 띈다. 5월 무렵부터
내면적 위기를 극복하기 위해서인지 프라하의 교외에서
원예를 시작했다.

9월에 혼자 빈, 베네치아를 거쳐 리바를 여행했다. 리
바에서 한 스위스 아가씨와 알게 되었으나 이 일에 대
해서는 브로트에게도 말하지 않았다.

12월 11일 토인비 홀에서 클라이스트의 중편소설
「미하엘 콜하스」의 첫 부분을 낭독했다.

1914년(31세)

5월 말에 베를린으로 가서 펠리체 바우어와 약혼했

다. 6월 말에 친구 피크와 함께 헬레나우, 라이프치히를 여행했다. 7월 23일에 베를린에서 파혼, 뒤이어 뤼베크로 여행을 떠나 시인 에른스트 바이스와 함께 덴마크 마리엔리스트에 갔다. 제1차 세계대전이 시작되었다.

잡지 『노이에 룬트샤우』 8월호에 작가 로베르트 무질의 『관찰』 및 『화부』에 대한 서평이 게재되었다.

10월에는 집필을 위해 2주일 동안의 휴가를 얻었다. 「유형지에서」를 완성, 12월 초에 낭독했다. 「유형지에서」와 동시에 장편 「심판」에 착수했다. 12월 13일에는 그 안에 삽입된 「규율」을 완성했다. 12월 18일과 19일 밤에는 「마을의 학교선생」(별명 「커다란 두더지를 가진 자」)을 썼다. 크리스마스 이후 브로트 부부와 쿠텐베르크 모라베츠에 나흘 동안 머물렀다.

1915년(32세)

1월 보덴바흐에서 펠리체 바우어와 재회했다. 1914년 여름부터 부모님의 집에서 나왔는데 이 무렵에는 셋집을 몇 번인가 바꾸며 일을 계속한 듯하다. 4월에 군대에 들어간 매부를 방문하기 위해 여동생 엘리와 함께 빈, 부다페스트 등으로 여행했다. 이후 징병검사에 합격

했으나 중요 직무에 종사하고 있다는 이유로 병역을 면제받았다.

잡지 『디 바이센 블래터』 10월호에 「변신」을 발표했다. 10월에 『화부』로 폰타네 상을 받았다.

1916년(33세)

7월에 펠리체 바우어와 마리엔바트에서 머물렀다.

『판결』 및 『변신』을 쿠르트 볼프 출판사에서 간행했다. 「시골의사」의 모든 단편을 썼다(1917년까지 계속). 11월 뮌헨의 서점에서 「유형지에서」를 낭독했다. 이해 겨울부터 황금소로에 방을 빌렸다.

1917년(34세)

황금소로에서 파레 쉔보른으로 옮겼다.

7월에 펠리체 바우어와 두 번째 약혼을 했으나 12월에 프라하에서 다시 파혼했다. 9월 4일, 폐결핵이라 확인되었기에 휴가를 얻어 9월 중순부터 취라우에 있는 여동생 오틀라가 살던 곳 근처로 거처를 옮겼다.

이해에 시오니즘 주간지 『자위』에 단편 「꿈」, 월간지 『유대인』에 「어느 학회보고」를 발표했다. (2작품

모두 『시골의사』에 수록)

1918년(35세)

취라우에서 키르케고르의 종교관 연구를 시작했다. 키르케고르의 저서는 전부터 읽었지만 본격적으로 생각하게 된 것은 이 무렵이라고 보는 것이 정설이다. 여름에 프라하로 돌아갔다. 9월에 투르나우에 머물렀으며 10월, 11월에는 프라하에 있었고 12월에는 리보호 근처에 있는 쉘레젠에서 머물렀다. 「만리장성이 축조되었을 때」를 이해부터 이듬해인 1919년까지 썼다.

1919년(36세)

1918년 말부터 쉘레젠에 머물렀는데 그 사이에 율리에 보리체크라는 여성과 알게 되었고 얼마 뒤 약혼에까지 이르렀다. 이 관계는 아버지의 반대 때문인지, 혹은 다음에 나타난 여성 밀레나의 요구 때문인지는 모르겠으나 오래 이어지지 못하고 단기간에 끝났다. 「아버지에게 보내는 편지」를 집필했다. 이해에 『시골의사』 및 『유형지에서』를 쿠르트 볼프 출판사에서 간행했다.

여름에는 프라하로 돌아갔다가 11월에 브로트와 함

께 다시 쉘레젠으로 갔다.

1920년(37세)

1919년에 프라하로 돌아왔던 카프카는 4월 10일부터 메라노에 머물며 요양에 힘썼다. 메라노에서 밀레나 예젠스카에게 빈번히 편지를 보냈으며 그녀와의 관계가 연애관계로까지 깊어졌다. 카프카가 밀레나를 알게 된 것은 그녀가 자신의 초기작품을 체코어로 번역했기 때문이었다. 이 관계도 상당히 특이해서 1922년에 깨졌는데 그에 관한 기록이 「밀레나에게 보내는 편지」다. 밀레나는 매우 특이한 성격의 체코 여성이었는데, 1944년 5월 17일에 나치스의 라벤스브뤼크 강제수용소에서 병사했다. 카프카는 이해 6월 20일부터 삼사일 동안 빈에 머물며 밀레나를 만났다.

7월 5일에 프라하에 도착, 여름부터 가을에 걸쳐 노동자상해보험협회 근무에 복귀했다.

12월에 타트라의 마틀리아리 요양소로 갔다. 여기서 역시 요양 중이던 의학생 로베르트 클롭슈토크를 알게 되는데 카프카가 죽을 때까지 두 사람의 우정은 계속되었다.

1921년(38세)

8월에 각혈. 9월 초에 타트라에서 프라하로 돌아왔다. 10월 15일의 일기 이후부터 밀레나와의 관계가 깊어졌음을 암시하고 있다.

이해부터 1922년에 걸쳐서 「성」을 집필했다.

1922년(39세)

1월 27일부터 슈핀델뮐레에 머물렀다. 2월 하순, 빈을 거쳐 프라하로 돌아왔다. 3월 15일에 브로트에게 「성」의 첫 부분을 낭독으로 들려주었다.

5월에 밀레나와의 관계가 마지막으로 끊겼다.

6월 하순에 여동생 오틀라의 보살핌을 받으며 체코의 시골인 플라나에 머물렀으며, 9월 중순에 프라하로 돌아왔다. 그 사이인 7월 1일자로 노동자상해보험협회를 퇴직하고 연금생활을 시작했다.

1923년(40세)

3월에 「여가수 요제피네, 혹은 생쥐일족」을 집필했다.

7월에 발트해안 뮈리츠에 여동생과 조카들을 데리고

머물렀다. 거기서 동유럽 유대계의 젊은 여성 도라 디아만트를 알게 되어 연애관계에 빠졌다. 8월에 베를린을 거쳐 쉘레젠으로 옮겼다.

9월 말에 프라하를 거쳐 도라와 함께 베를린 교외인 슈테그리츠에서 살았다. 처음에는 집을 빌려 살았으나 6주 후에는 근처의 작은 별장에 조그만 살림을 꾸렸다. 이 동거생활은 행복했던 듯했다. 도라는 히브리어에 능했기에 카프카는 그녀에게서 히브리어를 배웠다.

1924년(41세)

2월 1일에 베를린 교외인 체렌도르프로 옮겼다. 이 집의 주인은 시인 카를 부세의 미망인이었다.

3월 17일에 프라하로 돌아왔으나 몸이 매우 좋지 않아 4월 초순에 비너발트 요양소에 들어갔다. 중순에 빈 대학병원의 하예크 교수의 병원에 입원, 후두결핵으로 진단받았다. 뒤이어 빈 교외 키얼링의 호프만 요양소에 들어갔다. 도라 및 클롭슈토크가 간호했다. 목을 쓸 수 없게 되었기에 주로 필담을 했다.

6월 3일에 키얼링의 호프만 요양소에서 세상을 떠났다. 6월 11일에 프라하의 슈트라스니츠 유대인 묘지에 매장되었다.

사후 얼마 지나지 않아 카프카가 생전에 교정을 보았던 단편집 『단식쟁이』가 디 슈미데 출판사에서 간행되었다.

1925년

『심판』 초판 출판.

1926년

『성』 초판 출판.

1927년

『아메리카』 초판 출판

1931년

단편 유고집 『만리장성이 축조되었을 때』 출판.

1935~1937년

『카프카 전집』(전 6월)이 베를린과 프라하에서 출판.

1946년

브로트 편 『카프카 전집』(전 5권)이 뉴욕에서 출판.

1951년

『일기 1910년~1923년』(전집 제8권) 출판.

1952년

『밀레나에게 보내는 편지』(전집 제7권) 출판.

1953년

『시골에서의 결혼 준비』(전집 제5권) 출판.

1958년

『서간집 1902년~1924년』(전집 제9권) 출판.

옮긴이 **김진언**

대학에서 국문학을 전공 하고 세상 곳곳을 돌아다니며 삶의 경험을 쌓았다. 그 경험을 바탕으로 지금은 인류가 남긴 가치 있는 책들을 찾아 우리말로 번역 중이며 문학과 삶에 대한 탐구를 계속해 나가고 있다. 옮긴 책으로는 『세계 3대 명탐정 단편 걸작선』, 『무솔리니 나의 자서전』, 『들꽃은 무엇을 입을까 고민하지 않는다』, 『신을 찾아서』, 『셜록 홈즈의 여인들』, 『미녀와 야수(완역판)』 등이 있다.

카프카 우화집

1판 1쇄 인쇄 2017년 10월 25일
1판 1쇄 발행 2017년 10월 31일

지은이 프란츠 카프카
옮긴이 김진언
펴낸이 박현석
펴낸곳 효 人
표지디자인 김창미

등 록 제 2010-12호
주 소 서울시 도봉구 덕릉로 62길 13, 103-608호
전 화 010-2012-3751
팩 스 0505-977-3750
이메일 gensang@naver.com

ISBN 978-89-97831-17-9